ビーズログ文庫 アリス

あんさんぶるスターズ！
革命児の凱歌

日日日

原作・イラス … 式会社

あんさんぶるスターズ！
Ensemble ★ Stars

革命児の凱歌

CONTENTS

イラスト／Happy Elements 株式会社

この作品はフィクションです。実在の人物、団体名等とはいっさい関係ありません。

Wonderland

「到着《とうちゃく》〜☆」

明星《あけほし》スバルくんと一緒に、私は目的地に辿《たど》りついた。

ずいぶん久しぶりのようにも思えたけれど――ここに案内されたのは、今日の昼休みだ。

ほんの数時間ぶりの、『講堂』である。

日が暮れて建物は陰影《シルエット》になっており、どこか不気味《ぶきみ》ですらある。亡霊《ぼうれい》がさまよう古びた劇場か、あるいは何かの軍事施設《ぐんじしせつ》のようだ。

「おぉ、よかった！　まだ、ドリフェスは始まってないみたいだね〜？」

スバルくんは浮き浮きと、小躍《こおど》りするように進んでいく。

私が迷子にならないようにか、ずっと手を繋《つな》いだまま。

「転校生、こっちこっち♪　公式ドリフェスは手続きしないと入場できなくて、まず受付で生徒手帳にハンコ押してもらうの！　こっちだよ、ご案内〜☆」

スバルくんは元気よく、『講堂』の真正面へと私を引っぱっていく。

これからライブが始まるはずなのに、周囲はお葬式《そうしき》のような雰囲気《ふんいき》だ。

陰々滅々《いんいんめつめつ》としている。

「ん〜、客の入りは『そこそこ』って感じかな。今回のドリフェスは、『S2』みたい。

校内限定の、ごくふつうの公式戦だね」

スバルくんにしては珍《めずら》しく——戸惑《とまど》いがちな私に気づいて、丁寧《ていねい》に教えてくれる。

「俺たち夢ノ咲学院《ゆめのさきがくいん》の生徒は、公式ドリフェスを無料で観戦できる。ひとのドリフェスを観《み》るのも勉強になるからね、毎回それなりに生徒が押し寄せるよ～？」

たしかに見てみると、けっこうな人混みである。大行列ができている——人数だけでいえば、昨日《きのう》の【龍王戦《りゅうおうせん》】の倍か下手すれば数倍ほどの客入りだった。

それなのに、【龍王戦】に比べて異様に——熱気がない。しわぶきも聞こえないほど、静かである。これからライブが始まるぞ～、楽しみだな～、みたいな浮かれた雰囲気《ふんいき》がぜんぜん感じられない。

ほんとうに、今からアイドルのライブが始まるのだろうか……。そこからして疑《うたが》わしいほどの、静寂《せいじゃく》と緊張感《きんちょう》。私は何だか、受験の合格発表を思いだした。人生がかかっているみたいだ。

みんな怖いぐらいに、きちんと整列している。同じ制服をまとって、似たような気怠《けだる》げな表情をしていた。私が夢ノ咲学院に転校してきたとき、最初に感じた印象どおりの——刑務所《けいむしょ》じみた、光景である。

暗いのでわかりにくいけれど、よく観察してみると全員が夢ノ咲学院の生徒らしい。

『S2』は、校内限定のドリフェスという話だった。けっこう遅《おそ》い時刻だし、他の学科からわざわざ観戦しにきたひとはすくないようで、ほとんどが男の子だ。

熱心なファン、みたいなひとも見かけない。何だかみんな、義務《ぎむ》で並ばされているみたいだ。生気のない雰囲気に怯《ひる》み、私はスバルくんの手を強く握《にぎ》り直した。

「観戦するたびに生徒手帳にハンコを押してもらえて、観戦記録がつく。どの『ユニット』に投票したかとかも、記録される仕組みになってる」

説明しながら、大丈夫だよ、みたいにスバルくんが微笑《ほほえ》んでくれた。

「これ、ぶっちゃけ成績に影響するんだよね」

行列の最後尾に私を導《みちび》き、きちんと並ばせてくれつつ——。

らしくもなく、スバルくんはどこか皮肉げに口端《くちは》を歪《ゆが》めた。あぁ……また、あの虚無的《きょむてき》な目つきだ。いつもキラキラ輝いていた彼の双眸《そうぼう》から、光が失われている。

「たくさん観戦してると、『やる気がある』って評価される。あとドリフェスでどんな投票をしたかで、『センスがあるかないか』とかが判断される」

これも試験というか——授業の一環《いっかん》というか、通知表に影響するたぐいのことなのだ。

「だもんで、最近はみんな必ず勝つ生徒会に投票するようになってる。本命で、外《はず》れがないからね。負ける側に投票したって、メリットないんだもん」

授業に出席するみたいに、テストの答案を埋《う》めるみたいに——ここに並んでいる生徒たちは、熱意もなくアイドルのライブを観戦しようとしている。

「だから、最近の公式ドリフェスはつまんないよ。生徒会が参加してたら、必ず生徒会が勝つ。始まる前から、結果がわかってる」

それが、夢ノ咲学院では当たり前なのだ。

「何のための投票か、ドリフェスかわかんないよね〜？」

行列が進むのを待ちながら、スバルくんは遠い目をしてぼやいた。

「でもね。ホッケ〜は『八百長《やおちょう》』とか言うけど、生徒会はべつにルール違反はしてないんだ。ただ必然的に、どうしようもなく、生徒会が圧倒的強者として勝利し、君臨《くんりん》しつづける流れになっているだけ。マンネリ化して、仕組みが形骸化《けいがいか》しちゃってるだけ」

難しい単語を用いている、おそらく北斗《ほくと》くんがそういうふうに説明したことがあるのだろう……。私は頷《うなず》き、ただ話を聞く。

あらためて現実を直視して、私は自分たちがやろうとしていることの難しさを実感してしまった。築きあげられた体制に、帝国に、私たちは風穴《かざあな》を開けられるのだろうか。

「この流れを変えるのは、なかなか難しそうだよね〜？」

スバルくんは革命だ、この夢ノ咲学院を変えるんだ、みたいな意欲をあまり見せていない。どこか他人事《ひとごと》みたいだ、北斗くんのように深刻ではない。

ううん。先ほど自分で語っていたとおりに、そういう重たいものがわからないのだろうか——野原を駆《か》け回って、日差しを浴《あ》びているだけで幸せになれるような、この天真爛漫《てんしんらんまん》な男の子には。

けれど、そんな彼が、武器を手に取り戦場に立たなくてはならない。

「でも俺たちは、それをしなくちゃいけない。奇跡を、起こさなくちゃいけない。死んだように生きていくのは、御免《ごめん》だから」

　私が見ていることに気づき、スバルくんはすこしだけ顔を引き締《し》めた。ゆるんだ雰囲気が一変し、凛々《りり》しく前を見据《みす》えている。

「ドリフェスは、ううんアイドルは——もっと夢のあるものなんだって、信じてるから」

もういちど手を繋《つな》ぎ直し、私たちは大事なことを胸に誓《ちか》った。

私もまだ、スバルくん以上にこの夢ノ咲学院にはびこる闇《やみ》を理解できていない。実感できていない、けれどほんとうに——このままではいけない、とは思った。

アイドルというのは、みんなを笑顔にするひとたちのことだ。それなのに、この場所には誰ひとりとして——笑っているひとすら、いない。こんなのは変だ、気持ちが悪い。まちがっている。そう思って、戦っている男の子たちがいる。私はそんな彼らに——仲間として、期待されて迎え入れられてしまったのだ。

「現状を覆《くつがえ》す方法はまだわからないけど、光明《こうみょう》は見えた気がしてる。転校生——だから俺はね、今とってもワクワクしてるよ〜☆」

　夜空にひとつだけ浮かんだ一番星みたいに、スバルくんは綺麗《きれい》に笑ってくれた。


「……おっと、いつの間にやら行列の先頭だね」

　語っているうちに、行列は終わっていた。私たちの後ろには誰もいない、最後尾だったのだ。ずいぶん、私たちはくるのが遅かったから。

もう間もなく、ライブが――ドリフェスが始まってしまうのだろう。

「転校生、生徒手帳だして。パスポートみたいに、公式ドリフェスに参加した～って証のハンコを押すとこがあるから」

言われて、慌《あわ》てて私は胸ポケットから生徒手帳を取りだす。暗いなか苦労して、スバルくんが教えてくれたページを開いた。

びっしりと書かれた校則――それが途切れたあとに、かなりの枚数の真っ白なページがある。メモ帳みたいなものかと思っていたけれど、ハンコを押すページだったようだ。

もちろん転校してきたばかりの私の生徒手帳には、ひとつのハンコもない。

「ちゃんとそのページを開いて、受付のひとに見せるんだよ～？」

スバルくんも同じように生徒手帳を取りだし、慣れたそぶりで先行してくれる。

「昨日のは非公式の野良《のら》試合だったから、これが転校生にとって初めての公式ドリフェスになるね～？　記念すべき、最初のハンコをもらっちゃおう☆」

どんなときでも楽しそうな、スバルくんである。

「次のひと、どうぞ～♪」

緊張していた私の心を柔《やわ》らかくほぐすみたいな、天使の声音《ボーイソプラノ》。見ると、お昼に『講堂』を掃除していたのを見かけた――紫之創《しのはじめ》くんが、のほほんと立っている。

生徒手帳にハンコを押す他に、物販《ぶっぱん》みたいなこともやっているようだ。立派な売り場ができていて、各種のグッズが並んでいる。

物珍《ものめずら》しくて、私はひとつひとつ眺《なが》めてしまった。

「おや、しののん！」

創くんのことが大好きなのだろう、スバルくんが尻尾《しっぽ》を振《ふ》らんばかりに喜《よろこ》んだ。売り場のカウンター越しに手を伸ばし、創くんの両手を握って上下に振っていた。

「明星先輩、ほんとに観にきてくれたんですね……♪」

振り回されながらも、創くんも幸せそうに微笑む。

服装は、制服のまま。ちゃんと男の子の制服なのに、やっぱり愛《あい》らしい女の子にしか見えない。『少年』という存在が、かぎりなく天使に近くなる、ほんの一瞬のみを切り取ったみたいな子だ。

かわいくて堪《たま》らないのか、スバルくんが身を乗りだして創くんに抱きついている。

「俺は約束は守るよ～、ってか何で『もぎり』やってんの？　しののん、『ユニット』としてドリフェスに参加するんでしょ？」

「はい。これも『校内アルバイト』です、受付の仕事をしてるんです」

昼間も掃除《そうじ》をしていたし、創くんは働きものらしい。弱小『ユニット』だから軍資金《ぐんしきん》に困っている、みたいなことを言っていたような。

「どんなひとが観客としてくるのか見られて、参考になりますし。活動資金ももらえますから、良いことずくめです……♪」

消え入りそうな声ながらも、ガッツのあることを言う創くんである。

応援したくなる子だ。スバルくんも同じ気持ちなのか、頭を撫《な》でてあげている。

「しののんは働きものだなぁ、感心するよ。良い子、良い子♪」

「えへへ、貧乏暇《びんぼうひま》なしです。ドリフェスに参加するのにも、資金が必要ですから。そのぶんだけでも稼《かせ》がないと、元が取れませんし」

撫でられたり抱きしめられたりされるがまま、創くんは困ったように身を揺《ゆ》する。

しばし、そのまま仲良くふたりで会話していた。スバルくんが抱き寄せているせいで私のことが見えないらしく、創くんはこちらに気づいてもいないようだ。

「ドリフェスで勝てたら報酬《ほうしゅう》がもらえますけど、勝てる保証はないですからね」

「でもさぁ、しののん。自分のドリフェスのときぐらいあくせく働かなくても——仲間たちとミーティングとか、予行練習とかしといたほうがいいんじゃない？」

「そうなんですけど、性分なんです。働くの、好きなんです。舞台に立つ前って緊張しちゃいますから、何かしていたほうが気楽ですし」

「そっかぁ。俺まったく緊張とかしないから、その感じはわかんないけど」

「そうなんですね、やっぱり明星先輩はすごいです……♪」

「すごくないよ。『ユニット』としての経験値じゃ、しののんに負けちゃう。俺たちの『ユニット』、まだドリフェスに参加したことないもん」

そんなふたりの対話を、私は口を挟《はさ》むこともできずにただ聞いている。

そうか、『Trickstar《トリックスター》』は結成したばかりだとは聞いていたけれど。まだ、ドリフェスに参加したことはないのだ。

だからこそ生徒会にも認識されていなくて、最初に勝負を仕掛《しか》けるとき前情報を摑《つか》まれていないため、奇襲《きしゅう》ができる。その不意打ちが勝負なのだと、北斗くんが言っていた。

つまり、よく考えると……。さっき軽音部で見せてくれた彼らのパフォーマンスは――『Trickstar』が初めて、誰かに披露《ひろう》するライブだったのかもしれない。

だとしたら、嬉《うれ》しい。特別な初めての一回を、私に与えてくれたのだ。『Trickstar』が産声《うぶごえ》をあげる瞬間に、立ち会わせてくれたのだ。

私がそんなことを考えているうちにも、スバルくんは元気よく語っている。

「果敢《かかん》にドリフェスに挑戦してる、しののんは偉《えら》いよ。俺、すっごい応援してるから！今日は、がんばってね～☆」

「はい、がんばります。ありがとうございます～。ぼく、がんばることしかできないから。がんばらなくちゃって、いつも思ってます」

たっぷり抱きしめられて暑《あつ》くなってきたのか、創くんがほんのり頰《ほお》を染《そ》めている。

「明星先輩。よかったら、あとで楽屋のほうにもきてくれませんか。『ユニット』の仲間を紹介したいですし、つくりたてホヤホヤの専用衣装をお見せしたいです～♪」

「えっ、いいの？　行く行く！　転校生も、いっしょに行こう？」

そこでようやく私の存在を思いだしてくれたのだろう、スバルくんが振り向いて呼びかけてくれた。待ってましたと踏《ふ》みだす度胸《どきょう》もなく、私は中途はんぱに会釈《えしゃく》してしまった。

創くんも初めて私に気づいたようで、目を丸くしてお辞儀《じぎ》してくれる。

「そのひと、女のひとですよね？　あのう、今日のドリフェスは『S2』なので。一般のかたの入場は、ちょっと……？」

今さら気づいたけれど、私はちゃんと創くんと互いに自己紹介もしていないのだった。そういう挨拶《あいさつ》などをする前に、私は軽音部の双子《ふたご》に誘拐《ゆうかい》されたから。

「それとも、普通科のひとですかね？　いやでも、そっちの制服でもないような……？」

「あぁ、転校生なんだよ。しののんは聞いてないかな、『プロデュース科』とかいうのが新設されたとか何とか？　この転校生は、その第一号なんだ！」

かなり曖昧《あいまい》な説明をするスバルくんに、創くんは納得したように頷いた。

「あぁ、噂《うわさ》には聞いてます。ほんとに女のひとなんですね、ちょっとビックリしちゃいました。失礼なことを言ってしまって、ごめんなさいっ！」

思いっきり、頭を下げられてしまう。失礼なことを何か言われただろうか——というぐらい私には謝《あやま》られる理由がない気がするので、おろおろしてしまった。

創くんは恐《おそ》る恐る顔をあげて、私が怒っていないのを確認すると、ほっと胸を撫で下ろす。そして天使のように微笑むと、お仕事を全《まっと》うしてくれた。

「同じ学院のひとなら、もちろん問題なく入場できますよ。はい、ハンコ押しますので手帳をだしてくださいね……♪」

言われるがままに生徒手帳を提示すると、うんしょ、と創くんが全身でハンコを押しつけてくれる。動作のひとつひとつが、愛らしい。

やり遂《と》げた表情で、創くんはハンコの押された生徒手帳を返してくれる。

「ふふ。ぼくたちのドリフェスを楽しんでってくださいね、『プロデューサー』さん♪」

私にはまだ耳慣《みみな》れない呼称《こしょう》を口にしながら、ぺこりと頭をさげてくれた。

そのあと。

「どうぞどうぞ、こちらが楽屋です～♪」

一仕事を終えた創くんに案内されて、私とスバルくんはいちど大急ぎで校舎まで戻ることになった。物販コーナーの後片付けなどを見かねて手伝っていたら、せっかくなので——お礼もしたいし、などと創くんに意外と強引に誘われたのである。

渡り廊下《ろうか》で靴《くつ》を履《は》き替え、もうだいぶ遅い時刻のため人気《ひとけ》のない廊下を小走りで進む。

ライブが始まるまで間がないはずだ、のんびりしている余裕はない。

たっぷり労働したので疲《つか》れたのか、スバルくんに抱きつかれているので歩きにくいのか——創くんはもはや、青息吐息《あおいきといき》だ。

「ほんとの楽屋を借りる資金がなかったので、空き教室を利用してるんです。『講堂』からちょっと遠くて、不便なんですけど」

それでも笑顔を絶やさずに、創くんはバスガイドみたいに片手を掲《かか》げた。

「明星先輩、転校生の先輩も遠慮《えんりょ》せずにおあがりください♪」

促《うなが》されるまま見ると、『Ra*bits《ラビッツ》』と張り紙がしてある、ごくふつうの教室がある。その扉《とびら》を、スバルくんが豪快に開いた。

大股で、元気いっぱいに入室する。

「たのも〜う☆　やっとるかね諸君《しょくん》、感心感心！」

「あはは。明星先輩は、何者なんですか……？」

やや出遅れながらも、やはり創くんは嬉しそうに——子犬のようにスバルくんについていく。あなたもどうぞ、みたいに微笑まれたので、私もおっかなびっくり踏みこんだ。

見たところ、平凡な教室である。

室内の灯《あか》りは煌々《こうこう》としていて、眩《まぶ》しい。ほんとうに、空き教室を楽屋として利用しているだけなのだろう。芸能人の控《ひか》え室、みたいなのを想像していた私はすこしだけ気楽になった。これなら、日常の延長線上だ。

並んだ机は部屋の隅《すみ》っこに追いやられ、いくつか残された椅子《いす》に何人かの男の子が座っているのが見える。きちんと折りたたまれた制服。お菓子《かし》。黒板には注意書きというか、これから始まるライブについてのあれこれが書かれている。


「創ちゃ〜ん！」

不意に、砲弾《ほうだん》みたいに何かが突っこんできた。

「遅いぜ、遅いぜ！　待ちくたびれちゃったぜ！」

呑気《のんき》に室内を見回していた私の真正面、いの一番に踏みこんでいたスバルくんがそれに直撃されて真横に転《ころ》びそうになる。慌てて、創くんとふたりで彼を支えた。

「他のみんなはもう準備できてるぜっ、あとは創ちゃんだけ〜っ♪」

元気よく騒いでいるのは、セーラー服のような愛くるしいアイドル衣装を着た男の子である。ほんとうに『男の子』という感じで――一瞬、どうして小学生が校内にいるのだろう、などと思ってしまった。

身振り手振りは、元気いっぱい。短めの髪。輝くような、白い歯並び。純真無垢《じゅんしんむく》という言葉がそのまま具現化されたみたいな、見ているだけで元気になれそうな奔放《ほんぽう》な雰囲気。背はちいさくて華奢《きゃしゃ》だけれど、創くんのような女の子っぽさはない。

あくまで、男の子だ。近所の公園で遊んでいたり、商店街で母親に手を引かれて歩き回っていたりするような。でたらめに飛《と》び跳《は》ねるので、頭にかぶった帽子《ぼうし》が落ちそうである。どうにか踏《ふ》ん張《ば》って、さしものスバルくんも目を白黒させている。

「おわっと？　何だっ、急に飛びついてくんな！」

「おや？　おまえ誰だ！」

「こっちの台詞《せりふ》だ！　何だおまえは、しののんの友達？」

全身で抱きつかれて困り顔のスバルくんを、不思議な男の子はまじまじと眺めている。どうも、相手が誰だかちゃんと確認せずに抱きついてきたらしい。

野生動物のような男の子に、創くんが申し訳なさそうに呼びかける。

「あっ、光《みつる》くん。ごめんなさい、受付の仕事が長引いちゃって」

まず謝ってから、私たちにその正体不明の男の子について説明してくれた。

「紹介します。ぼくとクラスはちがうけど同い年のお友達で、いっしょに『ユニット』を組んでる天満《てんま》光くん♪」

「えへん！　オレは創ちゃんの第一の親友にして、『Ra*bits』の誇《ほこ》るスーパースター！　天満光だぜ！　よろしくだぜ！」

「だぜだぜ喧《やかま》しいな、この子は？」

天満光くん、というらしい男の子に抱きつかれたまま、何だか休日に子供の世話を任《まか》されたお父さんみたいになっているスバルくんは——深呼吸し、咳払《せきばら》い。

負けるものかという感じに、光くんと同じかそれ以上の声量で叫んだ。

「ともあれ、こっちも名乗ろう！　俺はしののんの第一のファンにして、『Trickstar』のセンター！　明星スバルだぜ！　よろしくだぜ☆」

「『だぜ』がうつってますよ、先輩……♪」

ほのぼのと挨拶をしている私たちに、室内にいた他の男の子が呼びかけてくる。

「創、馬鹿やってないで衣装に着替えろ」

不安そうに何かの資料を眺めていたのは、創くんや光くんに比べてやや個性に乏《とぼ》しい——どこにでもいるような、男の子だった。あまり印象に残りにくい、ごく平均的な見映《みば》えと存在感。

光くんと同じ衣装を、きちんと着ている。そのアイドル衣装が派手で目を引くのだけれど、ふつうに制服を着て歩いていたら目に留《と》まらなそうな——周囲の景色《けしき》に溶けこんでしまいそうな、ある意味では馴染《なじ》みやすい男の子ではある。

なぜか光くんを抱えてぐるぐる回転しているスバルくん（光くんはきゃあきゃあ喜んでいる）と、それをオロオロ眺めている私と創くんに、その男の子は溜息《ためいき》をつく。

「俺たちの出番はまだ先だけど、ひととおり打合せとリハやっときたいから」

「あっ、友也《ともや》くん。そうですね、ぼくも着替えないと……。ごめんなさい、とろくて」

「あんまり謝るなよ、悪い癖だぞ創。これ衣装な～、ちゃちゃっと着替えとけ？」

「はい。いつもありがとう、友也くん♪」

友也、というらしいその男の子に小走りで歩み寄って、創くんは彼から洗濯したばかりみたいな——穢《けが》れのない、白い衣装を受け取る。部屋の隅っこに吊《つ》るされていたそれが、どうやら『Ra*bits』というらしい『ユニット』の専用衣装みたいだ。

愛らしい衣装だし、きっと創くんによく似合うだろう。

「こっちの台詞だってば。創が校内資金とか稼いでくれなきゃ、この衣装もつくれなかったんだし。まぁ、アホの光が勝手に注文しちゃったんだけど」

「えへん♪」

「褒《ほ》めてないから。おまえ足並み揃《そろ》えろよ、勝手に突っ走んな。ついてくの大変だし、俺たちは『ユニット』なんだからさ？」

なぜか胸を張っている光くんを、友也くんは胡乱《うろん》な目つきで睨《にら》んだ。そこで初めて私たちに気づいたのだろう、かるく会釈してくれる。

「ふふ。友也くんが気配りしてくれるおかげで、ぼくたちは空中分解せずに済んでるんだなぁって思います。友也くんは、『Ra*bits』の大黒柱《だいこくばしら》ですね……♪」

私たちのことを簡単に紹介してくれつつ、創くんが親しみをこめて微笑んだ。

「いつも助かってます、ほんとに」

大事そうに衣装を受け取り、創くんはそれを抱きしめるようにして、私や他の子の視線を気にしてうろうろした。どうも、着替える場所を探しているらしい。

先ほどスバルくんに相談されたことだけれど、たしかに『ユニット』で共通の衣装があると目立つし統一感もでて良い具合かもしれない。『Trickstar』に似合う衣装のデザイン、頼まれたのだから考えないと。それが今、私にできる最大の仕事である。

「そう思うなら、あんまり苦労をかけないでくれよ……。でもまぁ、おまえらはうちの学院の奇人変人のなかでは『まとも』なほうだからな」

友也くんは溜息まじりに、ぶつぶつとお小言《こごと》を垂《た》れている。

「だから、『ユニット』を組んだわけだし。うちの演劇部の変態仮面の相手するより、よっぽど楽ちんだしな〜？」

「演劇部？　ってことは、おまえホッケ〜の知りあい？」

遠慮のないスバルくんが、嬉しそうに友也くんに歩み寄る。

ネクタイの色から先輩だと判断したのか、友也くんがぎこちない敬語《けいご》で問《と》うた。

「『ホッケ〜』って誰っすか、もしかして北斗先輩？」

「そうそう。俺、ホッケ〜と『ユニット』組んでんの☆」

「ふぅん。北斗先輩を『Ra*bits』に誘ったとき、『先約があるから』って断られたんですけど。あなたたちのこと、だったんですね」

友也くんはおかしな想像をしたようで、青ざめて口元に手を当てる。

「もしかして、今日の対戦相手？　嫌だぁっ、北斗先輩とは戦いたくない！」

「ちがうよ、俺たちはただ応援にきただけ〜♪」

私と腕を組むみたいにして前にでて、スバルくんは物怖《ものお》じせずに問いかける。

「そういや、ちゃんと調べてこなかったんだけど。しののんたち、どの『ユニット』と対戦するの？」


「百聞は、一見にしかず！　とくと、ご覧《ろう》じろ〜♪」

スバルくんの質問に答えたのは、新しく室内に踏みこんできた人物だった。

びっくりして振り向くと、いつの間にか私たちの背後に誰かが立っていた。『Ra*bits』の衣装を着た、驚《おどろ》くぐらいの美少年である。左右非対称《ひたいしょう》の、黄金色《こがねいろ》の髪。兎《うさぎ》のような、深紅《しんく》の瞳《ひとみ》。肌も白く麗しく、けれど背丈《せたけ》はちいさくて、触っただけで折れてしまいそうなほど細い。妖精《ようせい》か、天使みたいだ。

正体不明の美少年は、えへんと胸を張って宣言する。

「ふっふっふ。『講堂』に、放送委員の権限でカメラ仕掛《しか》けてきたぞ～？　客の視点から、映像でドリフェスが観られる！」

私たちが入り口付近にたむろしているので彼は部屋のなかまで入れないらしく、ちょっとごめんな、と断ってからちいさな身体を活かして器用に滑《すべ》りこんでくる。部屋の片隅、天井付近に配置されたテレビとノートパソコンを繋いで、映像を表示させていた。

大胆にも床に胡座《あぐら》をかいて、とても楽しそうに。

「もう、先攻の『ユニット』はパフォーマンスを始めちゃうぞ～♪」

その指先が目にも留まらない速度で動き、タイピングする。手慣《てな》れた所作《しょさ》だ、ちいさな子供が玩具《おもちゃ》で遊んでいるようにも見えるけれど――。

「おわっ、何だ何だ？　また、ずいぶん『ちびっこ』だな～？」

「『Ra*bits』は一年生中心の、ちっちゃくてかわいい『ユニット』なんです♪」

興味深そうに失礼なことを言うスバルくんの疑問《ぎもん》に答えたのは、どうも重ねられた机の向こうで着替えていたらしく、すこし姿が見えなかった創くんである。

彼も他のみんなとお揃いの、アイドル衣装になっていた。

「わぁ、しののん！　似合ってるね、かわいい～☆」

「えへへ。ありがとうございます～♪」

創くんに抱きつきにいこうとするスバルくんを、私は服を引っぱって止める。せっかく着替えた衣装が皺《しわ》になってしまうから――けれどほんとうに、みんな愛らしい。

「和《なご》むなおまえらっ、ひとの話を聞け～！」

無視された格好になる美少年が、ノートパソコンの画面から顔をあげて文句を言った。

「わっ。すみません、に～ちゃん」

ビクッとして謝る創くんの言葉を受けて、スバルくんが好奇心を抱《いだ》いたのか、『に～ちゃん』と呼ばれた美少年のそばまで歩いて行く。

そして無遠慮《ぶえんりょ》に、彼の頭を「ぱんぱん」と叩《たた》いた。

「『に～ちゃん』？　こいつも、一年生？　ちっこいなぁ、かわいい～♪」

「『かわいい』って言うにゃ！　おれは三年生だっ、先輩だぞ～？」

「えっ、先輩？　嘘《うそ》だぁっ、他の一年生の誰よりも背がちっちゃいのに？」

「ちっちゃいって言うな！　おれは三年B組テニス部部長、放送委員長――そして『Ra*bits』のリーダー、仁兎《にと》なずな！」

「名前も、かわいい～♪」

「うみゃああ！　喧嘩《けんか》売ってんのか～っ、むかちゅく！　こっちはドリフェスの直前で気

が立ってるんらっ、か弱いウサギも怒れば噛《か》みつくんらぞ〜！」

「あはは。怒ると舌足《したた》らずになるんだな、かわいい〜♪」

「撫でるなっ！」

　仁兎なずな、という名前らしい男の子（三年生というのが事実なら、先輩だけれど）と戯《たわむ》れているスバルくんである。なずなくん——なずなさんはいちいち反応が過敏《かびん》なので、ちょっかいをだすのが面白いのだろう。

　というか私たち、どう考えてもライブ前の『Ra*bits』のみんなを邪魔《じゃま》している。

「おい創ちんっ、こいつ何とかしろ！　ていうか、部外者つれてくんにゃ！」

　ぬいぐるみみたいに抱きしめられて、なずなさんは息苦しかったのか、顔を真っ赤にして怒鳴った。その間も、彼の指先は忙しくノートパソコンを打鍵《だけん》している。

　創くんははにかみ笑いで、そっと歩み寄ってくる。

「すみません。でも応援してくれるひとは大事にしなきゃって、に〜ちゃんがいつも言ってることですよ？」

「むう。悪気がなかったなら、いいけど。……邪魔だけはすんなよ、おまえら？」

　意外とそれ以上は拘泥《こうでい》せずに、なずなさんはあっさりと許してくれる。度量《どりょう》が広いのだろう——こういうところは、年上の先輩らしい。

「それより映像を観ろ、おれたちの対戦相手のパフォーマンスを！　敵を知り、おにょれを知れば百戦あやうかりゃず……☆」

「もはや噛みすぎて何を言ってるかわかりません、に〜ちゃん♪」

「む〜。浮かれてられんのも、今のうちだぞ。おれたちの対戦相手は、あの生徒会の『ユニット』だからな〜？」

呑気な創くんを睨《にら》み、好き勝手に動いている他のみんなを眺めて――なずなさんは、深々と溜息をついた。

このなかではいちばん常識的な友也くんが、口調を深刻にしてぼやく。

「生徒会――よりにもよって、最悪の相手っすね」

「うん。気ぃ引きしめろ、でないとおれたちは『生《い》け贄《にえ》のウサギ』だぞ。踏みつぶされて、ミンチにされて、生徒会の餌《えさ》になっちゃうぞ〜？」

生徒会は昨日、【龍王戦】では単に権力を駆使《くし》して非公式のドリフェスを鎮圧《ちんあつ》しただけだったけれど。彼らのアイドルとしての実力は、如何《いか》ほどのものなのだろう。

敵を知り己を知れば百戦危《あや》うからず――それは実際、そのとおりだ。

この学院において、生徒会は尋常《じんじょう》ではないほどの権力と、発言力を有している。確かな実力に裏打ちされているがゆえの、あの高圧的な振る舞いだろう。これで権力だけの、ただの腐った連中なら気が楽なのだけれど。

「今回、ドリフェスに参加するのは……。生徒会長が長期入院で不在の今、生徒会における最強戦力といえる副会長の『ユニット』――『紅月《あかつき》』だ」

現在の生徒会の、最高戦力。おそらく、『Trickstar』のみんなもいつか戦う宿命《しゅくめい》にあ

る強敵。その壁を乗り越えないかぎり、未来はない。

私は息を呑《の》み、なずなさんが示した画面を注視《ちゅうし》する。すでに『講堂』の様子が生中継されているらしく、映像が忙《せわ》しく切り替わっている。

どこから撮影しているのだろうか、真上からのアングルなどもあった。

「相手にとって、不足なしだぞ。まぁ向こうは、おれたちのことなんか敵とすら思ってないだろうけどな～？」

なずなさんが不敵に笑うと、膝《ひざ》を叩いて臨戦態勢《りんせんたいせい》になる。周りに集まってきた他の『Ra*bits』のみんなと、ついでに私やスバルくんを見上げて、勇《いさ》ましく吠えた。

「せいぜい、一泡吹かせてやろう。おれたち『Ra*bits』の、全身全霊で！」

その言葉に、他のみんなも表情を変える。ちいさくて愛らしいけれど――やっぱりこの仁兎なずなというひとは、『Ra*bits』を率《ひき》いる親分なのだ。

熱を帯びていく室内とは裏腹に、画面のなかでは冷え冷《ひび》えとした――無表情の生徒の群れが、観客として密集している。マスゲームじみた、光景……。ホラー映画よりも何倍も恐ろしい、何か得体のしれない不気味なものが展開している。

きっと、直視したら後悔する。本能が、そう警告している。けれど、目を逸《そ》らせない。

それは夢ノ咲学院が内包《ないほう》する歪みの、闇《やみ》の、発露《はつろ》。この学院を支配する帝国、生徒会によるおぞましい儀式であった。

なずなさんの頭越しに、テレビ画面に流れる映像を食い入るように見る。

間近で、生でライブを観戦しているわけではない。映像だから、ある程度は臨場感や迫力は緩和《かんわ》されている。それでも、全身が異様に震《ふる》えた。

何だかほんとうに、怖い。気味が悪い、どこか常識の異なる国の光景みたいだった。アイドルのライブについて、私も偉そうに語れるほど詳《くわ》しくはないけれど、それはもっと夢のあるものではないのか。観ていると笑顔に、幸せになれるような……。

けれど私が感じているのは、凍《い》てつくような恐怖だけだった。

実際のところ、まだライブは始まっていない。観客が、『講堂』の席に座っているだけだ。微動だにせず並び、密集している。公開処刑を見学にきた、酔狂《すいきょう》な民衆のように。

何かとても、忌《い》むべきものが始まろうとしている。その予感だけで、私は指先すらも動かせないほど気分が悪くなった。口元を手で塞《ふさ》ぎ、思わず目を逸らす。

そうしたら視線の先に、ちょっと平和なやりとりを見つけて――ほっとした。

「明星先輩～、お茶をどうぞ♪」

「ありがとう、しののん！」

これからライブなのだろうに、創くんがなぜかお茶会の準備をしている。手慣れた様子で紅茶をいれて、お茶菓子も配っていた。

「至《いた》れり尽《つ》くせりだね〜、ってか俺がお茶とか用意すべきだったかもね。しののんたち、これからドリフェスの本番でしょ？」

「いえいえ、お客さまはのんびり寛《くつろ》いでください。どうぞ、転校生さんも♪　オレンジペコはお好きですか？」

スバルくんすら珍しく常識的なことを言ったのに、創くんは気にせず上機嫌で私にまでティーカップを渡してくれるのであった。良い香り。一口含んだだけで、全身がとろけるように楽になった。硬直《こうちょく》していた表情筋を、指先で揉《も》んでほぐす。

オレンジペコは、おいしかった。

あったまる。

そうだ、私が緊張《きんぱく》していても仕方ない。これから戦うのは、『Ra*bits』のみんなだ。無《む》駄《だ》に私が緊迫して、空気を重くしてはいけない。ライブに出場するアイドルに気を遣《つか》われるなんて、『プロデューサー』失格すぎる。

ありがとう、と創くんにお礼を述べると、彼は何でお礼を言われたのかわからない——みたいに戸惑《とまど》ってから、ふんわりと笑った。

そのあたりで、さすがになずなさんが注意してきた。

「おまえら和むなというのに。映像を、ちゃんと観ておけよ〜。現場で間近から観たほうがいいんだけど、それだと意見の交換とかじっくり検討《けんとう》とかできないしな。生徒会の『ユニット』のライブは、そういう私語とかにうるさいし」

「おぉ、さすが放送委員。ほんと、手際《てぎわ》いいですね」

素直に言うことに従い、友也くんがなずなさんの横に椅子を運んでくる。それから気づいて、私たちのぶんも用意してくれた。

本来、こういうのはアイドルにさせるべきではない――私がやるべきだった。いつまでも、お客さま気分ではいけない。

なずなさんは髪の毛先を指で弄《いじ》くりながら、ひたすら画面を注視している。

「おれ、自分が関係ないドリフェスでも映像配信とかやってるもん。慣れたもんだぞ～、今回は現場にしのぶんを派遣して撮影とかは頼んだけどな。……創ちん、お茶を飲むのはいいけど衣装は汚すなよ？」

「はぁい。皆さん、お茶のお代わりはいかがですか～？」

「創ちんは、何でそう『おもてなし』が好きなんだ……。まぁいいけど、呑気にしてられるのも今のうちだぞ？」

給仕《きゅうじ》をしている創くんにお小言を垂れてから、なずなさんは腕組みする。

「おれたちの対戦相手、『紅月』のパフォーマンスをよく見とけよ」

「どれどれ？　見せて、見せてっ♪」

「身を乗りだすなよ、光ちん。他のやつが、見えないだろ～。ったく『Ra*bits』は、ほんとに保育園みたいな感じだなぁ？」

「に～ちゃんも、お茶をどうぞ♪」

「ありがと。あぁもう、『講堂』と空き教室の間をドタバタ走り回ったから、喉《のど》が渇《かわ》いちゃったぞ～？」

光くんと創くんにまとわりつかれながら、なずなさんは盛大な溜息を漏《も》らす。こうして見比べてみると、なずなさんはさすが最高学年だ――落ちつきがある。

満たされた表情で、創くんがほっこりと微笑んでいる。

「ふふ。お疲れさまです、に～ちゃん♪」

「ところで。どうでもいいんだけど、何で『に～ちゃん』なの？」

椅子をギッタンバッタンと前後させながら、お行儀《ぎょうぎ》のよくないスバルくんが私も気になっていたことを問うた。あっさりと、なずなさんは答えてくれる。

「苗字《みょうじ》が『仁兎』だから、に～ちゃん。お兄ちゃん、年上、って感じでいいだろ～？　んぐんぐ、お茶うまぁ♪」

至福の表情でお茶を堪能《たんのう》しているなずなさんを、スバルくんがときどき見せる酷《ひど》く冷徹《れいてつ》な表情で――観察している。

（ん～。かわいいなぁ、に～ちゃん。三年生とは、思えないなぁ。こんな『ちびっこ集団』で、生徒会の『ユニット』とまともに戦えるのかな？）

（まぁ、俺たちも他人の心配してる余裕はないか）

なずなさんから視線を逸らし、スバルくんもテレビ画面を見据《みす》える。

（それよりも。生徒会の現時点での最強戦力だっていう、『紅月』のパフォーマンスを見ておくのは……。生徒会と敵対する予定の俺たちにとっても、損《そん》はないはずだよね）

椅子の上に胡座をかきながらも、真剣に。

（しののんの応援にきて、思わぬ拾いものかも。どうせなら、しののんたちに生徒会をぶっ倒してほしいけど……）

横目で、鼻歌まじりに新しく紅茶をいれなおしている創くんを、眺めている。手塩《てしお》にかけて大事に育てた子供でも見るみたいだ、スバルくんの眼差しは優しい。

（しののん、がんばってたからなぁ。その努力は、情熱は、報《むく》われるべきだ）

なずなさんが何だかそんなスバルくんを嬉しそうに見てから、穏《おだ》やかにつぶやいた。

「今のうちに、『紅月』の予備知識を共有しとこう。……友ちん、説明してくれる？」

「何で俺が。と言いたいとこだけど、たしかに適任っすね」

もたもたしている創くんを見かねてあれこれ手伝っていた友也くんが、溜息をついた。

「俺は永らくアイドルじゃなくて、ただのファンだったから。この学院のアイドルについての予備知識は、わりとありますし」

ただのファンだった——というのは、どういうことだろう。この子は一年生で、まだ四月だし……。夢ノ咲学院への入学を決めるまでは私と同じ、芸能界とは縁もゆかりもない一般人だったのだろうか。

「『紅月』は生徒会長が不在の現状、学院最強といっていい『ユニット』です。雰囲気は、和風。伝統文化に基《もと》づいた、地に足のついたパフォーマンスを得意としています」

資料などを確認することもなく、友也くんはすらすらと説明してくれる。

「地味ともいえますが、つまり堅実ということです。人類が何百年も築《きず》きあげてきた音楽の歴史、ひとを楽しませる技術の結晶こそが――伝統芸能です」

教科書を読みあげるみたいな、生真面目《きまじめ》な語り口だ。

「それを極め、完璧にやり遂げる『紅月』のパフォーマンスには、小手先の芸にはだせない重みと深みが生じます。伝統文化の大津波《おおつなみ》には、誰も抗《あらが》えずに押し流されて一気に制圧されます。王道ゆえに、揺るぎません」

声を低めて、畏怖《いふ》をこめて。

「雅楽《ががく》、クラシック、伝統文化の強みは『歴史の重み』です」

「そんな、すごいひとたちが対戦相手なんですか……？」

「えへん、敵が強いのは折りこみ済みだぜ！　当たって、砕《くだ》けてやろうぜ！」

「砕けて、ど～する。やるからには勝つぞ、おまえら」

三者三様に、創くん、光くん、なずなさんがそれぞれ思いの丈《たけ》を述《の》べた。なずなさんも床から立ちあがり、椅子に腰掛けて、となりの光くんを大切そうに抱き寄せる。

「黴《かび》の生えた古くさい伝統芸能なんか、若者の心には響かない。アイドルは若者の文化だ、過去の遺物にでかい顔はさせないぞ～？」

そして不敵に笑ったけれど、その内心は言動ほどにはお気楽ではなかった。

（とはいえ。伝統文化を重んじながら、『紅月』はそれを現代風にアレンジしている。重くて深くて、しかも響く。完璧《かんぺき》だ、強すぎる）

ちいさくて愛らしくても、なずなさんはこの夢ノ咲学院で三年間——生き抜いてきた歴戦の勇士なのだろう。他の子たちよりずっと、『紅月』の恐ろしさを実感している。

（『ユニット』を構成する、ひとりひとりの技能も高すぎる。しかも最高権力者たる生徒会という権威も、学院の後押しまである。まさに王者——しょうじき、おれたちには勝ち目がないかもな〜？）

それでも他のみんなを不安にさせないように、彼は気丈《きじょう》に振《ふ》る舞《ま》っているのだ。

（でもま。いちばん年上のおれが怯んだらいかん、泰然《たいぜん》としていよう）

えへんと胸を張り、ぐりぐりと光くんの頭を胸元に押しつける。

熱を交換し、雛鳥《ひなどり》を守るように。

（怖いもの知らずの、うちのガキんちょどもが……。最大限に持ち味を発揮《はっき》できたら、万が一だってありえるんだ）

光くんを、友也くんを、創くんを——未来ある子供たちを、ひとりひとり眺めている。

（でも、向こう見ずなだけじゃ駄目だ。生徒会の手のひらの上で、踊らされるだけだ。しっかりした、おれのような『お兄ちゃん』が支えてやらないと〜♪）

他のみんなとそう背丈はちがわないのに、一回り以上もおおきく見えた。大事なものを守るために、強く在ろうとした先輩を——その熱を、私も間近から感じる。

（それに、負けても命がとられるわけじゃない。この子たちなら敗戦だって、糧《かて》にして成長できる。おれの仲間たちは、かわいいだけが取《と》り柄《え》のガキんちょだけど。そのぶん、無限の伸びしろがあるんだ）

私と目と目があって、なずなさんは困ったように苦笑いした。

（そんな未来のある、将来有望な子供たちなのに。今の夢ノ咲学院じゃ、三年間……。俯《うつむ》いて生徒会の顔色をうかがって、びくびくしながら過ごすことになる）

ついでのように私の頭も撫でると、なずなさんはライブ映像の確認に集中する。天使のように麗しい顔貌《がんぼう》に、勇気の輝きを灯《とも》らせて。

（そんなの、まちがってる。すこしでも、こいつらが輝《かがや》けるように助力する。それが、おれの役目なんだ）

弱気も何もかも飲みこんで、『Ra*bits』のみんなは前へ進もうとしていた。

（よぉし♪　目にもの見せてやるぞ〜、生徒会！）

なずなさんが微笑み、他のみんなもつられて笑みを浮かべる。希望に満ちた笑顔だった——キラキラと輝いていた。私はそれを見ただけで、虜《とりこ》になってしまいそうだった。

その輝きが、いつまでも消えないことを祈った。

Sacrifice

　完全に日が沈《しず》んだ、真《ま》っ暗闇《くらやみ》の夢ノ咲学院《ゆめのさきがくいん》。月明かりすら分厚《ぶあつ》い雲《くも》に隠《かく》されており、一寸先《いんすんさき》も見えない。水銀灯《すいぎんとう》の輝《かがや》きだけを頼りにして、生ける屍《しかばね》のごとくずるずると歩いているものたちがいる。

「……い、生きてるか、遊木《ゆうき》？」

「自分でも不思議《ふしぎ》だけど、生きてるみたいだよ氷鷹《ひだか》くん」

　互いに肩を支えあい、戦場で銃弾《じゅうだん》でも受けてきたみたいな千鳥足《ちどりあし》で歩いて――『Trickstar《トリックスター》』のメンバー、氷鷹北斗《ほくと》くんと遊木真《まこと》くんは小声で囁《ささや》きあっている。

　北斗くんは何があったのか髪の毛がほつれ、目はうつろで、長距離マラソンを走りきった直後みたいだ。声にも、まったく元気がない。壊《こわ》れたか、発条《ばね》や捻子《ねじ》を落っことした機械みたいにぎくしゃくとしている。

　真くんのほうも疲労困憊《ひろうこんぱい》しているのは同様だけれど、北斗くんより全身を酷使《こくし》したのか、ほとんど自分では歩けてもいない。北斗くんにもたれかかり、引きずられるようにしている。眼鏡《めがね》がずれて、端整な素顔が晒《さら》されている。

「酷《ひど》い顔色だぞ、遊木。あと、なぜそんなに服がボロボロになってるんだ。そっちの特訓は、そんなにキツかったのか？」

「氷鷹くんこそ、亡者《もうじゃ》みたいな顔色と声だよ？」

ふたりは、これまで私たちと別行動をとっていた。私たちの師匠《ししょう》、指導者――のような頼もしい存在になってくれた『三奇人』朔間零《さくまれい》さんの指示のもと、北斗くんは軽音部の双《ふた》子《ご》と、真くんは同じく軽音部の『狂犬』大神晃牙《おおがみこうが》くんと特訓をしていたのだ。

「お互い、地獄《じごく》を味わったようだな」

「これが二週間、つづくんだよね」

声をださないと、意識を保《たも》っているのも難しいようだ。北斗くんの言葉に、真くんも苦労しながら相づちを打っている。

ふたりは牛歩《ぎゅうほ》で進みながら、互いの健闘《けんとう》を称《たた》えあい、慰《なぐさ》めあっていた。

「ちょっと、後悔している。俺、途中で死ぬかもしれん。そうなったら、後のことは頼むぞ。……俺たちはもしかしたら、悪魔に魂《たましい》を売り渡したのかもな」

「うまい喩《たと》えだね、ふふふ。もはや、笑うしかないね。これで生徒会に勝てなかったら、真面目にショック死するかも」

「そうだな、絶対に勝とう。でないと、流した血と汗と涙が無駄《むだ》になる」

「泣いたんだ、氷鷹くん。君の涙って、想像できないんだけど」

「笑い泣きを、させられた。俺の特訓は、そういう趣旨《しゅし》だったんだ。俺はもっとリラックスし、柔軟になるべきだ～という話だったからな」

北斗くんは自分の体験してきた地獄を、途《と》切《ぎ》れ途切れに語っていた。

「ひたすら双子の漫才《まんざい》を見せられ、ちっとも笑わずにいたら全身をくすぐられた。そのまま、笑い死に寸前まで追いつめられたんだ」

あの双子なら、愉快《ゆかい》な漫才をしただろうけれど。

強要される笑いほど、つらいものはない。

「あと柔軟性を養《やしな》うためという名目で、酸《す》っぱいものをたくさん食べさせられた。それと、柔軟運動をしたりな。何の意味があるのか、皆目《かいもく》わからん」

それは実際、意味がわからない。あの双子、面白がりなところがあるようだし──北斗くんという玩具《おもちゃ》で、思う存分に遊んだだけなのではないだろうか。

「笑いすぎて、腹筋と表情筋が痛い。双子の仕草《しぐさ》などを見て、適切なタイミングで笑わないとくすぐられるんだ。ほとんど、拷問《ごうもん》だった。だが、おかげでずいぶんお笑いに詳《くわ》しくなったぞ」

「僕たち、たしかアイドルだったよね……？」

なぜか誇《ほこ》らしげな北斗くんに、真くんが遠い目をしてぼやいていた。

「うむ。そのはずなのだが、なぜか俺は基本的にお笑いの稽古《けいこ》をしていた。その過程で、自作の漫才もやらされたぞ」

「氷鷹くんが、漫才って……。それも想像できないや、どんな感じなの？」

「言いたくない、忘れたい。だが、これに慣《な》れなくてはいけないんだ」

北斗くんはきつく下唇《したくちびる》を噛《か》みしめて、瘧《おこり》のように震《ふる》えた。

「俺は、何度も何度も『馬鹿《ばか》になれ！』と言われた。だから、俺は馬鹿になろうと……。がんばって、がんばったのに」

「もういい、いいんだ氷鷹くん。何も言わなくていい、お疲れさまだったね」

がくがくと痙攣《けいれん》する北斗くんを、優しく抱き寄せる真くんであった。ともに地獄を乗り越えて、ふたりには奇妙な一体感が生じ始めていた。

それすらも零さんの狙いどおりなら、感服《かんぷく》するしかないけれど。


「氷鷹くんは、精神を抉《えぐ》られるタイプの特訓だったみたいだけど。僕は、ふつうに肉体的な特訓だったよ。もう、全身が筋肉痛」

北斗くんを良い子良い子しながら、真くんは自分の味わった悪夢《あくむ》について語る。

「基礎体力が足りないからって、ひたすら大神くんに竹刀《しない》でぶたれながら、筋トレとか走りこみをしたよ。あと、バンジーとか」

「……どういうことだ？」

「僕の臆病《おくびよう》な性格を矯正《きようせい》する、という名目で屋上からバンジージャンプさせられたんだ。何度も何度も、教師が気づいて叱《しか》りにくるまで延々《えんえん》と」

実際、バンジージャンプはどこかの国の民族が行っている成人の儀式——大人になるための通過儀礼《イニシエーション》がもとになっている、という話を聞いたことがある。

「大神くん、途中から面倒になったらしくて。最終的に、紐《ひも》をつけずにバンジーさせられそうになったよ。それって、ただの投身自殺じゃないかな？」

いちど愚痴《ぐち》を零《こぼ》し始めたら止まらなくなったのだろう、涙ながらに嘆《なげ》きつづけている。

「うう。バンジーのときに眼鏡《めがね》が落ちちゃって、壊れちゃったし。いま予備のつけてるんだけど、なぜか大神くんそれ見て無意味に怒るし！　わけわかんない！」

恐怖がぶり返してきたようで、真くんもがくがくと震え始める。

「あと爬虫類《はちゅうるい》とかのゲテモノがいっぱい蠢《うごめ》いている穴に落とされたり、大神くんの知りあいのバイクに乗せられてチキンレースさせられたり、エアガンでバンバン撃《う》たれたりしたよ……？　これ、ほんとにアイドルの特訓？　アイドルって、何だっけ？」

「ＰＴＳＤ《トラウマ》になりそうだな、おまえも大変だったんだな」

「いちばん心が折《お》れるのは――これがアイドルとしての実力向上と、何の関係があるのかわかんないところだよね！」

歩いていられなくなり、道なりに設置されているベンチにふたりは腰掛《こしか》けていた。頭を抱《かか》えて、休んでいる。

真くんは、赤ん坊みたいに泣いていた。

「ねぇ、氷鷹くん。もしかして、僕たち朔間先輩に弄《もてあそ》ばれてるだけじゃないっ？」

「そこは疑うな、遊木。これは特訓だ、俺たちが成長するために必要な労苦なのだ。そう自分に言い聞かせていないと――俺も、心が折れそうなんだ」

北斗くんも、いつもより口調が弱々しい。

「今は信じて、努力するしかない。いつか、苦労が報われる日を夢見て」

「……そういえば。僕たちが、こうして悪夢のような特訓をさせられてる間——明星《あけほし》くんは転校生ちゃんと、呑気《のんき》にデートしてるんだよね」

「そうだな。なぜか、無性に腹が立つな」

「うん、明星くんだけずるいよね」

「あぁ、俺たちは『ユニット』なのにな♪」

「仲間だもんね。明星くんも、僕たちと同じ苦痛と絶望を味わうべきだよね♪」

だんだん、ふたりの憎しみの矛先《ほこさき》がスバルくんにまで向いてきた。

「——む？」

北斗くんが、不意に俯《うつむ》かせていた顔をあげる。彼と、私の視線が交差する。真くんも遅れて気づいて、腰を浮かしていた。

「どしたの、氷鷹くん。……あれっ、転校生ちゃん！」

私は息も絶え絶《たただ》えに、彼らが座りこんだベンチに駆《か》け寄《よ》っていく。

彼ら以上に、憔悴《しょうすい》して。ほとんど、転びそうになりながら。

必死に、彼らを捜していたのだ。いちど軽音部の部室に向かい、零さんにふたりはさっき帰途についたところじゃ——と教わって、慌《あわ》てて追いかけてきた。

「転校生ちゃん、ひとり？　明星くんは、一緒じゃないの？」

私が尋常《じんじょう》ではない様子だったからか、優しい真くんは自分も疲れているのだろうに、立ちあがっておろおろと手を差し伸べてくる。せめて呼吸を整えさせてくれようとしたのだろう、背中を撫《な》でようとしたらしいその手を、私は全力で掴《つか》む。

息切れしていて言葉も紡《つむ》げない、強引に彼らを引っぱっていこうとする。

「ど、どうしたの？　やめてっ、僕ちょっと全身が筋肉痛で、気を抜くとバラバラになりそうなの！」

「転校生、どうした。ちゃんと、事情を話せ」

遅れて立ちあがった北斗くんが、揉《も》みあっているような私たちに歩み寄り、ふたりまとめて肩を支えてくれる。

「大丈夫、俺が何とかしてやる。だから、いったん深呼吸して落ちつけ」

お手本を見せるように、おおきく息を吸って――。

吐《は》いた言葉は、的確な推測《すいそく》を述べている。

「……明星に、何かあったのか？」

私は必死に、何度も頷《うなず》く。

お願い、助けて――。

「遊木、動けるか？　よくわからんが、どうやら火急の事態《じたい》のようだ」

北斗くんはいちどだけ私を抱き寄せると、真くんの背中を叩《たた》いた。

「今日はもう、帰って眠りたいところだが。残念なことに、そうもいかんらしい」

「はいはい。次から次へと忙しいね～、もはや楽しくなってきちゃったよ！」

真くんも賦活《ふかつ》されたのか、汗を拭《ぬぐ》うと凜々《りり》しく前を見据《みす》える。

どこへ行けばいい？　みたいに見られたので、私は遠くにある『講堂』を指し示す。そして、いの一番に走りだした。北斗くんも真くんも、ついてきてくれると信じた。

転校二日目――初日にも増して濃密な一日が、ようやく終わろうとしている。


暗闇《くらやみ》の底に、スバルくんは独《ひと》りぼっちで座りこんでいた。

『講堂』である。すでにライブは終了し、がらんどうになった観客席や舞台がうら寂《さび》しい。配られたパンフレットや食べ物や飲み物のごみが、無秩序《むちつじょ》に散らばっている。台風の直後か、爆撃機が通過したあとの焼け野原みたいな、渺茫《びょうぼう》たる景色《けしき》……。

スバルくんは放心状態で、座席に体重を預けて手のひらで顔を覆《おお》っている。いつも陽気で騒《さわ》がしい彼だからこそ、そんな姿は異様に見えた。

孤独感の、かたまりみたいだ。

私たちは大急ぎでこの場に到着し、観客席の最前列に座ったスバルくんに駆け寄る。こちらに気づいているのかいないのか、彼は反応せずにただ呆然《ぼうぜん》としていた。

私と真くんに比べてすこし余裕のある北斗くんが、意を決したように、スバルくんに呼びかける。

「明星」

北斗くんにとっても、こんなスバルくんを見るのは初めてなのかもしれない。

「こんな暗いところで、ひとりで何をしている？」

顔を寄せて、北斗くんは気遣《きづか》いながら優しく問《と》うた。

「転校生が、心配していたぞ。どうした、何があったんだ？」

そうだ。私が何をしようともスバルくんがリアクションを返してくれなくて、どうしたらいいかわからなくて——私は必死に、北斗くんたちを捜したのだ。

他には、何もできなかった。助けを、呼ぶことしか……。どんな言葉も行為も、スバルくんを動かすことはできなかった。

けれど北斗くんや、真くんなら。『Trickstar』の、みんななら。

「おまえらしくないぞ、そんなふうに落ちこんでいるのは……。どうもドリフェスを観戦していたらしいが、そこで何かショックなものでも見たのか？」

幼《おさな》い子供か孫にでも語りかけるように、北斗くんが柔らかく尋《たず》ねている。

「相談してくれ、仲間だろう。おまえが笑っていないと、俺たちもどうしたらいいかわからない。おまえは、俺たちを照らす一等星なんだ」

「……うう」

真心をこめた北斗くんの言葉に、スバルくんが反応する。顔を覆《おお》っていた手のひらをどけると、その奥からぐしゃぐしゃの表情が露出《ろしゅつ》した。

「うわぁん、ホッケ〜！」

「むう、抱きつくな鬱陶《うっとう》しい。ほんとにどうした明星、いつもとはちがう方向で様子がおかしいぞ？」

北斗くんにむしゃぶりついて泣きじゃくるスバルくんを、真くんが何だかちょっと羨《うらや》ましそうに眺めている。

「う〜ん。今日のドリフェスで、何かがあったんだよね。『Ｓ２』だっけ――公式ドリフエスは映像が学院の生徒限定サイトにＵＰされてるから、それを確認してみよっか？」

弱気なところがある真くんも、窮地《きゅうち》には頼りになる。

「えぇっと……。慌てて飛びだしてきたから、スマホしかもってないんだよね。画面ちっちゃくて、見づらかったらごめんね？」

私たちの正面に回って、制服のポケットからスマートフォンを取りだすと提示する。

「やっぱり、ドリフェスの当日はサイトが重くなるなぁ……。読みこみが、長〜い。生徒限定サイトのはずなのに、わりと外部からのアクセスもあるっぽいんだよね」

ぶつぶつと独《ひと》りごちながらも、真くんが電波の良いところを探しているのか、スマートフォンを高く掲《かか》げて左右に振《ふ》り回していた。

「今日の配信担当は、仁兎《にと》先輩じゃないのかな。ちょっと編集が甘い感じ、音割れしてるし〜。これは、仙石《せんごく》くんあたりの仕事かなぁ……？」

「どういうことだ。俺にも見せてくれ、遊木」

スバルくんに抱きつかれたまま、北斗くんが手招《てまね》きみたいな仕草をする。

「うん。これは、映像ぶれてて見づらいけど生徒会の『ユニット』かな。副会長の『紅月《あかつき》』だよね、現在の夢ノ咲学院における最大戦力」

「俺たちの、当面の敵だな。その驚異的な実力を見せつけられて、自分たちとの格差を実感して、明星は落ちこんでしまった……のか？」

真くんの手元を——スマートフォンを覗《のぞ》きこんで、北斗くんが顔をしかめる。

「明星は、そんな程度のことで怯むような根性なしではないと思うが」

私も手招きされたので、すでに見た光景ではあるのだけれど——一緒にスマホの画面を覗きこむ。みんな頰《ほお》が触れるほど顔が近いものの、気にしていられない。

「ふん、さすがだな『紅月』は。貫禄《かんろく》がある、たった三人の『ユニット』とは思えないほど大迫力だ。まるで、フルオーケストラの演奏だ。『紅月』と比べれば、俺たちふつうのアイドルのパフォーマンスなんか『ごっこ遊び』に見えるな」

事前知識のすくない私に解説してくれるつもりか、北斗くんが画面を指で示す。そして何だか懐かしくすら思える家庭教師モードで、語った。

「やはり目立つのは、『紅月』の首魁《しゆかい》であり生徒会の副会長……蓮巳敬人《はすみけいと》」

画面のなかでは、『紅月』のパフォーマンスが展開されている。

その中心にいるのは、昨日も相まみえた蓮巳敬人さんだ。

『紅月』の衣装は和風の、荒々しくも優美な戦装束《いくさしようぞく》じみた雰囲気《ふんいき》。

今日も麗《うるわ》しい眼鏡の副会長は、華美な扇《おうぎ》を手にして舞っている。非常に動きづらそうな衣装なのだけれど、全員が調和のとれた雅《みやび》なパフォーマンスを見せている。ときに驚くほど、動く。人間離れしている、と思えるほどに。

緩急《かんきゅう》をつけて、問答無用で観客の視線を奪う。

「副会長は、まちがえない。まったくミスのない、完璧な演奏と歌だ。俺とタイプが似ているが、あらゆる点で俺より格段に高度かつ精緻《せいち》だ。正直、惚《ほ》れ惚《ぼ》れする」

北斗くんが粗《あら》探しをしようとして、けれど見つけられなくて悔《くや》しい——みたいなことを言う。いずれ相対《あいたい》する『ユニット』だ、弱点でも見つけられたらいいのだけれど。

真くんが、苦笑する。

「氷鷹《ひだか》くんと同じように、堅苦しいけどね。笑顔すら見せないよ、副会長。でもむしろ、凄味《すごみ》を感じるなぁ。ちょっと怖いぐらいだよ、仕事人って感じ？」

「もっと怖いのが、『紅月』にはいるぞ」

画面を指で示し、北斗くんが誰に聞かれているわけでもないだろうに——声を潜めて、さらなる絶望的な事実を告げてくる。

「副会長が、よく研《と》がれた刃《やいば》だとすれば……。それを豪快《ごうかい》に、荒々しく振り回す英雄がいる。『紅月』の№2にして学院最強との誉《ほま》れも高き、鬼龍紅郎《きりゅうくろう》」

副会長の傍《かたわ》らで、豪快に動いている筋骨隆《きんこつりゅうりゅう》々とした巨体がある。昨日、あの【龍王戦《りゅうおうせん》】でも大暴れしていた──鬼龍紅郎さんである。

彼も『紅月』、私たちの敵なのだ。

燃えるような紅《あか》い髪と、三白眼《さんぱくがん》の強面《こわもて》。まさに、歌舞伎《かぶき》者だ。敬人さんと同じ衣装をまとい、彼を目立たせるように一歩引いてはいるけれど、強烈な存在感を放っている。

紅郎さんに関しては、ほんとうに殺しあいでもしているみたいだ。殺伐《さつばつ》としているというか──殴りあいの、喧嘩《けんか》でもしているようだった。

けれど決して下品ではなく、すべての所作《しょさ》が美しい。

「さすがは学院最強、常人離れした身体《しんたい》能力と運動量だ。やや地味ともいえる、『紅月』のパフォーマンスだが……。鬼龍先輩の獰猛《どうもう》な動きで、緩急《かんきゅう》をつけている」

北斗くんが、もはや絶賛《ぜっさん》しているようにしか思えないことを言っている。冷静に評価して、『紅月』はまさに最強クラスの『ユニット』なのだろう。

「伝統芸能──たとえば歌舞伎などは、動いていないように見えて、実際は『動かない』ために凄《すさ》まじい筋力や体力が必要だ」

これはたぶん、私に対しての解説だろう。

動かないことの苦痛──たしかに、ずっと手を挙《あ》げっぱなしにするのは難しい、というか無理だ。なのに紅郎さんは、それを実行している。完璧《かんぺき》に。

想像を絶する、身体能力だ。そういえば昨日《きのう》も、かなり上背《うわぜい》のある──つまり体重もあるだろう晃牙くんを、高々と宙に吹っ飛ばしていた。

そんな規格外な存在と、これから私たちは戦わなくてはならないのだ。

「鬼龍先輩は完璧な静止ができるうえ、いざ動くときには華《はな》がある。最高の、身体表現者だ。副会長も、そんな鬼龍先輩をよく御《ぎょ》している。この二人が組んでいるかぎり、付けいる隙《すき》はまったくないな」

北斗くんの、言うとおりだろう。『紅月』に関しては、相手のミスに期待することすらできない。完璧だ、無敵である。決して攻略することのできない、難攻不落《なんこうふらく》の城だ。

「それに。そんなトップ二人を陰ながら支えている、功労者がいる」

最後に、北斗くんは最も客席から遠い位置にいる人物を指さした。

「『紅月』唯一の二年生メンバー、神崎颯馬《かんざきそうま》」

綺麗《きれい》な男の子だった。スマートフォンのちいさい画面のなかだと、女のひとにも見える。武士のように結《ゆ》わえた、麗しい長髪。なぜか帯刀《たいとう》し、扇を構えて流麗《りゅうれい》に舞っている。

その顔に、私は見覚えがある気がした。アイドル衣装を着ているので、一瞬わからなかったけれど――どこかで会ったような？

「俺たちのクラスメイトだな、副会長の『ユニット』に所属していたのか。扱いにくい変なやつなのに、副会長は巧《たく》みに管理しているようだ」

北斗くんが、すぐに私の疑問に答えをだしてくれる。そうか、クラスメイトだ。私はまだ二日間しか登校していないし――ほとんど教室にいなかったので、まだ同じクラスの子でも顔と名前が一致しないけれど。

クラスメイトでも、『ユニット』が敵対していれば戦うこともある。過酷《かこく》な戦場、それが夢ノ咲学院なのだろう。まだ話したりして仲良くなる前でよかったと思うべきなのか、どうなのか。

複雑な気分でいるうちにも、北斗くんは淡々《たんたん》と語っている。

「神崎もずば抜けた身体能力をもちながら、決して己は目立たず、先輩たちの補佐《ほさ》に徹《てっ》している。従順かつ生真面目に、鋼《はがね》のような忠誠心で副会長に仕《つか》えている」

たしかに、バックダンサーというほどでもないけれど——颯馬くんは他のふたりを前にだして、自分は後方に控えている。『紅月』の中心にいる二人の邪魔《じゃま》をしないよう、けれど己《おのれ》のやるべきことを果たし——補佐していた。

それぞれの髪が色鮮《あざ》やかで、上品で、ほんとうに日本の古来から脈々《みゃくみゃく》と受け継がれる伝統工芸品のようだ。そんなステージだった——価値《かち》が、美しさがあった。

圧倒されるしかない。スマートフォンの映像で見ている北斗くんたちとちがって、私は間近でこれを目撃してしまった。ちゃんとしたライブは初めてだったのを差し引いても、全身の骨を砕かれるみたいな衝撃《しょうげき》だった。

あらためて映像で見ても、すごいけれど。生の迫力は、段違いだ。音というものが、肌に突き刺さるほど痛いものだと初めて知った。

痛めつけられて、ふん縛られて、屈服《くっぷく》するしかなかった。

『Trickstar』のみんなが見せてくれたような、愛情いっぱいのパフォーマンスではなかった。あのときのように、私は感動の涙を流さなかったけれど。

魂は、震えていた。『紅月』は巨大で、抵抗もできず呑《の》みこまれるしかない、得体の知れない恐ろしい怪物だった。

「伝統芸能を主とする、などという風聞だけでは『紅月』には地味な印象しかないが。完璧な王者と、無敵の大将軍と、忠義の鬼のような若侍《わかざむらい》の三人組だ。これは予想以上に強いぞ、寒気《さむけ》がするほどに」

北斗くんも打ちのめされた様子ながらも、納得したように頷いた。

「この『紅月』のパフォーマンスを間近で見てしまったなら、明星が圧倒されてしまうのも無理はない。映像で見ただけの俺ですら、肝《きも》が冷える」

「ちがうよ」

ようやく落ちついてきたのか、手の甲《こう》で涙を拭《ぬぐ》って――スバルくんが呻《うめ》いた。

「『紅月』なんか、どうでもいい。生徒会が強大なのは知ってたからね、今さら驚《おどろ》かないよ。問題なのは、その後だ」

スバルくんは、小刻みに震えている。絨毯爆撃《じゅうたんばくげき》を受けて、大事なものをぜんぶ焼き尽《つ》くされてしまったみたいだ。

「その後が、地獄だった」

「ごめん、心配かけて」

『講堂』の天井を仰《あお》ぎ、スバルくんが呻いた。

スマートフォンから流れるちいさな音量にすらかき消されてしまうほどの、儚《はかな》い声音《こわね》。

周りにいる私を、北斗くんを、真くんを、順繰《じゅんぐ》りに見て——ほっとしたように微笑《ほほえ》む。

「俺自身、落ちこむことなんて滅多《めった》にないから。自分が何でこんなに動転してるのか、わかんない。整理するためにも、ちゃんと説明するよ」

おおきく深呼吸してから、ひどく神妙に語る。

「公式ドリフェスでは、上位の『ユニット』から順番に演目をこなしていく。『紅月』の演目の後に、俺と転校生が応援しにきた『Ra*bits《ラビッツ》』——しののんの『ユニット』の、演目があったんだけど。……驚いたよ。ううん、怖かった」

事実をありのまま述《の》べるだけで、胸が苦しいのだろう。

スバルくんは、顔をくしゃくしゃに歪《ゆが》めている。

「『紅月』の演目が、終わったあと……。ほとんどの観客が、『講堂』から去ったんだ」

事実を、感情の欠落《けつらく》した声でスバルくんは語る。

「まだ『Ra*bits』の演目は、始まってもいなかったのに。俺と、転校生しかいなくなった」

今と同じだ、誰もいない広々とした『講堂』……。ちがう点があるとすれば、舞台上に『Ra*bits』のみんながいたことだけ。

未来に夢も希望もあるはずの、あの尊《とうと》い子たちが——。

「観客たちの大半は、潮《しお》が引くみたいに姿を消しちゃった」

「だろうな」

かんたんにその情景が想像できたのだろう、北斗くんが苦々しく頷《うなず》いた。

「公式ドリフェスが上位の『ユニット』から演目を行う、という規定になっているのはそういうことだ。ふつうの劇場などでの公演には、『前座《ぜんざ》』がある。新入りや、まだ芽《め》がでていない将来有望なものに短い演目を任《まか》せて、その存在を周知させる」

本来は、そう在るべきなのだ。人気のあるものだけ贔屓《ひいき》して、新人を育てない業界はいずれ立ち腐《ぐさ》れする。新しい血を通わせつづけなければ、ゆるやかに衰退《すいたい》するしかない。未来へ投資しなければ、待っているのは破滅だけだ。

「だが公式ドリフェスには、いいや夢ノ咲学院にはそれがない。人気の、上位の『ユニット』がまずパフォーマンスを行う。それを見終わったら、観客は帰ってしまう」

そのとおりだった。

私には最初、意味がわからなかったぐらいだ。まだライブは終わっていない、これから『Ra*bits』のパフォーマンスがあるのに。私たち以外のみんなは、当たり前のように立ち去ってしまった。静寂《せいじゃく》と、ごみくずだけを残して……。

「人気のない、誰にも知られていない『ユニット』は、その存在すら認知されず、演目を見てもらえない。だから、この夢ノ咲学院に一発逆転はない」

変だな、と気づいたときには遅かった。

「公式ドリフェスを観《み》にくる客は、圧倒的強者たる生徒会に投票《とうひょう》する。それだけが、目的だ。成績UPのために、必要なのはそれだけだからな」

スバルくんは、全力でみんなを引き留《と》めようとした。笑顔で呼びかけて、最後は必死になって頼みこんで。

けれど、意味はなかった。むしろ、私たちは常識知らずみたいに罵《ののし》られた。まちがっているのは私たちのほうで、無慈悲《むじひ》に立ち去る彼らのほうが正義であった。

「だから、生徒会の演目が終われば帰ってしまう。実際、生徒会以外の演目を見る必要はない。どうせ誰も生徒会には勝てない、見るだけ時間の無駄《むだ》だ」

それがこの学院の常識──日常的な光景なのだと知って、慄然《りつぜん》とした。

「そんな空気が、蔓延《まんえん》している。当然の帰結だ。観客に、最後まで付きあう義理はないんだ。むしろ生徒会以外を応援したり、演目を見ると、村八分《むらはちぶ》にされかねない」

奇妙な因習《いんしゅう》に支配された、夢ノ咲学院。長い時間をかけて、すべてが腐敗《ふはい》している。

そんな地獄が、この学院だったのに。私は、まだ他人事《ひとごと》だった。北斗くんの涙を見たのに、スバルくんの心の深いところに触れたのに。

すでに、私も夢ノ咲学院の制服を着ているというのに。

かわいい子たちが目の前で無残《むざん》に引《ひ》き裂《さ》かれるまで、愚《おろ》かしくも、呑気《のんき》にお客さん気分でいたのだ。

「そんな現状を嫌《きら》った連中の足掻《あが》きとして、非公式のドリフェスが勃興《ぼっこう》しているわけだが。そちらでは、上位かどうか、人気かどうかは関係なく……。同時に演目を行ったり、公平に勝負ができるような配慮がある」

非公式戦――たとえば、昨日の【龍王戦】だ。

たしかに、あちらには公式のドリフェスにはない前向きなエネルギーがあった。どちらにも出場していた紅郎さんも、昨日《きのう》のほうが活《い》き活きとしていたように思えた。

「だが公式ドリフェスは、『生徒会に投票するだけ』の催《もよお》しになっている。形骸化《けいがいか》している、もはや勝負にすらなっていない」

予定調和の、儀式みたいに。

公式ドリフェスは、始まる前から結果がわかっている。だから誰も、そんなものに一喜一憂しない。奇跡は、大逆転は、ない。退屈《たいくつ》な、ルーチンワークになっている――。

それが当たり前になって、みんな受け入れている。

「観客が帰ってしまうため、後から演目を行う『ユニット』は票が得られない。集計するまでもなく、毎回、生徒会が多数の得票により勝利する」

北斗くんが、吐《は》き捨てた。

「誰も、生徒会には勝てない」

「知ってたよ」

スバルくんが、不意に声を漏《も》らした。

「ううん、そんな話は何度も聞いてたはずだった。でも俺は、ちゃんとそれを実感できてなかったんだ。それを思い知ったよ、今日のドリフェスを見て」

スバルくんは、すぐに笑顔になってしまう。先ほどまで泣きじゃくっていたのが嘘《うそ》みたいに、その表情以外を知らないみたいに……。

微笑みながら、何度も首を傾《かし》げて、どこかが壊れてしまったように語っている。

「俺はさ、この学院の現状ってやつをきちんと理解できてなかったみたいだ。でも肌身に染みたよ、痛いぐらいに実感した……。こんなのは変だ、絶対におかしいよ。演目を、見てもらうこともできないなんて」

その全身に、何かの感情がにじんでくる。スバルくんには、それが何だかやっぱりわからないみたいで、しきりに自分の頬《ほお》を撫《な》でていた。

✧

ぞっとするような、光景だった。

私たちは、誰も何も言えなかった。息を呑《の》み、ただスバルくんの内側で何かが変わり始めているのを——予覚した。いつも調子よく笑って、明るく元気に振る舞っていた彼のなかに、どろどろとした溶岩《ようがん》のようなものが渦巻《うずま》いている。

それは噴《ふ》きあがるのを待っている、熱い感情の奔流《ほんりゅう》だ。

「しののん、がんばってたんだよ。『校内アルバイト』とかして、必死に資金を貯《た》めて、みっちり練習して——仲間たちと、一緒に。いろんな想いを積み重ねて、一生懸命に輝こうとしてたのに」

素直な憧《あこが》れと、希望と、好意を示してくれた創《はじめ》くん。怖いもの知らずの少年らしく、自分が打ちのめされることなんて想像もしていないようだった光くん。同い年のみんなをすこし羨《うらや》ましそうに、大切そうに支えていた友也《ともや》くん。愛すべきそんな子供たちを、ちいさな身体《からだ》でめいっぱいお兄さんぶって、守ろうとしていたなずなさん——。

「でもそんな努力は一切、顧《かえり》みられなかった。悲惨《ひさん》だったよ。思いだすだけで、息が詰《つ》まって苦しくなる」

『Ra*bits《ラビッツ》』のみんなは、ひとつも罪を犯《おか》していない。

何も悪いことをしていないのだ、決して。互いに寄り添って手を繋《つな》ぎあって、地獄めいた学院のなかで夢を追いかけていた。

それなのに。

その芽生えたばかりの尊いものは、花咲くこともなく踏《ふ》みにじられた。

「観客は、俺と転校生しかいなかった。でも俺たちのために、『Ra*bits』のみんなは全力でパフォーマンスをしてくれたよ」

そうだ。彼らは、かわいいだけの集団ではない。意志があり、お客さまを楽しませようという愛情があって、だからこそ残酷《ざんこく》だった。

彼らは私とスバルくん、たったふたりのために全力を尽くしてくれたのだ。

がらんどうの『講堂』で、声を、熱意を振り絞って。

「すごかったよ、曲も歌も何もかも。しののんたちの努力が、目に見えるようだった。魂が、震えたよ。感動的な、パフォーマンスだったのに」

スバルくんは初めて親にぶたれた子供みたいに、呆然《ぼうぜん》としている。その表情に一瞬だけ笑みが浮かびかける――『Ra*bits』のみんなのパフォーマンスを、思いだしたのだろう。

私も、感動していた。素晴《すば》らしかった。彼らは、きちんと最後までやり遂げたのだ。初心者だらけ、なんて信じられないぐらい――楽しかった。些細《ささい》な失敗もありつつも、それも愛嬌《あいきょう》にして、全力でアイドルとして尽くしてくれた。

夢中になって、私とスバルくんは歓声を、拍手を贈《おく》った。彼らはそれに、笑顔で応えてくれた。夢心地になるような、愛らしい歌声を聞かせてくれた。

同情ではない、心の底から――賞賛《しょうさん》したかった。

「でもそれを見ていたのは、俺と転校生だけだった」

けれど、現実は重くのしかかっていた。私たちの周りには闇が渦巻《うずま》いていて、どれだけ『Ra*bits』のみんなが声を張りあげても、おぞましい悪意は振《ふ》り払えなかった。

「こんなの、まちがってる。しののんが可哀想《かわいそう》だ、あの子の歌声はほんとに綺麗《きれい》なんだよ。聞けばみんな虜《とりこ》になる、俺がそうだったみたいに」

しののんの第一のファン、とスバルくんは名乗っていた。スバルくんは、創くんのことが大好きなのだ。人柄《ひとがら》とか、懐《なつ》いてくれるからとか、そういうのもあるだろうけれど。純粋に、創くんのすべてを愛していたのに。

「でも今の夢ノ咲学院じゃ、あの子の歌声はどこにも届かない」

頭を抱えて、スバルくんは項垂《うなだ》れる。

「そんなの、酷《ひど》すぎるよ」

世界のぜんぶを拒絶するみたいに、スバルくんは俯いていた。『Ra*bits』のみんなが一通り演目を終えたあとも——そのまま、ずっと動かなかったのだ。お腹とか、致命的なところを刺されて、これから死んでしまうみたいだった。

見ていられなくて、私は助けを求めて北斗くんたちを捜したのだ。けれど彼らも、全知全能の神さまではない。ただ寄り添って、スバルくんの慟哭《どうこく》を聞いているだけだ。

どうすればいいのだろう——どうしたら、この暗闇を、悪夢を拭えるのだろう。私は吐きそうになって、口元に手を寄せる。お腹の奥から、嗚咽《おえつ》が漏れてくる。

それに気づいて、スバルくんが顔をあげる。創くんと深い関わりのあった、彼のほうがずっと苦しいだろうに。笑って、と促《うなが》すみたいに頬に手を添えてくれる。

「俺、まだどっか他人事《ひとごと》だった。お遊び気分だったよ、正直。ホッケ～たちが何で生徒会に抗《あらが》おうとしてるのか、よくわかんないまま仲間になってた」

懺悔《ざんげ》するみたいに、スバルくんは仲間たちへ吐露《とろ》した。

「笑顔になれるなら、それでいい。生徒会もアイドルだから、きっとみんなを笑顔にする。そう、信じてた。だから生徒会に勝てなくてもいい、って心の底では思ってたんだ」

傷口を自ら抉《えぐ》るみたいに、悲痛な表情だった。

「でも、そうじゃなかった。今日のドリフェスでは、誰も笑ってなかった。作り笑いばかりがあった、そんなのは豚《ぶた》の鳴き声と同じだ。価値なんて、ない。そんな冷たい笑いの裏で、たくさんの涙が流れてた」

どうにか笑おうとして、笑えなくて——それが歯がゆいのか、スバルくんは自分の髪をめちゃくちゃに掻《か》き乱した。

「しののん、泣いてたよ。演目が終わるまでは大丈夫だった、でも終わったあと……。かわいい顔をぐしゃぐしゃにして、泣きじゃくってた」

今日、行われたのは戦争ですらなかった。

一方的な、虐殺《ぎゃくさつ》だった。

「正々堂々、戦って負けて泣いたんならいいよ。価値が、あるから。流した涙のぶんだけ、強くなれるはずだから」

私たちをせいいっぱいもてなして、笑ってくれたみんなが——幸せな時間を共有した愛すべき子供たちが、そこで犠牲《ぎせい》になった。

「でも『Ra*bits』は、しののんは、戦うことすらできなかったんだ」

抵抗もできず、ただ蹂躙《じゅうりん》された。抗うこともできずに——大事なものに火をつけられ陵辱《りょうじょく》されて、うち捨てられて、誰からも顧みられなかった。

「これが夢ノ咲学院の『いつもどおり』なら、毎日のように繰《く》り広げられてる光景なら……。俺は、そんなの認めない。あんな涙は、もう見たくない」

他の観客たちは——夢ノ咲学院の生徒たちは、誰も現状を疑っていなかった。

北斗くんたちは、だからこそ革命の旗を掲《かか》げたのだ。

スバルくんと同様に、私もそれを実感した。あまりにも、遅すぎたけれど。

血が流れてから、初めて痛みに気づいて、そのあまりの苦しさに身悶《みもだ》えしている。

「生徒会のせいで、この夢ノ咲学院の仕組みのせいで、優しいあの子が泣かなくちゃいけないなら——」

スバルくんは、己の胸元をぎゅっと握りしめた。浮かれて、他人事のように考えていた自分を罰するみたいに——胸ぐらを掴むみたいに。骨が軋《きし》む音がするほど、強く。

その瞳《ひとみ》に、闘志が宿る。大事なものを傷つけられて、黙っていられるほど、彼は軟弱《なんじゃく》者《もの》でも非人間的でもなかった。

感情が欠けている、などと自分では言っていたけれど、そんなことはない。その全身から噴きあがるのは、怒りであり哀《かな》しみであり、魂の輝きそのものだった。

スバルくんは感情のかたまりを、全身から解き放っている。それはきっと、私たちの革命の道行きを照らす灯火《ともしび》だ。憎しみと苛立《いらだ》ちと、純粋な愛情と善意を燃料にした炎《ほのお》だ。

「俺はそんなもの——何もかもすべて、ぶっ壊してやりたいよ」

最後に零《こぼ》れた涙を無理やり拭って、スバルくんは立ちあがる。
真っ直ぐに、前を見据《みす》える。

Revenger

あっという間に、日々は過ぎていく。

昼休み。私の在籍する、二年A組の教室である。

過酷《かこく》な授業を堪え忍《しの》び、疲れ果ててぐったり机に突《つ》っ伏《ぷ》すのが日課になりつつある私のすぐ横で——北斗《ほくと》くんが、てきぱきと教科書などの後片付けをしている。

（ふむ）

いつも余裕ありげな彼にも、さすがに疲労が色濃《いろこ》い。目元を指で揉《も》み、おじいちゃんのような吐息《といき》を漏《も》らして——しばし、放心していた。

（地獄《じごく》の一週間が、終わった）

『講堂』であの悪夢のような『S２』を目撃してから、それだけの日数が経過している。

『Trickstar《トリックスター》』のみんなと私は授業を受けながら、昼休みや放課後、休日などもみっちりと特訓を受けていた。

私たちには熱意と、目的意識と、若さゆえの豊富《ほうふ》な体力があったけれど。それでもさすがに、全身が砕《くだ》け散《ち》りそうだ。

机に突っ伏したまま動かない私を、気遣《きづか》わしげに眺《なが》めながら、北斗くんは冷静に状況を分析している。

に思える）
（朔間《さくま》先輩、というか軽音部の協力もあって……。特訓は、つつがなく進行しているよう
ちなみに朔間先輩——零《れい》さんは「授業などサボってよいぞ」などと、問題児らしいこと
を言っていたけれど。私たちの目的は、『S1』での不意打ちである。とくに転校したば
かりの私がそんなに長く休んでいると、さすがに怪《あや》しまれるだろう。
そんなふうに考えてしまうのは、覚悟が足りないのかもしれないけれど。
実際、夢ノ咲学院《ゆめのさきがくいん》は専門学校に近い。授業を受けたくないなら好きにすればいい、ただ
し容赦《ようしゃ》なく置いていく——という方針ではある。優先順位を決めて、自分にとって、いち
ばんいい時間の使いかたをするべきだ。
私たちは話しあって、目標とすべき『S1』までの詳細《しょうさい》な日程を決めていた。そして
授業を欠席して特訓に従事すると、身体《からだ》より先に心が壊《こわ》れる。という結論に至って——な
かば休養も兼《か》ねて、教室には毎日、顔をだすようにしている。
その授業も、慣《な》れない私にはすごく大変なわけだけれど。積み重ねて、全身全霊を尽く
さなくては——『Ra*bits《ラビッツ》』のみんなの仇《かたき》をとることなんて、不可能だ。この夢ノ咲学院
を、変革《へんかく》することなんて。
私はどうにか顔をあげて、栄養ドリンクを口にする。今はドーピングでも何でもして
——きたるべき決戦に、『S1』に備《そな》えなくてはならない。
そんな私に困ったように苦笑しつつも、北斗くんは今後の予定を再確認している。

（今日までは、個人練習。そして一週間後に『S1』を控《ひか》える今週からは、『ユニット』練習——という行程になる。一般客が集まる『S1』は、打倒生徒会の絶好の機会だ。こんなチャンスは、二度とないかもしれん。全身全霊をもって、当たるべきだ）

スバルくんはコミュニケーション能力の向上を兼ねて、私に基礎知識の補完などをしてくれている。真《まこと》くんは晃牙《こうが》くんによる、身体能力の強化。北斗くんは双子《ふたご》の指導のもと、柔軟性《じゅうなんせい》を養《やしな》っている。

（だが不安なのは、ほんとうに朔間先輩の特訓に効果があるのかどうか——ということだ。正直、いまだに半信半疑なんだが）

零さんはそんな私たちを見守りながら、たまにアドバイスをくれたりしている。

（『Trickstar』の仲間たちと一緒に練習すれば、成長している、という実感も得られるのだろうか？）

そんなふうにして一週間が経過——『S1』までの、折《お》り返し地点である。

今日から、『ユニット』としての全体練習が始まる。これまでの一週間の、成果を共有するときがきたのだ。

（俺たち『Trickstar』は、結成したばかりのまだ新しい『ユニット』だ。ゆえに息をあわせるための全体練習は、必須《ひっす》ではある）

『Trickstar』はまだ公式ドリフェスに参加したこともない、新参者《しんざんもの》だという。だからこそ注目されておらず、『S1』での不意打ちも可能となるのだ。だがそれは同時に、ぶっつけ本番——実戦経験が足りていない、ということでもある。

（伊達《だて》や酔狂《すいきょう》で、『ユニット』なんてものがあるわけではない。個人で戦うより、集団で戦ったほうが有利だ。うまくいけば、それぞれの実力が相乗《そうじょう》されて——本来以上の、パフォーマンスを発揮《はっき》できる）

独《ひと》りぼっちではない、ということは頼もしくもあるのだけれど……。他のみんなの足を引っぱってしまう不安や、嚙《か》みあわずに事故を起こす危険性もある。

（これからの一週間で、その特訓で、俺たちの実力は足し算ではなく掛け算で増していく。だが掛け算ならば、元の数字が低ければ意味がない。ゼロには、いくら掛けてもゼロだ）

単独で挑んでも、蹴散《けち》らされるだけだ。

生徒会は、『紅月《あかつき》』は強大無比である。

（そのため、個々人の数値を増やすために、これまでの一週間の個人練習があったわけだ。理には、適《かな》っている。全体練習がある放課後が、待ち遠しいぐらいだ）

北斗くんは授業の後片付けを終えて、颯爽《さっそう》と立ちあがる。

✧

氷細工《こおりざいく》のような北斗くんの美貌《びぼう》には、未来を見据《みす》える強い意志の輝きが灯《とも》っている。

（個人の特訓にも、慣れてきた。継続して、自身の実力を高めるための努力もつづけるべきだな。『S1』までは時間がない、寝る間も休日も惜《お》しんで積み重ねなくては——圧倒

的な強者、生徒会の打倒など……。朔間先輩の言っていたとおり、夢のまた夢だ）

がんばろう、と北斗くんは独りごちて通学鞄《つうがくかばん》を取りだす。そこからのびているイヤホンを、ガソリンでも補充《ほじゅう》するみたいに耳に差しこんだ。

（おばあちゃんに頼んで、音楽プレイヤーに落語を吹きこんでもらったし。『笑いどころ』の、勉強になる。伝統芸能を主たる武器とする『紅月』と戦うための、参考にもなる）

何を聞いているのかと思えば……。アイドルらしからぬ感じではあるけれど——北斗くんなりに、それは意味のある行為、崇高《すうこう》な儀式のようですらあった。

（ありがとう、おばあちゃん。俺は必ず、仲間たちとともに勝利を摑《つか》んでみせるよ）

北斗くんは敬愛する祖母に、心のなかで感謝の意を述《の》べている。

（……思えば昔から、ほんとうに必要なものをくれるのは、おばあちゃんだった。『優秀なアイドル』じゃなくても、愛情を注《そそ》いでくれるのは。ありがたい——おばあちゃんが応援してくれるだけで、心底から励《はげ》まされる）

北斗くんも勝利のために手段を選ばず、努力を重ねているのだ。

（心身ともに、リラックスできる。それがたぶん、俺が得るべきものだ。この道を進もう、命懸《いのちが》けで。苦難《くなん》の道の最果《さいは》てには、絶景が広がっているのだと信じて）

「もぐもぐもぐっ♪」

そんな北斗くんの斜め後ろの座席から、緊迫感のない咀嚼音《そしゃくおん》がする。

目を丸くして、北斗くんがそちらに視線を向ける。そこで真《まこと》くんが机いっぱいに菓子《かし》パンを広げて、貪《むさぼ》り食べていた。

徹底的に体力強化の特訓をしている真くんは、いちばん疲弊《ひへい》している。生傷《なまきず》も絶《た》えず、湿布や絆創膏が目立った。

最初に出会ったころの箱入りのお坊ちゃんめいた雰囲気は薄《うす》れて、精悍《せいかん》な顔つきになってきている気がする。

「最近、氷鷹《ひだか》くんは表情がやわらかくなったよね。前より、ずっといいと思うよ」

「うむ。双子の指示で、酢《す》の物ばかり食っているからな。筋肉がやわらかくなっているのだろう、表情筋も。……おまえも食うか、酢ダコと酢コンブ？」

「酸っぱいものだけじゃなくて、他のものも食べたほうがいいと思うよ。栄養のバランスが、よくなさそうだなぁ——もぐもぐっ♪」

「そう言う遊木《ゆうき》は、最近やたら食うな。以前は小食というか、サプリとかばっかりだった気がするが？」

「うん。僕、大神《おおがみ》くんに『肉食え、肉！　大量に食え、胃袋が破裂《はれつ》するまで食え！』とか言われてるからね〜？」

酸っぱそうなタブレットを口に含む北斗くんと、焼きそばパンにかぶりつく真くん。ほんとうに、男の子はよく食べる。昼休みだし、食事するのはふつうだけれど。量がすごい——ちなみに最近は、昼ご飯はおのおの自由にとることになっている。

学食や購買を利用したり、お弁当をつくってきたり。私は近ごろ、ちょっと理由があって料理に凝《こ》っているので、お弁当である。

食事のにおいが漂《ただよ》い始めたので、私はこっそりと窓を開けて換気《かんき》した。

柔《やわ》らかな微風《そよかぜ》が、青葉の香りとともに吹きこんでくる。そんな私を見るともなく見ながら、真くんは北斗くんと会話を交わしている。

「あと、僕の特訓はハードな運動ばっかりだから。すっごい、お腹《なか》すくんだ。ちょっと、太っちゃったかも？」

「ふん。筋肉がついたんだろう、以前より頼もしく見える」

「そっかな、嬉《うれ》しいな。以前グラビアやってたころは、体型管理しなくちゃいけなかったんだけどね」

あまり触れたくない話題なのだろう、一瞬だけ遠い目をしていた。すぐに朗《ほが》らかに微笑むと、真くんはちからこぶをつくるような動きをする。

「今は最低限、ドリフェスの途中でぶっ倒れない程度の体力がほしいかなっ♪」

元気いっぱい、と主張して、真くんは鞄のなかからいくつかの端末《たんまつ》を取りだす。私物のたぐいは、夢ノ咲学院では持ちこみが自由なところがある。校則は厳《きび》しいし——いちいち持ちこむものは書類に明記し、検査されたりするけれど。

検査を通過できた私物は自由に使えるので、ロッカーに入りきらないほど大量に持ちこむものもおおい。零さんは棺桶《かんおけ》とか持ちこんでいた——あれはたぶん、許可をとっていないけれど。どれだけ無法者なのだろうか、『三奇人』は。

端末が起動し、真くんの眼鏡《めがね》に映像の光が照り返す。

「もちろん、体力馬鹿になっても仕方ないしね。本来の僕の特技なはずの、情報収集も怠《おこた》ってないよ。僕たちの決戦、『S1』についても調べてる」

昼休みのゆるんだ空気のなか、『Trickstar』の面々は英気を養《やしな》っている。

きたるべき決戦に備《そな》えて、着々と準備をしている。


「やっぱり今回は生徒会長の『ユニット』――『fine《フィーネ》』は、参加しないみたい。リーダーが入院中じゃあ、仕方ないけどね。僕たちにとっては、鬼《おに》の居《い》ぬ間《ま》に洗濯《せんたく》～？」

端末の画面に情報を表示し、真くんが私たちのほうにそれを向けてくれる。お弁当箱を抱《かか》えてそちらに椅子《いす》ごと移動し、私もそれを覗《のぞ》きこむ。

「だからやっぱり、僕たちの最大の敵は『紅月《あかつき》』だね」

「副会長の『ユニット』、やはり出てくるのか。他に参加表明をしている、めぼしい『ユニット』はいるか？」

ほんとうに酢の物しか食べていない北斗くんは、何やら酸っぱそうな紙パックのジュース――そのストローを口にくわえている。

「う～ん。『S1』には、一般客もくるからね。公衆の面前で、恥《はじ》をかきたくないのかな。有力な『ユニット』は、だいたい参加したがらないよ」

すこし調べて、真くんはそう結論する。

「『Knights《ナイツ》』も『流星隊《りゅうせいたい》』も、今回は見送るっぽい」

そういう名前の『ユニット』が、存在するらしい。私もそこそこ自力で、あとスバルくんにも教えてもらったりしながら調べているので知っている。『Knights』も『流星隊』も夢ノ咲学院に昔から存在する、古強者《ふるつわもの》といった感じの『ユニット』だ。

生徒会が盤石《ばんじやく》な支配を築いた現在は、そういう生徒会と関連しない『ユニット』は目立たなくなっているようだけれど。

「ふむ。そのへんの強豪《きようごう》が出場しないいなら、俺たちは打倒生徒会のみに注力できるな」

「うん。もう参加申請の手続きとかもしちゃったからね、逃《に》げられない。どのみち戦うしかないよね、がんばろう〜♪」

真くんが前向きに、微笑《ほほえ》んだ。そう、『S1』への参加手続きはすでに完了している。教わりながら、『プロデューサー』である私がそのあたりは済ませた。公式の、しかも規模のおおきなドリフェスだ、飛び入り参加は難しい。

やっぱり『Trickstar』はぜんぜん注目されていないらしく、警戒《けいかい》されている様子もなかった。すんなり手続きは満了し、『S1』への出場が決まった。

あとはその決戦を目指して、ひたすら自分たちを鍛《きた》えあげるだけである。

「……ほんとに頼もしくなったな、遊木。以前のおまえなら、及び腰《ごし》になっていただろう」

「あはは。屋上から紐《ひも》なしバンジーするより、生徒会と戦うほうが気楽だよね♪」

感心するように言う北斗くんに、真くんが反応しにくい返答をする。

その直後、教室の扉《とびら》が吹っ飛ぶように開いた。

「たっだいま〜☆」

元気よく踏《ふ》みこんできたのは、スバルくんである。私が頼んで、あれこれ必要なものを調達してきてもらっていたのだ。スバルくんはあまり授業にでずに、フラフラする悪い癖がある。ついでに時間があったら、と頼んだのだけれど。

スバルくんは私を見つけて当たり前のように飛びついてくると、頼んでいたものを押しつけてくれる。紙袋に包まれた、いろいろ。なかみを確認し、私はお礼を言った。

「明星《あけほし》……。『ただいま』って、どこへ姿をくらませてたんだ。おまえは自由すぎる、もっと足並みを揃《そろ》えてくれ」

怪しい動きをしている私たちを、北斗くんが怪訝《けげん》そうに見ている。

「いま、転校生に何を渡した？　ちゃんと説明しろ、自分たちだけで勝手に動くな」

「近ごろ転校生ちゃんと仲良しだよね〜、明星くん？　いつも、ふたりっきりで行動してるしさ。まぁ、それが朔間先輩の指示なんだけどね？」

「ふっふっふ☆　まだ秘密〜、みんなきっと驚くと思うよ！」

スバルくんは片目を瞑《つむ》って、私と肩を組んで大威張《おおいば》りだ。

「俺と転校生も、無駄《むだ》な一週間を過ごしたわけじゃないんだよね。それを証明してあげるから、楽しみにしててよ☆」

（う〜む。まぁ、よくわからないけど。だいぶ、元気になったみたい。一週間前――『S2』を観戦した直後の明星くんは、ちょっと見てられないぐらい消沈《しょうちん》してたもんね）

真くんはひととおり食事を終えて、口元をお上品にハンカチで拭った。眼鏡の奥から、思慮深《しりょぶか》い眼差《まなざ》しで私たちを観察している。

（よかった。明星くん、いつもの調子に戻れたんだね）

ほっとしたように、真くんは苦笑いしていた。

（転校生ちゃんの、お陰かなぁ。最近、ふたりでコソコソと何かしてるみたいだけど。何も知らない転校生ちゃんを導いて、あれこれ行動してるおかげで……。明星くんも、気が紛《まぎ》れるのかな？）

私にまとわりついて、お馬鹿《ばか》なことをまくしたてているスバルくん。以前と同じようにも見えるけれど、そこには前向きな熱がある。暗闇《くらやみ》のどん底のようだった『講堂』で、首を傾《かし》げながら涙を零《こぼ》していた、あの弱々しい雰囲気《ふんいき》は消え去っている。

スバルくんの内側で、おおいなる変革があった。それは、すべてが変わり始める予兆《よちょう》だ。私たちの未来を切り開き、導く一等星の輝きである。

（明星くん、スイッチ入っちゃってるね〜？）

ちょっと寒気《さむけ》を覚えたのか、真くんが己自身を抱きしめるようにして震《ふる》える。

（ゾクゾクしちゃうよ。天才が本気をだしたら、どうなっちゃうんだろうね。僕も、明星くんの情熱に巻きこまれて焼き殺されない程度には――強くならなくちゃ）

覚悟を固める真くんのそばで、同じ気持ちを共有しているのか……。どこか誇らしそうに微笑みながら――北斗くんが、スバルくんに呼びかける。

「昼飯はいいのか、明星。もう、昼休みは終わりだぞ。弁当などの用意がないなら、俺の酢コンブをやろう」

「いいよ、いらない。転校生がつくってくれたお弁当を、出先で食べたから～♪」

ありがとうね、とスバルくんはきれいに空《から》にしたお弁当箱を手渡してくれる。残さずぜんぶ食べてもらえるのは、作り手としてはとても嬉《うれ》しい。

和気藹々としている私たちを、北斗くんはちょっと寂《さび》しそうに眺《なが》めている。

「そうか。なら、いい。……仲良くするのはいいが、あまり俺たちを蚊帳《かや》の外に置かないでもらいたいものだ」

溜息をつくと、ふと北斗くんは私の顔を覗きこんできた。

「おや、どうした転校生。俯《うつむ》いているな、さすがに疲れたのか？」


北斗くんの問いに、頷いて――。

私は今朝からすこし引っかかっていた事案《じあん》について、報告してみた。

「ほほう。今朝、登校したら下駄箱《げたばこ》に手紙が入っていた……と？」

「下駄箱に、手紙？　それって、もしかしてラブレター？」

真くんが過剰反応して、なぜか女子みたいに騒《さわ》いだ。

「すごいね！　まだ転校してきてから一週間とちょっとなのに、早くもどっかの純情な男の子を誑《たぶら》かしたんだね！　転校生ちゃんってば、魔性の女……☆」

「いや、恋文ではないだろう。それにしては、手紙に素《そ》っ気《け》がなさすぎる。宛名《あてな》の字も、毛筆で書き殴《なぐ》っている感じだ」

北斗くんもあまり冷静ではないのか過剰に検討《けんとう》してから、そう結論する。

「どちらかというと、果たし状に見えるのだが」

手紙の見た目は、完全にそんな感じだ。もちろん内容も確認したので、私はこの手紙がそんなに色っぽいものではないことを知っている。

差出人の名前も問題だし、ちゃんと他のみんなに相談すべきだろう。

「手紙を読ませてもらっていいか、転校生」

言われるがまま、北斗くんに手紙を渡した。北斗くんは危険物でも扱うみたいに、慎重に開封し――なかみを改める。

そして、ますます訝《いぶか》しげになった。

「ふむ。『放課後、ひとりで武道場までこい。鬼龍紅郎《きりゆうくろう》』とあるな」

内容は、それだけである。

簡素《かんそ》すぎる。単なる、呼びだしだ。

「鬼龍先輩か……俺たちの当面の強敵《きようてき》、『紅月《あかつき》』のひとりだぞ。まさか俺たちの動向に気づいて、『S1』が開催される前に潰《つぶ》しにきたか？」

「いやいや。そんな手間をかけるほど、僕らが生徒会に警戒《けいかい》されてるとは思えないんだけど。鬼龍先輩は、生徒会の役員じゃないし」

動揺《どうよう》する北斗くんに、真くんは恋バナ的なものではないと思ったら急に冷めたのか――ミネラルウォーターを口に含みながら、ぼやいた。

鬼龍紅郎さんとは、いつぞやの【龍王戦《りゅうおうせん》】で接点を結んではいる。とはいえ、一言二言ぐらい会話しただけだ。

問題なのは、彼があの『紅月』の一員ということである。私たちが決戦で相対《あいたい》すべき、宿命の敵なのだ。

私個人としては、紅郎さんにはぜんぜん悪印象はないけれど……。呼びだされてほいほい会いに行くほど、気軽な関係でもない。

なので悩んでいたのだけれど、真くんがすんなり手紙の意図を推測してくれる。

「あれじゃない、転校生ちゃんが観戦した野良試合《のらじあい》があったでしょ――【龍王戦】だっけ。あのとき転校生ちゃん、鬼龍先輩にハンカチ貸《か》してたよね？　鬼龍先輩って律儀《りちぎ》なひとだから、それを返したい〜ってところじゃないかな？」

ああ、そういうことか……。納得できる。私と紅郎さんの接点はその程度だ、ちょっと警戒しすぎだったかもしれない。

ハンカチぐらいあげてしまってもいいし、びみょうな時期だ。『紅月』の一員と接触《せっしょく》するのは、どうなのだろうか。判断が、難しい。

縋《すが》るように見ると、北斗くんが冷静に思案してくれる。

「ふむ。そうかもしれんが、念のため警戒しておけ。空手部といえば、荒《あら》くれもので有名だ。乱暴をされるかもしれない、心配だ」

どうだろう。ほんとうに、何でもない用件だとは思うのだけれど。

「無視するのも角が立つ、呼びだしには応じるべきではあるが」

北斗くんは気遣わしげに私を見つつ、現実的な判断をくだしてくれた。

「『ひとりでこい』とあるから、俺たちが同伴《どうはん》するわけにもいかない。俺たちは、呼びだされた場所――武道場のすぐ近くで待機していよう。それで、どうだ？」

「過保護だなぁ、ホッケ〜は。でも、そうだね。悲鳴《ひめい》をあげたら気づくぐらいの距離で、俺たちも万が一に備《そな》えとこうか？」

「うん、それでいいんじゃない。鬼龍先輩は、話せばわかる男らしいひとだし」

スバルくんと真くんも、北斗くんの提示したプランに同意する。まぁ、そのぐらいが妥当だろう。ひとりで紅郎さんに会いに行くのは、怖いけれど。みんながそばで待機《たいき》してくれている、と思えば心強い。

忙《いそが》しい、特訓に集中しなくてはいけない他のみんなに時間をとらせてしまうのは、申し訳ないけれど。私は、軽音部の双子に誘拐《ゆうかい》された前科がある。またあんなことになってしまえば、さらに余計な苦労をかけてしまう。

おそらく何でもない些細《ささい》な用件だろうし、さっさと済ませて、きたるべき決戦に備えよう。対戦相手である『紅月』の紅郎さんに接すれば、得られるものもあるかもしれないし。

真くんも同じことを考えたのだろう、悪戯小僧《いたずらこぞう》みたいに笑った。

「『紅月』のひとりでもある鬼龍先輩と、うまく交渉できれば……。『S1』での対決を、有利に運べるかもしれないしね？」

「う〜む。根回しは好きではないが、手段を選んでいる余裕もないか」

さすがに、交渉とかをする余裕はないと思うけれど。

覚悟を決めて、私は手紙をぎゅっと握りしめる。

みんなが一緒なら、怖くない。紅郎さんと、どうにか渡りあってみよう。

もしかしたら、思わぬ拾いものをするかもしれないし。

「この鬼龍先輩からの呼びだし、吉とでるか凶《きょう》とでるか――」

北斗くんは何だか脅《おど》すみたいに、怖い顔をして言った。

「すべてはおまえ次第だ、転校生」

✧

放課後である。

午後の授業も何とか乗り越え、私は手紙の呼びだしに応じて、武道場まで徒歩《とほ》で移動した。やはり敷地が広いので、場所から場所へ移動するだけでくたびれてしまう。

私は通学鞄を盾《たて》のように構えて、自分でも警戒しすぎだとは思うけれど……。できるかぎり注意を払いながら、武道場の出入り口前に立つ。

そっと、後ろを見る。どこか近いところに、北斗くんたちが待機してくれているはずだ。何かあったら悲鳴をあげろ、と言われているけれど。私、声がちいさいから……。叫んでも誰も気づかずに、助けにきてくれなかったらどうしよう？

不安になる。悲鳴をあげるような事態《じたい》にならないことを、祈るしかない。

意を決して、武道場の扉を叩く。

なぜか植わっている、松の木。天気は快晴《かいせい》で、雲ひとつない。小鳥の囀《さえず》りが、呑気《のんき》に響いている――などと、景色や雰囲気を楽しんでいる場合ではない。

すこし待ったものの反応がないので、そおっと――私は武道場の扉を開いた。

なかを、恐る恐る覗きこむ。

畳敷きの、道場だ。明鏡止水《めいきょうしすい》、天下布武《てんかふぶ》、と文言が記された掛け軸《じく》。空気まで、肌に刺さるように研《と》ぎ澄《す》まされている。私が普段、接することのない雄々《おお》しい様式。

靴を脱ぐべきなのかどうなのか、と悩んだ挙げ句、いちおう脱いだ。靴を揃《そろ》えて、武道場の出入り口に並べていると――不意に、大声が響く。

「押忍《おす》！」

元気よく挨拶《あいさつ》してくれたのは、見覚えのある男の子だ。いつぞやの【龍王戦】で司会を務め、紅郎さんを『大将』と呼んでいた――たしか、南雲鉄虎《なぐもてとら》くん。

彼は道着姿で、引き締まった肉体が見え隠れしている。ぴんぴんに尖《とが》った、メッシュ入りの髪。野生動物のような、八重歯。彼はこれから道場の掃除をするつもりだったのか、奥に繋《つな》がる勝手口から、バケツ片手に踏みこんできたところだった。

すぐにバケツを床に置き、こちらが怯《ひる》むほどの勢いで頭を下げてくれる。

「えっと、転校生さん。わざわざ、ご足労ありがとうございます！」

武道の構えじみた、両手を腰だめにする姿勢で歓迎してくれた。

「ようこそ、空手部の聖地！　武道場へ～♪」

怖いぐらいの勢いで、嬉しそうに私のほうへ駆《か》け寄《よ》ってくる。

「ささ！　むさ苦しいところですが、どうぞどうぞっ……んのわっ⁉」

そして、何もないところで転んだ。

どうしたのだろう、念力か何かで引っ繰り返されたみたいに見えたけれど……。どうもバケツを置いたときに飛び散った水に、足を滑《すべ》らせたらしい。

呆然と眺めていると、遅れて勝手口から大柄《おおがら》な人物が姿を見せる。

「どうした、鉄《てつ》。ドタバタしてんじゃねぇぞ」

こちらも道着姿の、鬼龍紅郎さんである。間近で見ると、やはり異様に迫力がある。燃え盛るような、紅い髪。尖った毛先は、鬼《おに》の角《つの》のようだ。気の弱い小動物なら睨《にら》んだだけで殺せそうな、三白眼《さんぱくがん》。道着のなかに手を突っこんで、ぼりぼりと腹を掻《か》いている。

眠そうに欠伸《あくび》をしている彼を見上げて、鉄虎くんが涙目で唸《うな》った。

「あぁ、大将！　すんませんっ、女のひとと喋《しゃべ》るのは慣れなくて緊張《きんちょう》しちゃうッス！　うああっ、おでこ打った！」

「落ちつきがねぇな、おまえは。もっと、泰然自若《たいぜんじじゃく》としていろ」

「たいぜんじじゃく――意味はわかりませんが、わかったッス！　押忍☆」

親子のように仲良く、空手部のふたりは微笑みあっている。


「ったく。騒がしくてすまねぇな、嬢《じょう》ちゃん。わざわざ、呼びだして悪かった」

そこで私に気づいたらしく、紅郎さんが豪快《ごうかい》に笑いかけてくれた。

「まぁ、突っ立ってても仕方ねぇ。遠慮《えんりょ》せずに、入りな。……鉄、てめぇもいつまでもすっ転んでんじゃねぇぞ。お客さんを、案内してやんな」

顎で促《うなが》され、床におでこを痛打して呻《うめ》いていた鉄虎くんが機敏《きびん》に顔をあげる。その場で垂直に跳躍するように立ちあがると、右手で左腕を叩《たた》く勇ましいポーズ。

お日さまみたいに笑うと、自分のやるべきことを探してキョロキョロする。

「押忍！　じゃあえっと、お茶を用意するッス～♪」

「ど阿呆《あほう》、武道場は飲食禁止だ。作法は守れ……ってことで、茶もだせねぇが。まぁ、ゆっくりしていきな」

ちょこまか動いている鉄虎くんをお母さんみたいに気にしながら、紅郎さんは立ち往《おう》手持ちぶさただ。

念のため、いつでも逃げられるように出入り口のそばに位置取っておく。

「……そう、警戒しなくてもいい。以前、借りたハンカチを返すだけだ」

紅郎さんは、私を怖がらせないようにするつもりだろう。一定以上の距離からは近づいてこずに、自分もどっかりと道場の床に胡座《あぐら》をかいた。鬼の親玉みたいだけれど、不思議《ふしぎ》と怖くない。私を気遣ってくれているのが、伝わってくる。

ステージに立っているときは、ほんとうに鬼気迫《ききせま》る感じだったけれど。今日の紅郎さんは、のんびりとしている。冬眠中の熊《くま》というか、休日のお父さんというか、穏《おだ》やかな様子だ。すこし、気が楽になる。

このひとはたぶん、私に危害をくわえない。どうも、真くんの推測どおりハンカチを返してくれるのが目的みたいだし。やや居住まいを正し、私は一足一刀の間合いで紅郎さんと向きあった。

好《この》ましそうにそんな私を眺めつつ、紅郎さんは楽にしてくれ、と手で促してきた。

「義理《ぎり》を、果たす。こないだの野良試合のときは、嬢ちゃんのおかげで助かった」

一週間前の、【龍王戦】のことだろう。口元が汚れていたから、ハンカチを貸しただけ
生《じょう》している私を見遣《みや》る。

「そのへんに、てきとうに座ってくれ」

促され、私は床にそのまんま座りこみ、スカートを直す。広い道場のなかで、いかにも

なのだし。恩義を感じて、お礼を言われるほどのことはしていないのだけれど。

「俺は、借りは必ず返す主義だ。今後、何か困ったことがあったら俺に言いな。できる範囲《はんい》で、手助けしてやる」

紅郎さんもあまりお喋りが得意ではないのか、途切れがちにそんな頼もしいことを言ってくれた。この様子だと、『Trickstar』のよからぬ企て《くわだて》——革命については気づいてもいないのだろうか。不意打ちが目的なのだし、察知《さっち》されていたら困るのだけれど。

何だか紅郎さんには、胸の内側をぜんぶ見通されている気がする。

余計なことを言って、『Trickstar』の目的を看破《かんぱ》されるわけにはいかない。そう考えれば考えるほどに、私はがちがちに緊張してしまった。

それを見て、紅郎さんは自分が怖がられていると勘違いしたのだろう。バケツから零れた水を雑巾で拭っていた鉄虎くんに、うっそりと呼びかける。

「……鉄。嬢ちゃんを退屈させねぇように、何か面白いことを喋れ」

「ええ!?　無茶振りッスよ、大将〜！」

びっくりして、鉄虎くんがまたバケツを引っ繰り返してしまう。

そのまま落語家のように座ると、必死になってまくしたてた。

「でも大将の無茶振りは愛情表現だって、俺は信じてるッス！　えぇっと、えぇっと——と、となりの柿はよく客食う柿だ〜っ！　あうあう、『面白い話』って急に言われても難しいッスよ大将〜！」

「そうか。俺も、喋るのは苦手だ。だが、鉄は俺とちがって陽気《ようき》だから……。慣れれば、洒落《しゃれ》たトークのひとつもできるだろ」

なぜか満足そうに頷き、紅郎さんは慈愛《じあい》に満ちた笑顔になる。

「緊張すんな、場慣れしろ。おまえもアイドルだろうが、ファンとの交流なんざ『ざら』にある。そのぜんぶから逃げ回ってたら、アイドル稼業《かぎょう》はつとまらねぇぞ」

「押忍！　大将の言葉にはいつも含蓄《がんちく》があるッス、メモメモ♪」

「鉄。素直なのが、おまえの長所であり短所だ」

不思議な遣《や》り取《と》りをしながら、紅郎さんがいちど立ちあがる。そして武道場の隅《すみ》っこに置かれた和箪笥《わだんす》を、まさぐり始めた。よく見てみると、和箪笥の他に作業台のようなものがあって、布の切れ端が散乱《さんらん》している。裁《た》ち鋏《ばさみ》や色とりどりの糸巻き、針山なども。おまけに厳《いか》めしい書体の、『**勝手に触るな**』という張り紙もある。

武道場というより、アトリエめいた一角になっている。

「あった。おらよ嬢ちゃん、ハンカチだ」

色とりどりの布地などをかき回して、紅郎さんは私がその不思議な空間に疑問を呈する前に、目的のものを発見したらしい。

綺麗《きれい》に洗濯され折りたたまれたハンカチを見つけて、嬉しそうに提示してくれる。

けれど、私は首を傾げた。見覚えのない、ハンカチだったのだ。

「……ん？　貸したやつと、ちがう？」

「……ん？　あぁ、俺が刺繍したんだよこれ。得意なんだ、縫《ぬ》いもの」

どういうことだろう。えっ、手縫いしたの？　こんな体格もいい強そうなひとが、針でちまちま刺繍したの……？　その光景が、いまいち想像できない。

事実だとしたら、素晴《すば》らしい腕前である。たしかによく見るとハンカチそのものは市販の、どこにでもあるようなものだ。けれどきめ細かな刺繍が施され、全体の色合いが調和し、麗《うるわ》しい芸術品のようになっていた。

これ、お店で買値の数倍ぐらいの値段で売れるのではないだろうか。

ハンカチを光に透《す》かせたりして、ひたすら感心していると――。

紅郎さんは私の反応が快《こころよ》かったのか、すこし照れくさそうに微笑んだ。

「妹が、喜ぶからよ。妹の靴下《くつした》だのエプロンだの図工鞄《ずこうかばん》だの何だの、ぜんぶ俺がつくってやってるんだよ」

「ふっふっふ♪　大将の腕前はプロ並みッスよ～、あの『紅月』の専用衣装も大将の手作りッスからね！」

鉄虎くんが「どうだ！」とばかりに、胸を張っている。

『紅月』の衣装は、ものすごく複雑で豪華《ごうか》な代物だった。あぁいうものは、そもそも手作りできるものなのだろうか。

意外な、特技である。むしろ、何でアイドルをやっているのかわからない。紅郎さんを、あらためて上から下までまじまじと見てしまった。

鉄虎くんが前のめりになって、どこまでも紅郎さんを賛美《さんび》する。

「俺の所属する『流星隊』の衣装も、大将に仕立《した》ててもらったんスよ〜♪」

「おう。鉄んとこのパフォーマンスは動きが激しいからな、衣装も強靱《きょうじん》なものにしねぇとすぐ駄目《だめ》になっちまう。そこが、なかなか難しかった」

『流星隊』は歴史のある、強豪『ユニット』のはずだ。鉄虎くんと紅郎さん、仲良しみたいだから、同じ『ユニット』に入っているものだと思ったけれど。

そういえば『S2』でも、『紅月』のなかに鉄虎くんはいなかった。

いろいろ、複雑な理由があるのだろう。

むしろ、一緒に『ユニット』活動ができないからこそ。こうして普段はここぞとばかりに、紅郎さんにべったり甘《あま》えるのだろう――鉄虎くんは。

紅郎さんが毒気を抜かれたように、頬を緩めた。

「まぁ、いざとなりゃ衣装の修繕《しゅうぜん》とかもできるけどよ。大事に、使ってくれよ。俺は衣装屋じゃねぇんだから、衣装づくりばっかりやってるわけにもいかねぇんだよ。まぁ楽しいけどよ、チクチク手縫いすんのは」

そんな紅郎さんに、私は思いきってある提案をしてみた。もしかしたら彼は、私がここ一週間ほど悩みの種にしていたある難題を――解決してくれるかもしれない。

『紅月』は、『S1』で対峙《たいじ》すべき宿敵である。ハンカチを貸した程度のことで、そこまで頼ってしまうのも申し訳ない。それでも、私は藁《わら》にも縋《すが》りたい気持ちなのだ。

駄目元で、けれど必死になって頼んでみた。

「……ほう。嬢ちゃん、てめぇんとこの『ユニット』も専用衣装をつくりてぇのか」

そう。先日、スバルくんに提案された件である。何もできない、ド素人《しろうと》の『プロデューサー』である私に──初めて、アイドルから頼まれた仕事だった。やり遂《と》げたい、せめて誠意は尽くしたい。けれど、私はべつに衣装づくりを学んできたわけではない。

ふつうの、女子高生だったのだ。私は、つい先日まで……。文化祭の劇《げき》とか、いろいろな理由で、衣装もつくったことはあるけれど。本格的なアイドル衣装など、つくりかたの載《の》っている本すらないし。しょうじき、手も足もでなかった。

自宅でも毎日のようにトライしているけれど、デザイン画を仕上げるのが精一杯で、そこから先はどうしたらいいのかわからなかった。

そのあたりの事情などを、知られてはいけないことは隠しつつも相談した。すると紅郎さんは、あっさりと言ってくれる。

「よかったら、俺が仕立ててやろうか？　報酬《ほうしゅう》も、いらねぇ。ハンカチの借りを、それでチャラにしてくれりゃあいい」

聞くと紅郎さんは、『紅月』『流星隊』だけではなく、いろんな『ユニット』の衣装づくりに関わっているらしい。

衣装のことは紅郎さんに頼め、というのは夢ノ咲学院では常識のようだった。

たしかに、そんな紅郎さんに衣装をつくってもらえたら助かるけれど。私が頼まれた仕事だし、『Ｓ１』で敵対することが決まっている相手にそこまで縋るのもどうだろうか。

うんうん唸《うな》っていると、紅郎さんが「ぽん」と私の頭に手を添えてくれた。

「でもまぁ、縫製《ほうせい》とか覚えておいて損《そん》はねぇからな……。生地や道具は融通《ゆうずう》するし、俺が衣装作りの『いろは』を教えてやるよ」

私の気持ちを理解しながら、前向きな提案をしてくれた。

ほんとうに、頼もしいひとだ。敵でさえなければ、よかったのに。不思議な出会いかたをした、年上の男のひとを——私はあらためて見上げる。

この縁《えん》を、大事にしたい。いつか、傷つけあう宿命でも。

「おまえの仲間たちも、俺よりも嬢ちゃんに衣装を仕立ててもらったほうが嬉しいだろ。着る人間のことを熟知してる人間が、愛情をこめてつくるのが『いちばん』だ」

そこで彼は不意に真顔になって、その場にまた座りこむ。

そして声を潜《ひそ》めて、腹を割って語ってくれた。

「……嬢ちゃん。俺は生徒会勢力の大看板のひとつ、『紅月』の副将だ。だが決して、この学院の現状を肯定してるわけじゃねぇ」

誰に聞かれているか、わからない。外の様子を気にしながら、紅郎さんは己の内心を晒《さら》してくれる。私も居住まいを正し、向きあった。

なまなかに聞き流してはいけない、大事な話をしてくれている。

「立場と、義理がある。表立っては、協力できねぇが。もし、嬢ちゃんたちがこの澱《よど》んだ夢ノ咲学院の現状に風穴をあけるつもりなら、陰ながら応援すんぞ」

そういえば【龍王戦】でも、紅郎さんは生徒会にすこし敵意のある眼差《まなざ》しを向けていた。鉄虎くんが盛りあげていた、空手部の伝統的なドリフェス——【龍王戦】を鎮圧《ちんあつ》され台無しにされて、さすがに腹に据《す》えかねているのだろう。

けれど彼は、『紅月』だ。世間的には、生徒会の旗頭《はたがしら》といえる。びみょうな立場のなか、それでも紅郎さんは侠気《おとこぎ》を見せてくれている。

それに応えなくてはいけない、私も。ごくりと生唾《なまつば》を飲み、間近から紅郎さんと向きあう。恐ろしげに見える三白眼には、誇り高い輝きが灯《とも》っている。

「応援しかできねぇのが、不甲斐《ふがい》ねぇがな。手先は器用なつもりだが、どうも俺は生きかたまでは器用にできねぇみたいだ」

❖

「ど、どういうことッスか？　転校生さん、生徒会と敵対するつもりッスか？」

ひとり蚊帳《かや》の外にいた鉄虎くんが、寂《さび》しそうに紅郎さんへ後ろから抱きついた。

彼も生徒会に対しては思うところがあるのだろう、好戦的に拳《こぶし》を握りしめている。

「すっげ～ッス！　誰も真《ま》っ向《こう》から勝負を挑《いど》まない、逆らうことすらしない生徒会とドンパチやりあうつもりッスか？　かっけ～ッス、炎の転校生ッス……☆」

何だか、みょうな褒《ほ》められかたをしてしまった。

「俺も、生徒会には【龍王戦】を台無しにされた怨《うら》みがあるッス！　悔《くや》しくて悔しくて、夜も眠れないぐらいッスよ！」

そうだろう。自分で企画し、司会をして、盛りあげたドリフェス……。それを生徒会によって悪事として断罪され、台無しにされてしまったのだ。

誰よりも悔しいのが、鉄虎くんだろう。

「俺だけじゃない、みんなが救世主《きゅうせいしゅ》を待ってるッス！」

若々しい情熱を、そのまま生の声として放ってくれる。それに全身を打たれて、私はくらくらした。けれど同時に、胸にあったかいものがこみあげてくる。

「俺の所属する『流星隊』はリーダーの性格上、『正義』である生徒会には逆らいにくいッス！　俺だけじゃや、個人じゃ何度挑んでもボロクソに負けるし！」

鉄虎くんは歯《は》噛《が》みして、身悶《みもだ》えしている。首輪をかけられた、肉食獣みたいに。

その怒りは——悔しさは、夢ノ咲学院の生徒たちが共有するものなのだろう。

「だから、転校生さんが生徒会をギャフンと言わせてくれるなら！　俺、すっごい応援するッス！」

鉄虎くんが、ぎゅっと私の手を握りしめて主張してくれる。励《はげ》ましてくれる、背中を押してくれたのだ。

「いいやお願いするッス、俺たちの無念を晴らしてほしいッスよ……！」

孤独に、絶望的な戦いに向かうしかないと思っていた。谷底へ飛びこむように、世間のみんなに馬鹿なことをしていると嘲笑《あざわら》われながら。けれど、そうではなかった。

認めて、応援してくれるひとたちがいる。私たちは、『Trickstar』はみんなの気持ちを代弁して強大な帝国に挑む革命児なのだ。それを、信じられた。

鉄虎くんの——そして紅郎さんの、おかげで。

「そこまでにしとけ、鉄」

ほとんどキスしてしまいそうな距離に迫《せま》っていた鉄虎くんの肩を摑《つか》み、紅郎さんが自分のほうへ引き寄せる。頭をかるくコツンと叩き、たしなめた。

「この嬢ちゃんは、危うい綱渡《つなわた》りをしている。あんまり重荷を背負《せお》わせると、バランス崩して奈落《ならく》の底まで落っこちるぞ」

脅《おど》すというよりも、心配そうな様子だった。

「おまえら、一週間後の『S1』で何か仕掛けるつもりだろ。俺も、副会長——蓮巳《はすみ》からそれを聞いて知ってるよ」

そこまでは、知られていても当然である。『S1』に参加するための手続きは、完了しているのだ。なるべく私たちの狙いを悟《さと》られないように、気を遣《つか》ったけれど。

紅郎さんは直感、あるいは経験から、何となく私たちの目的を察《さっ》しているようだった。

「蓮巳はおまえらの存在を、歯牙《しが》にもかけてねぇようだがな」

そうだろう。生徒会が必ず勝利する仕組みに守られ、さらに『紅月』もとんでもない強豪だ。今さら、ぽっと出の新参者が——何かができると思うわけもない。警戒するほどのことではない、もちろん対策を練《ね》られても困るのだけれど。

釘を刺すように、紅郎さんは忠告してくれる。

「生徒会は、学院内に独自の情報網をもってる。おまえらの動きは筒抜《つつぬ》けというほどじゃねぇが、何かやらかすつもりらしい、ってのは察してるぞ」

さすがに、夢ノ咲学院を支配する生徒会だ。ここは、彼らの帝国なのだ。副会長も、決して間抜けではないだろう。彼の手腕があってこそ、夢ノ咲学院には万全な秩序《ちつじょ》が築《きず》かれている。

「油断せず、精進《しょうじん》しろよ。この夢ノ咲学院において、生徒会の権力は圧倒的すぎる。すべてが、生徒会の手のひらの上だ。……だが、その手のひらに噛みついてやりな」

また私の頭をぐしゃぐしゃと撫《な》でて、紅郎さんは心からの応援をくれた。

「きっと、何かが変わるはずだ」

その想いを、期待を、裏切ってはならない。刺繍が施されたハンカチ以上のものを、私はこのとき受け取ったのだ。それを汚し、無駄にしてはいけない。

せめて全力で頷《うなず》くと、紅郎さんは愉《たの》しそうに微笑んだ。

「期待してるぜ、嬢ちゃん」

もう、そんな彼のことをちっとも恐ろしいとは思わなかった。

そのあと。

衣装づくりについての教本や、布地などを受け取ってから。他のみんなを待たせているので、私は武道場をあとにした。後ほどまた改めて、紅郎さんからは衣装づくりのノウハウを伝授《でんじゅ》してもらう約束もしている。

強力な武器を手にした気がして、私の胸には勇気が宿っていた。

「むっ、転校生が出てきたぞ」

「おぉい転校生、こっちこっち～☆」

なぜか校舎の陰《かげ》にブレーメンの音楽隊みたいに折り重なっていた北斗くんたちが、口々に呼びかけてくる。ちょうど樹木の陰にもなっていて、グラウンドなどを歩いていたら気づかれないポジションだ。

こんなところに、隠れてくれていたのか。ずっと、屋外で。心配を、かけてしまった。スバルくんが飛びついてきて、北斗くんもほっとした様子で歩み寄ってくる。ふたりとも、なぜか金属バットを握りしめている。

頼もしい仲間たちに迎え入れられ、私はますます元気になった。楽しんではいけないのだろうけれど——何だか青春している、充実感があった。

笑っていると、いくつかの端末を同時に操作していた真くんが顔をあげる。

「意外と、すんなり解放してもらえたんだね。心配したんだよ～、鬼龍先輩とどんな話をしていたの？」

どうも、真くんはデジタル機器を駆使《くし》して武道場の様子を探《さぐ》っていたようだ。監視《かんし》カメラでも仕掛けていたのだろうか、厳重な警備体制すぎる。

「何かあったらすぐに動けるよう、こうして俺たちもすぐ近くで待機していたが……。幸い、荒事にならずに済んだようだな」

私が平然としているので、北斗くんはそう判断したようだった。着衣が乱《みだ》れたり、怪我《けが》をしていないか確かめるつもりか——じろじろ見てくる。

うずうずした様子のスバルくんが、むやみに金属バットを素振《すぶ》りしていた。

「なぁんだ、残念！　せっかく、武装《ぶそう》してたのに～☆」

「振り回すな、明星。生兵法《なまびょうほう》は大怪我《おおけが》の元だ、金属バットを使う羽目にならずによかった。やれやれ、一安心だな」

むしろスバルくんに殴られそうで、ちょっと距離を置きながら北斗くんが微笑んだ。

緊張感がほどけて、ほどよく気が抜ける。笑顔の花が、咲き乱れた。

真くんが端末を休眠状態《スリープ》にして、楽しそうに私に耳打ちしてくる。

「氷鷹くんってば、転校生ちゃんが武道場に入ってからずっとソワソワしてたんだよ～。ほんと保護者っぽいよね、『はじめてのおつかい』じゃないんだからさ？」

「うるさいな。それより、転校生……。鬼龍先輩と、どんな話をしていたんだ？」

そんな真くんの耳を引っぱって懲らしめつつ、北斗くんが私に向き直ってくれる。

「心なしか、顔色はいいようだが。むしろ、やる気に満ち溢《あふ》れているな？」

「おぉ、ホッケ〜ってば。ひとの顔色がわかるようになったんだ、特訓の成果かな？」

「成長したね氷鷹くんっ、これまではマジ空気読めなかったからね！」

「……おまえらにだけは、『空気読めない』と言われたくないんだが」

左右からスバルくんと真くんに肘《ひじ》で小突かれて、北斗くんは嫌そうな顔をしていた。

優しく、強く、みんな成長している。

それが、自分のことのように嬉しい。満足しつつも——私は武道場での紅郎さんたちとの会合、その内容について説明する。

「……ふむ、ふむ。転校生は、鬼龍先輩とそんな話をしていたのか。直接的な協力はできないが、応援してくれていると。励《はげ》まされて、転校生もやる気がでたようだな」

北斗くんが、私の心情を的確に表現してくれる。こういうところも、以前の北斗くんには足りなかったところだ。きちんと周りを見て、気を遣って、察してくれている。

双子による特訓の、成果だろう。彼は、人間としておおきく成長しつつある。ほんとうに、初対面のときはロボットみたいだったのに。

「最善とはいえんが、次善《じぜん》の結果といえる。よくやってくれた、転校生」

私の頭を、北斗くんが撫でてくれる。

「おまえは、ひとに好かれる性質らしい」

「まぁ、何事もなくてよかったけど。こんなところで『たむろ』してても仕方ないし、軽音部の部室に行こうよ！」

じっとしていられないのだろうか、スバルくんが行ったり来たりダッシュしながら全力で主張する。

「今日から『ユニット』練習でしょ、ワクワクするよ～☆」

「この一週間、楽をしていた明星はそうだろうがな。俺たちは、『今度はどんな地獄《じごく》が待っているのか』と戦々恐々《せんせんきょうきょう》だぞ？」

「地獄巡りツアーって感じだったよね～、ほんとに。……そういえば『ユニット』練習ってことは、今週からは衣更《いさら》くんも参加するの？」

北斗くんの言葉を受けて、真くんがその名前をだした。そうだ、『Trickstar』はこの三人だけではないのだ――私がまだちゃんと挨拶できていない、四人目がいる。

最後の、希望の星が。

衣更真緒《まお》くんだったたか、どんな子なのだろう。

「当然だ。あいつも『Trickstar』の一員だからな、仲間はずれにはできん」

ちょっと忘れていたのではないかと疑わせる態度で、北斗くんが何度も頷く。

「むしろ、合流するのが遅すぎたぐらいだ。生徒会にも所属《しょぞく》しているあいつをどう動かすかは、考えどころだが。いちおう朔間先輩とも相談して、策は練《ね》った」

当然だけれど、『S1』に無策で挑むわけがない。それは、あまりにも危険すぎる。自殺と同じだ――北斗くんは、着実に勝つための作戦を練っているみたいだ。

「衣更は、俺たちの当面の目的である『S1』で重要な役目を担う。俺たちが勝利するために、必要不可欠な存在になるだろう。俺は、そう期待している」

重々しく北斗くんがそう断言した、次の瞬間だった。

狙いすましたかのように、軽妙な声が飛びこんでくる。


「お〜い……。本人のいないところで、ひとの行く末を勝手に決めないでくれる？」

驚いて、私は弾《はじ》かれるように声のほうを振り向く。

いつの間にか、その男の子は私たちのそばに立っていた。あまりにもふつうに馴染《なじ》んでいるので、いつ登場したのかわからないぐらいだった。

ギョッとして、思わず私は後ずさってしまう。

本人はむしろ驚かれたことに驚いたのか、困ったように頬を掻いていた。

最初に遭遇《そうぐう》したとき、私は気絶していたので――あらためて顔をあわせるのは、これが初めてだ。すこし長めの髪をバレッタでとめて、おでこをだしている。猫みたいに吊り目がちだけれど、雰囲気はどこまでも柔和だ。

彼が、衣更真緒くん――最後の『Trickstar』。

ほぼ初対面なので、どう挨拶していいかもわからない。真緒くんもそれは同じみたいで、互いにすこし余所余所《よそよそ》しく黙礼《もくれい》してしまった。

「あっ、サリ〜☆　何で、いるの？」

「先ほど、携帯電話で呼びだした。合流するなら、早いほうがいいと思ってな」

「お疲れさま、衣更くん。生徒会のほうは、いいの？」

三者三様に、スバルくん、北斗くん、真くんが口々に呼びかける。気楽に手を振って応えると——真緒くんは落ち着きなく後ろを見たり、そわそわしていた。

彼は生徒会の役員だというし、そこに勝負を仕掛けようとしている『Trickstar』のみんなと関わるのは、ある意味では裏切り行為だ。ちょっと、気後れしているのだろう。

「いや、よくないけどな。公式ドリフェスは学院の仕切りで、生徒会も業務のいちぶを担当してる。だから、この時期は大忙《おおいそが》しなんだよ」

そういう事情もあって、彼の合流は遅《おく》れたのだ。

複雑な立場である、真緒くんは。だからこそ、彼は重要人物でもある。

敵対する生徒会のなかにいる、強力な味方。彼が生徒会を牽制《けんせい》してくれるおかげで、『Trickstar』は自由に動けている。

けれど同時に、彼が私たちに見切りをつけた瞬間——生徒会にすべてを暴露《ばくろ》され、私たちは終わる。誰も、そんなことは警戒していないように見えるけれど。

真緒くんは、みんなに愛されているみたいだ。

非道な真似はしない、仲間だと——信頼されている。

「まぁ、いいけど。噂の転校生とは、いちど会っておきたかったしな。そういや、何だかんだでまだ挨拶もさせてもらってないし？」

「そういえば、そうだな。おまえはいつも間が悪いな、衣更」

「そんなこと、言われてもな～……。おっと、初めまして転校生」

絶対に真緒くんを紹介するのを忘れていただろう、という感じの北斗くんを小突いて。

あらためて私に向き直り、真緒くんは笑顔で握手《あくしゅ》を求めてくる。

「俺、衣更真緒。スバルと同じバスケ部員で生徒会の会計、んで『Trickstar』の一員だ。あらためて、よろしくな」

「あはは、気安く『サリ～』って呼ぶといいよ☆」

「よくないよ、おまえ他人に変な渾名《あだな》つけるの悪い癖だぞ？」

茶々を入れてくるスバルくんの横で、私はすんなり真緒くんの手を取った。握手する、誓《ちか》いの儀式みたいに。こういう触れあいには、だいぶ慣れてきた。みんな、遠慮なく抱きついたりしてくるから。

少女的にすら見える風貌《ふうぼう》だけれど、真緒くんは手のひらが広くてごつごつしていて、それがすこし意外だった。

「うむ。衣更は生徒会の役員ではあるのだが、俺たちの大事な仲間だ。転校生も、仲良くしてやってほしい」

「ど～も。まぁ、ざっくばらんにヨロシクな」

すごく気楽にそう言われて、私も何だかすぐに彼を仲間として受け入れられた。むしろ私のほうが新参者なのだから、馴染む努力をするべきだ。

ずっと合流が遅れていたのに、最初からそこにいたみたいに同じ空気感を共有して——真緒くんは、手を叩いて行動を再開させる。

「今日から『ユニット』練習なんだろ、個人練をサボったぶんそっちはフルで付きあうからさ。どうかお手柔らかに、『プロデューサー』ちゃん♪」

愛想《あいそ》よく挨拶されて、私も笑顔で返した。何だか、十年来の親友みたいだ。私がどうこうというより、おそらく真緒くんが誰とでも仲良くなれる気質なのだろう。

三人のときは何だか支離滅裂な振る舞いをしていた他のみんなも、真緒くんが合流したことによって、きっちり己の立ち位置を把握《はあく》できたみたいだ。

北斗くんが幸せそうに、空を見上げる。好《い》い天気だ。

「ふん、転校生に『お手柔らかに』などと言っても仕方ないぞ。『プロデュース科』に所属しているとはいえ、特訓の内容は彼女が決めるわけじゃないからな」

基本的に、特訓の内容は零さんが決めている。あまり姿を見せないひとだが、その影響力は計り知れない。

そして実際、零さんの言うとおりに動いていれば成果もでる。成長している、実感もある。底知れないひとだ、『三奇人』朔間零さんは。

「まぁいい。全員揃ったところで、軽音部の部室へ向かおう」

北斗くんがまとめるように言って、みんなを先導して歩き始める。

そう、ぼやぼやしている余裕はないのだった。私のために、余計な時間を使わせてしまったし。私も小走りで、歩幅のおおきい男の子たちについていく。

せめて、置き去りにされないために。

歩きながらの雑談のなかで、北斗くんが大事なことを問《と》うた。

「念のため、確認しておくが……。ほんとうに俺たちに協力して大丈夫なのか、衣更？」

「何を、今さら。副会長にも言われてる、生徒会の仕事より『ユニット』活動を優先しろってさ。だから練習に付きあうぐらいは、ぜんぜん問題ないから」

気安く応えたものの、真緒くんは一瞬だけ瞑目《めいもく》して——内心でぼやいていた。

（『そっから先』は、まだわかんないけどな。あぁもう、どうしたもんか？）

「うむ。頼りにしている、衣更」

北斗くんは彼の内心の煩悶《はんもん》に気づかずに、頼もしそうに微笑んだ。あまりにも無邪気な様子だったので、真緒くんはむしろ心配したのだろう——あらためて釘《くぎ》を刺す。

「……あんまり、俺を信用すんなよ？」

「信用するよ！　サリ〜も、かけがえのない仲間のひとりだ！」

スバルくんが、まったく何も考えていないような笑顔で真緒くんに抱きついた。

「ちからをあわせて、いっしょに生徒会をコテンパンにやっつけよう〜☆」

「いや。さすがに、まだそこまでは割り切れないんだけどな……？」

真緒くんはこちらの思っている以上に、気苦労を抱えていた。

私たちの誰とも共有できない悩みを、解消できないでいる。

そのまま、どんどん底なし沼のような深みに嵌《は》まっていたのだ。

(う～む。見事に、生徒会と『Trickstar』の板挟《いたばさ》みだなぁ)

表面上は和《なご》やかに談笑しながらも、彼の内側では嵐が渦巻《うずま》いている。

(副会長にも、きなくさい動きをしてる『Trickstar』に探《さぐ》りをいれろって命令されてるし。逆に、生徒会の情報をこいつらに流したりもしてるしな～？)

彼は私たちが想像している以上に、複雑な立場だったのである。やはり敬人《けいと》さんは慎重で、賢明だった。真緒くんに特別な指令を与えて、私たちの動向を監視していたのだ。

ある意味では、私たちの――『Trickstar』の命運どころか、ひょっとすると夢ノ咲学院の未来のすべてが、真緒くんに委ねられている。彼が生徒会と『Trickstar』、どちらの味方をするかで状況はおおきく、取り返しがつかないほどに動く。

彼は何を選び、何を捨て、何を決断し、どこへ進むのか……。それは、とんでもなく責任重大な選択肢だ。そしてそれは、真緒くんは、この時点ではまだ何も選べず、状況に流されている。だがそれを潔《いさぎよ》しとせずに、必死に考えていた。自分の立場の重要性を、彼がいちばん理解している。

その責任の、重さを。

それを知らずに、私たちは呑気に仲間の合流を喜んでいたけれど。

(嫌《いや》だなぁ、こんな綱渡りっぽい二重スパイ生活！　俺はふつうに、平穏無事な青春を過ごしたい……！)

真緒くんの憂鬱《ゆううつ》を、この時点ではまだ誰も、ほんとうの意味では理解していなかった。

それが彼の不幸で、けれど彼が自分で選んだ道だった。真緒くんは歯嚙みしながらも、私たちのいちばん後ろからついてくる。

遅れてきた希望の星が、私たちの未来にどんな影響を及ぼすのか——この時点では、神のみぞ知る。

複雑怪奇な運命のなか、私たちは前へ進んでいくしかない。

そのあと。

軽音部部室でいちどミーティングをして、零《れい》さんに指示をもらってから——また場所移動。

「ここが、『防音練習室』だ」

練習着（体操着）に着替えた『Trickstar《トリックスター》』の面々を引きつれて、北斗《ほくと》くんが校舎の片《かた》隅《すみ》にある教室の扉《とびら》を開いた。看板《プレート》には、『防音練習室B』とある。

「校内にいくつかある練習室のひとつで、設備のランクとしては中の上といったところか。朔間《さくま》先輩の計らいで、俺たちはこれから一週間——この練習室を専有できる」

ここが決戦を控《ひか》えた私たちの、根城になる。

さすがは夢ノ咲学院《ゆめのさきがくいん》、かなり立派な内装だ。ほぼ密室《みっしつ》で、防音構造のため、外からの雑音など気が散る要因が排除《はいじょ》されている。

「練習室のレンタル料も朔間先輩が支払ってくれたので、料金については心配する必要はない。『我輩からの餞別《せんべつ》じゃ、がんばれよ』との、お達《たっ》しだ」

ほんとうに、零さんには何から何までお世話になりっぱなしである。

「うわぁい、広い～☆　ひゃっほ～！」

「ゴロゴロ転がるな、明星《あけほし》。いちおう業者が定期的に清掃《せいそう》しているはずだから、不衛生《ふえいせい》ではないが。隅っこに休憩するためのスペースがある、休むならそこで休め」

なぜか床を転がり始めたスバルくんを足で踏《ふ》んで止めると、北斗くんが「ぱんぱん！」と手を叩《たた》いて、みんなに呼びかける。

「あまり軍資金のない俺たちが、練習室を専有できる機会などそうはない。時間を無駄《むだ》にしたくない、一分一秒を惜《お》しんで練習しよう」

テキパキと、本来の北斗くんらしく――委員長らしく的確に。

「まずは清掃と、準備運動。それから、『S1』に向けて俺たち『Trickstar』の息をあわせるための訓練をしよう」

二人一組になって柔軟《じゅうなん》運動をしつつ、まずは打合せをする。スバルくんはすぐに動きたくてうずうずしているのか、気が散《ち》っている様子だけれど。

北斗くんがそんなスバルくんをあやすようにしながら、語る。

「『S1』でどんな演目をやるかは、みんなで協議して決めたいと思う。俺たちは、結成したばかりの『ユニット』だ。専用曲もあまりないから、出来合《できあい》の演目をいくらか組みこむことになる――と考えていたが」

傍《かたわ》らに置かれた、運びこまれた荷物を目線で示す。そこには先ほど、零さんから受け取った大量の楽譜や資料などがある。音源などは、真《まこと》くんの端末《たんまつ》に入っている。

「幸い、朔間先輩が楽曲を提供してくれた。軽音部の連中がたまに趣味でつくってるという、未発表曲だ。大量にあるので、そこから『Trickstar』に適したものを選びたい」

「あれっ、『ユニット』練習については朔間先輩たちは口をださない感じ？」

スバルくんが今さらなことを言うので、北斗くんが重々しく頷《うなず》く。

「うむ。『ユニット』練習の内容や演目については、こちらに任せてくれるようだ。これまでの個人練で、俺たちに伝えたいことはすべて伝えた、という感じらしい」

あの『三奇人』が何を考えているかは、根本的なところでは想像の埒外《らちがい》だけれど。

「あくまで、朔間先輩や軽音部の連中は『Trickstar』ではない。彼らには、彼らの所属する『ユニット』がある。そっちの練習もあるのだろうし、異なる『ユニット』どうしが馴《な》れあいすぎるのもよくない」

実際、これまでは頼りっぱなしだったのである。そろそろ自立し、保護者のもとから巣立たなくてはならない。

「これ以上の肩入れは、すべきではないという判断のようだ。というか、俺たちの意向を尊重してくれたということだろう」

北斗くんはむしろ嬉《うれ》しそうな、頼もしそうな口ぶりだ。

「『S1』には、朔間先輩たちの『ユニット』も参加するらしい。せっかくなので本番では足並みを揃《そろ》えよう、協調して動こう、という打診《だしん》はきているがな」

完全に零さんの支配下に置かれるのではなく、あくまで対等な同盟、というかたちにしてくれたのだ。ほんとうに、『Trickstar』を尊重してくれている。

最前線で戦うのは、『Trickstar』だ。そのバックアップを、零さんたちは請《う》け負ってくれたのだ。

孤独《こどく》に戦うわけではない、という事実が心を軽くしてくれる。同時に、絶対に負けられない——私たちだけの戦いではないのだ。

「ここから先は、俺たち自身のセンスで、選択で、考えで……。俺たちだけの道を、進んでいく。立ちあがるところまでは、朔間先輩たちのちからを借りた。だが踏みだして、歩いていくのは、『俺たち自身』であるべきだ」

この夢ノ咲学院を変えるために、与えられた恩義に報《むく》いるために、最大限に善処《ぜんしょ》しなくてはならない。よちよち歩きの赤ん坊でも、必死に武器を握りしめて。

「いつまでも『おんぶに抱っこ』では、あまりにも情けない」

「そうだね。所詮は異なる『ユニット』どうし、いつか戦うこともあるかもしれないし。ぜんぶ教えてもらおう、手を引いて導いてもらおう、っていうのは甘えすぎだよね」

ときどき怖いぐらいに冷めているスバルくんの発言に、真くんが合いの手を入れる。

「僕としては、地獄《じごく》のシゴキを受けなくて済むだけで天国に思えるよ……。大神《おおがみ》くんとの特訓があと一週間つづいたら、確実に死んでたからね」

「それに、俺たちを導いてくれる存在はもういるしね。まだまだ未熟《みじゅく》だけど、『プロデューサー』がいるんだ。そう、転校生がねっ☆」

スバルくんが私にも花をもたせてくれるつもりだろう、言及《げんきゅう》してくれたけれど——。

「……その、転校生なんだけど。さっきから姿が見えないような。どこ行った？」

黙々《もくもく》と柔軟をしていた真緒《まお》くんが、その事実にいちばん最初に気づいた。彼はしばらく合流できなかったせいか、何だか懐《なつ》かしそうに『Trickstar』のみんなを眺《なが》めていた。だからこそ、私の不在をいち早く察してくれたようである。

「あっれぇ？　ほんとだ！　よく行方不明《ゆくえふめい》になるなぁ、転校生は!?」

「また、誘拐《ゆうかい》されたのか？」

スバルくんと北斗くんがギョッとして、周囲を慌《あわ》てて見回している。

「あぁ、そういえば――」

スバルくんが何かを思いだしたように、ぽんと手を打った。私も黙《だま》ってふらっといなくなったわけではなくて、いちおう彼に言伝《ことづて》を頼んだのだけれど。身体《からだ》を動かせるのが楽しくて、すこんと忘れてしまったみたいだ。

「たぶん、転校生はガーデンテラスにいると思うよ。『ちょっと考えてることがある』って、言ったでしょ。実はね、転校生が差し入れをしてくれるみたい」

私の存在を忘れていた埋《う》めあわせをするみたいに、気持ちを代弁してくれる。スバルくんとは一週間、ずっと一緒に行動していたのだ。すこしは、気心が知れている。

「俺たちを強くしてくれるはずの、料理や飲み物をつくってるんだよ。この一週間――教師に聞いたりして栄養学とか勉強してたからね、転校生は」

　自分のことのように誇らしげに、スバルくんが笑顔で言った。

「あいつも『プロデューサー』として、役に立ちたいんじゃないかな」

「差し入れか……。『プロデューサー』というより、運動部のマネージャーのようだが。その気持ちは嬉しいな、どんな料理か楽しみだ」

　北斗くんが意外そうに目を丸くしてから、相好《そうごう》を崩した。

「転校してきたばかりの彼女には、おおくを期待してはいなかったのだが。転校生も、何かがしたいんだな。その気持ちだけで嬉しい、励まされる」

「だよね～。ちなみに『ユニット』専用衣装についても、転校生が用意してくれるかもって話だからさ。楽しみだよね、今はまだ練習着だけど♪」

　私も、自分にできることを全力でするつもりだ。

『Ra*bits《ラビッツ》』のみんなの、暗闇《くらやみ》のどん底でのライブが忘れられない。あんな悪夢みたいな現状を、変えられるなら。その手助けができるなら、私は何でもする。

「ふぅん。聞いてたより『やり手』じゃん、転校生」

　真緒くんが感心したように、口笛《くちぶえ》を吹いた。すこし、表情を真剣なものにしている。完全に、私をド素人《しろうと》だと侮《あなど》っていたのだろう。

　そんな真緒くん以外の、他のみんなは純粋に喜んでくれていた。

「俺たちも、がんばろう。転校生の苦労を、無駄にしないためにも。絶対に『S1』で勝利し、生徒会を打倒しよう」

「もちろん！　血を吐《は》くまで、がんばるよ～☆」

スバルくんが無邪気《むじゃき》に、怖いことを言い始めた。

「転校生、医療《いりょう》っていうか応急処置とかの勉強もしてるからね。倒れても蘇生《そせい》させてくれるよ、だから全身バラバラになるまで特訓できるよ☆」

「テンション、あがってるね……。明星くんは一週間、練習らしい練習をしてないもんね。そのぶん張りきっちゃってるのかなぁ――僕はもう、筋肉痛で限界なんだけど」

柔軟体操だけですでに疲れきった様子の真くんが、ぐんにゃりとうつ伏せになる。その状態でおおきく足を開いている、身体がすごくやわらかい。

「雑談は、そこまでだ」

呑気《のんき》な雰囲気を締めるつもりか、また北斗くんが「ぱんぱん！」と手を叩く。

「軽音部の未発表曲を、てきとうに流していくぞ」

彼は設置された機材を操作し、そこに真くんの端末を繋《つな》ぐ。何かの曲を流し始める――防音構造の練習室なので、はっきりと音が響く。

「ピンときた曲があったら言ってくれ、演目に組みこめないか考慮《こうりょ》する」

メカニック的なことは真くんが得意なのだろうけれど、北斗くんも手慣《てな》れている。勝手に端末を動かしたことに真くんが文句を言い、北斗くんは軽く謝《あやま》っていた。

「俺たち『Trickstar』の持ち歌は、たったの一曲。そこにアクセントとして三曲ほど、軽音部の新譜を組みこむ。そして最後に、新曲を披露するつもりだ。……計六曲、死ぬ気で覚えてパフォーマンスとして完成させよう。場合によっては何曲か削ることも考えるが、できればすべて万全に習得したい」

それは『Trickstar』のみんなが、決戦の舞台である『S1』のために携えておくべき、必殺の武器だ。全六曲。そのすべてが『紅月《あかつき》』を——生徒会を打倒し、この凝《こ》り固まった夢ノ咲学院の現状に風穴をあける、希望になる。

「血肉になるまで毎日、いつでも、自分たちの曲を聞くようにしろ。データは、遊木《ゆうき》に預けてある。曲目が決まった後にでも、各自の端末にダウンロードしてくれ」

「新曲って？　どんなのどんなの、聞きたい☆」

「うむ。あまり、この手は使いたくなかったのだが……。父の知りあいで、俺も幼いころから世話になっている、プロの作曲家につくってもらった」

スバルくんにまとわりつかれて、北斗くんが顔をしかめる。

父親に、何か思うところがあるのだろうか。そういえば、北斗くんはよく『おばあちゃん』が云々《うんぬん》と言っているけれど、親についてはあまり言及しない。

「その新曲が、俺たちの虎の子だ」

すぐに表情を凛々《りり》しく引きしめて、北斗くんは前を見据《みす》える。

「ダンスの振り付けなども、俺の両親を通して専門家にお願いして仕上げる予定だ。今はまだ、仮に組んだだけの代物《しろもの》があるだけだが」

北斗くんも、形振《なりふ》り構っていない。使えるものは、ぜんぶ使うつもりだろう。

もともと、絶望的な戦力差なのだ。それを埋めるためには、手段を選んでいられない。

それでも太刀打ちできなかったら、もう打つ手はないけれど。一％でも希望があれば、
戦える。勝機があるなら、特攻だってできる。

「一週間でどこまで完成するかは不明だが、新曲だけでも完璧に仕立てる。プロによる、
俺たちの手に余るほどの芸術品として完成するはずだと、期待している」

「おぉ、北斗が親のコネに頼るなんて珍しいな。それだけ、本気ってこと？」

真緒くんが何か事情を知っているのだろう、むしろ気遣うような口調で言った。

「当然だ。命懸《いのちが》けで、俺たちは『Ｓ１』に勝利する」

心配性らしい真緒くんを安心させるためにか、北斗くんは力強く宣言する。

「新曲は、その決意表明だ。俺たちの全身全霊を、生徒会に叩きつけてやろう」

首を振って、あらためて言い直す。

「俺たちの夢を、叶えよう。この暗く澱《よど》んだ夢ノ咲学院を、俺たち『Trickstar』が明る
く照らすんだ」

今度こそ救いようのない悪夢ではなく、キラキラと輝く夢を現実のものにするために。

『Trickstar』のみんなは、名前のとおり綺羅星《きらぼし》のごとく目映《まばゆ》い光を放ち始める。

天高く飛び立ち、世界を明るく照らすための、最後の助走が始まる。

ぶっ通しで数時間、『Trickstar』の面々はレッスン、および曲目の決定などをこなしていた。その集中力は驚異的で——久しぶりの合同練習だったのに足並みが揃わないこともなく、息ぴったりだった。

同い年で仲良しな、夢を共有する集団。彼らには芳醇《ほうじゅん》な才能と熱意があったし、それらが嚙《か》みあわされることで、乗数的に輝きを増していく。

本人たちも驚くほどに、ひとりひとりが巨大な決戦兵器を動かす歯車や捻子《ねじ》になったように——それぞれの持ち味と技能が融合し昇華される、才能の開花だった。

けれど私はそれを、後から聞いただけだ。直接、彼らが芽吹《めぶ》いていく瞬間を見守れなかったのは——『プロデューサー』としての不徳である。

けれど、こちらにも事情があった。

私は——のっぴきならない緊急事態に、巻きこまれていたのである。

〈✦〉

「転校生〜？」

真緒くんがひとり、のんびりと食堂を歩いている。

夢ノ咲学院の食堂——ガーデンテラスは、貴族の庭園じみた景観《けいかん》だ。季節の花々が咲き乱れ、丁寧に刈《か》りこまれた芝生にはやはりごみのひとつも落ちていない。調度品のたぐいも最高級品だ、もちろん提供される料理も贅《ぜい》を尽《つ》くしたものになっている。

とはいえ今はもうだいぶ遅い時刻なので、まったく人気《ひとけ》がない。完全下校時刻のすこし前に食堂は営業を終了し、後片付けを終えて、消灯してしまう。

食堂の建物そのものにも、その刻限からは立ち入ることができなくなる。とはいえ屋外、庭園の部分は開放されている。屋外にそのまま通じているので、施錠《せじょう》などができないのだ。なので、その気になれば踏みこむことは可能である。

真緒くんは片付けられた椅子などを押しのけ、薄暗いなか――周囲をきょろきょろ見回していた。過酷《かこく》なレッスンをこなしたはずなのに、表情には余裕がある。

真緒くんはこれまでの一週間、特訓には参加していない。なので体力が有り余っている――というわけでも、なさそうだ。彼が特訓に参加できなかったのは生徒会の仕事などに東奔西走《とうほんせいそう》していたからだし、他のみんなと比べてサボっていたわけでもない。

純粋に、タフなのだろう。やや軽薄そうな見た目に反して、芯が強い。筋骨隆々《きんこつりゅうりゅう》、みたいな強さではない――どんな暴風も受け流す、柳《やなぎ》のような強さだ。

「ガーデンテラスにいる、って話だけど……。戻ってくんのが遅いから、様子を見にきたぞ～？」

律儀《りちぎ》に説明しながら、真緒くんは大声で呼びかける。

「何か手間取ってんなら、ちからを貸すよ。俺、あんまり『Trickstar』の活動に参加できてなかったからさ。ちょっとでも、役に立たないとな」

彼は私がなかなか姿を見せないので、心配して捜しにきてくれたのだ。真緒くんは、そういう気遣いができる子だった。

「転校生とも、仲良くなっときたいしな」

すこし冗談めかして、そんな嬉しいことを言ってくれる真緒くんの正面――。

ガーデンテラスの建物と屋外を繋ぐ出入り口の正面に、剣呑《けんのん》な気配がある。

「おっと」

甘やかな声音が、響いた。

決して、高圧的でも恐ろしげでもない。胸の内側まですんなりと入りこんでくるような――たとえそれが命を奪う刃《やいば》であろうと、すんなり飲みこんでしまいそうな。

「このガーデンテラスは、俺以外の男は立ち入り禁止だよ〜？」

朗《ほが》らかに無茶なことを言っているのは、麗《うるわ》しい青年である。夢ノ咲学院はさすがアイドル養成学校といえる美形揃いなのだけれど、彼は美貌《びぼう》を研ぎ澄ませ、ひとに自分がどんな印象を抱かれるか熟知しながらそれを利用している。派手《はで》で、侵略的な、独特の雰囲気《ふんいき》をもっていた。

体格は、かなりいい。けれど他者に恐怖感を与える要素を、自ら削り取っているみたいに軽薄な笑みを浮かべている。黄金を融《と》かしたような、男性にしては長めの髪は艶々《つやつや》で枝毛のひとつもない。夢ノ咲学院の制服を、だらしなく見えない程度に着崩していた。

「うおっ？　あんたはたしか、『UNDEAD《アンデッド》』の羽風《はかぜ》先輩？」

呼びかけられて初めてその存在に気づいたのか、真緒くんはギョッとして身構える。

（夢ノ咲学院で最も過激《かげき》で危険な『ユニット』と噂《うわさ》の、『UNDEAD』——）

輝くような美貌を、ガーデンテラスの薄暗がりにひそませた——羽風という名前らしい、どこか毒蛇《どくへび》じみた危うげな先輩を、真緒くんは注視する。

（あの朔間先輩の、『ユニット』だな。この羽風先輩も、そのひとり。なぜ、ガーデンテラスにいる？）

私たちを教え導いてくれている恩師、零さんは『UNDEAD』のリーダーを務めているらしい。それは話には聞いている——その『ユニット』も『S1』に参加するらしく、作戦会議をしたりしたのだ。

その際にも、『UNDEAD』のメンバーは零さんと、なぜかいつも彼のそばに侍っている晃牙《こうが》くんしかいなかった。他にも数名、仲間がいるとは聞いていたけれど。

（一般人の女の子と遊んでばっかりで、アイドルとしての活動には非積極的。でも、実力は随一。やる気のない、遊び人……って評判だけど、実物と会うのは初めてだな？）

まじまじと、真緒くんは羽風さんを観察している。

（朔間先輩の仲間である、このひとも……。俺たちの仲間っていうか、とりあえず目的を同じくして共闘できる相手のはずだけどな？）

零さんは、協力的だけれど。その仲間だからといって、味方の味方は味方だ——と安易に決めつけられない。

この地獄めいた夢ノ咲学院では、仲間であるかどうかは、慎重《しんちょう》に見定めなくてはならない。誰が敵で、誰が悪意をもち、誰が危害をくわえてくるかわからないのだ。

（そのわりには、やけに態度が刺々《とげとげ》しいような……？）


「おいおい、そんなに見つめないでくれる？　男に見られて、喜ぶ趣味はないんだけど」

羽風さんは鬱陶《うっとう》しそうに、真緒くんに犬をあしらうような仕草をした。

「ていうか。今ちょっと取りこみちゅうだから、出てってくれるかな。しっし！」

「んなこと、言われてもな……。あの、このへんに転校生がいませんでした？」

露骨に羽風さんは態度がよろしくないけれど、真緒くんはその程度では怯まない。

持ち前の人当たりのよさで、ゆったり歩み寄ると丁寧《ていねい》に問いかける。

「こないだ新設された、『プロデュース科』ってのに所属してる女の子なんですけど」

「うん、うん。それを朔間さんから聞いたからさ、こうして会いにきたんだよね〜♪」

嬉しそうに、羽風さんは陶酔するみたいに大袈裟《おおげさ》に我が身を抱き寄せる。獲物《えもの》を狙《ねら》う、捕食者——肉食獣のようだ。暴力的な気配はまったくないのに、それでもどこか危険な雰囲気。穏《おだ》やかに微笑《ほほえ》んではいるけれど、ちょっとしたことで暴発しそうな……。

羽風さんはにこやかに、かなり勝手なことを語っている。

「いやぁ、かわいい女の子だよね！　暗くてほとんど見えなかったけど、俺の目は誤魔化せないよ。まったく、朔間さんもそういうことは早く教えてくれればいいのに。俺はずっと、そんな朗報《ろうほう》を待ってたのにさ！」

同じ『ユニット』だからか、羽風さんの零さんに対しての口調は気安い。それでも『さん』付けなのが、すこし意外ではある。

「これはたぶん、神さまが俺のために与えてくれたギフトだよね♪」

返事もできない真緒くんを置き去りにして、羽風さんはぺらぺらとよく喋《しゃべ》る。

おそらく会話を求めているというより、言いたいことを言っているだけだろう。ただ吹き抜ける、自由な風のようだ。

「ほんとこの学院、むさくるしい男しかいない地獄だからね！　その『転校生ちゃん』とやらは、この砂漠のような夢ノ咲学院に咲いた一輪の花だよ！」

その眼光に一瞬だけ、禍々《まがまが》しくも煮溶けたような輝きが宿った。

「誰にも汚されないうちに、きちんと俺が収穫《しゅうかく》してあげないとね〜♪」


「薫《かおる》くん」


息を呑む真緒くんの後方に、いつの間にか零さんが立っている。

仰天《ぎょうてん》して振り向く真緒くんの口元を塞《ふさ》ぎ、悲鳴《ひめい》をあげさせないようにして。零さんは、呆《あき》れた様子でぼやいた。

「練習から抜けだして、どこへ行ったかと思えば……。また女漁りかい、飽きんのう。おぬしは、大概《たいがい》にせいよ？」

羽風薫、というのがフルネームらしい麗人を、零さんは婀娜《あだ》っぽく眺めている。

闇からにじみでるようにして出現した謎めいた『三奇人』は、ほぼ同じ背丈の薫さんを真っ直ぐに見据える。日が暮れているためか、どうも陽光に弱いらしい零さんは日中に会ったときよりも気力が漲《みなぎ》っている。底知れない、迫力すらあった。

真緒くんは、震えあがって声もだせないようだった。

魔物どうしの対峙《たいじ》に巻きこまれ、目を白黒させて零さんと薫さんを交互に見ている。

そんな真緒くんの頭をよしよしと撫《な》でてから、零さんは溜息《ためいき》をついた。

「まぁ、おぬしなら『ぶっつけ本番』でも大丈夫じゃろうがのう？」

「そう、そう。練習なんてテキトーでいいじゃん、楽しくやろうよ！」

途端に一瞬だけ見せていた鬼気《きき》は何だったのだろう――ふんわりとした雰囲気に戻ると、薫さんは手を叩いて囃《はや》し立てた。

「いつになくやる気になってるよね、朔間さん。俺はそういう暑苦しいノリ、あんまり好きじゃないんだけどな～？」

細めた目の奥から、這《は》い回るような眼光を向けている。

和やかに会話しているように見えるけれど、熾烈《しれつ》な腹の探《さぐ》りあいが行われている。

ポケットに手を突っこみ、身を屈めて歩くと――薫さんは零さんに肉薄《にくはく》し、真下から睨《ね》めあげる。悪党が、因縁をつけるみたいに。

「ていうかさ。どうして、噂の転校生ちゃんを二年生の『ひよっこ』どもにあげちゃったわけ？　ちゃんと確保しといてよ〜、やる気がダダ下がりなんだけど。俺、『UNDEAD』を脱退してそっちの『ユニット』に所属しちゃおっかな〜？」

「それは困る。おぬしの戦力は、『UNDEAD』に必要じゃ」

けれど零さんも泰然自若《たいぜんじじゃく》として、薫さんが放つ独特の妖気《ようき》を受け流していた。近づいてきた薫さんの頭まで撫でようとして、避《よ》けられて、寂《さび》しそうにしている。

「一週間後の『S1』には、外部からも大勢の客がくる。つまり、たくさんの一般人の女の子もくるわけじゃ。その子らをおぬしのファンにするため——みたいな方向で、やる気をだしてくれんかのう〜？」

「う〜ん。そっちはそっちで魅力的だけどね、朔間さんにはかなわないな〜？」

柔和に微笑んでいるのに、なぜか怒り狂っているようにも見える。独特な二面性のある気配を漂わせながら、すんなり薫さんは零さんの横を素通りした。

「まぁいいや。転校生ちゃんに唾《つば》をつける機会はこれから先、いくらでもあるだろうし。今日のところは、勘弁してあげようかな〜？」

そのまま振り向きもせず、修羅場《しゅらば》じみた雰囲気のガーデンテラスから去っていく。

「けど練習はパスね、これからデートの約束があるから。ばいば〜い♪」

あっという間に、遠ざかっていく。

「……逃げよった。まったく、名前のとおり薫風《くんぷう》のごとき男じゃのう？」

その後ろ姿を見送って、零さんは項垂《うなだ》れた。

「う〜む。薫くんの練習嫌いは深刻じゃのう、やればできる子なのじゃが」

いつも余裕ありげな零さんにしては珍しく、羽風薫という存在をどう扱っていいかわからないらしい。自由な風に翻弄《ほんろう》されて、困り果てているみたいだった。


甘やかな残り香が漂うなか、零さんはあらためて真緒くんに向き直る。

「……おぬしは、たしか『Trickstar』の一員じゃったかの？」

「あっ、はい。先週は特訓に参加できず、すみませんでした！」

「我輩に、謝《あやま》られてものう。そういうのは、おぬしの仲間たちに言ってやるとよい」

礼儀正しく頭をさげる真緒くんを好ましく思ったのか、零さんは孫に接するように和やかな雰囲気になった。いっきに弛緩《しかん》して、のほほんと微笑んでいる。

「どうじゃ、『Trickstar』の調子は。ちゃんと、練習しとるのかのう？」

「そりゃもう。これまで見たことがないぐらい、どいつもこいつもやる気になっちゃってますよ。俺も、負けてらんないな〜って感じ♪」

「そうかそうか、若い子は元気がよくて羨《うらや》ましいのう。薫くんにも、そのやる気を分けてやってほしいぐらいじゃよ。我輩の放任主義がいかんのかのう、どうも『UNDEAD』はまとまりがなくてのう〜？」

さっそく打ち解けたのか、零さんは親しげに語る。

「まぁよい。我輩たち『UNDEAD』も、来週の『S1』ではおぬしらに協調して動く予定じゃからの。後ほど、もっと詳細《しょうさい》な作戦会議でもしよう。もともとが無理筋な勝負じゃ、打つ手はすべて打っておかんとのう？」

油断なく、煌々《こうこう》と照る月の明かりを屍体《したい》のごとき顔貌《がんぼう》に反射させて。

「我輩も、痩《や》せても枯れても『三奇人』の一角。生徒会の『紅月《あかつき》』とも、互角に戦えるじゃろうがのう。互角ではいかんのじゃ、勝利を掴まねばな」

吸血鬼のような青年は、やけに紅い唇《くちびる》を舌で舐めた。

「対等の勝負は、させてやる。そこから先は――勝てるか否かは、おぬしら次第じゃ」

また真緒くんの頭を撫でると、ゆるやかに歩き始める。零さんはどうしてガーデンテラスにいたのだろうか――夜の、お散歩だったのか。どこまでも、謎《なぞ》めいている。

「この我輩が、重い腰をあげたのじゃからのう。がんばったけど負けました、では済まぬからのう？」

肩越しに真緒くんを振り向き、食らいつくように笑った。

「期待しておるよ。我輩を落胆《らくたん》させんでくれよ、『Trickstar』？」

手を振ると零さんはそのまま立ち去りかけて、ふと思いだしたように告げる。

「……あぁ、言い忘れておった。転校生の嬢ちゃんは、そこの戸棚《とだな》のなかにおるよ？」

そもそも真緒くんは、私を捜しにきたはずであった。

ガーデンテラスの建物内には、厨房《ちゅうぼう》などがある。いくつか戸棚も並んでおり、そのなかのひとつに私は隠れていた。ずっと、七匹の子ヤギの臆病《おくびょう》な末っ子みたいに。真緒くんたちの対話も、聞くともなく聞いていたのだけれど。

ずっと薫さんがガーデンテラスの建物、その出入り口の前に陣取《じんど》っていたので動くに動けなかったのだ。どうもあのひと、なぜか私にご執心《しゅうしん》のようだし。見つかったら何をされるかわからない、と怯《おび》えていた。

女子校での生活が長かった私には未知の、油断すれば食い殺されそうな……。そんなわけがないのだけれど、そう疑わせる薫さんの雰囲気に馴染《なじ》めないでいた。

怖くて、隠れていたのだ。それを、なぜか零さんは察していた。

「転校生の嬢ちゃんに、もう安心だと伝えておくれ。薫くんにも、あんまり『ちょっかい』ださんように言っておくからのう？」

そのまま、薫さんの動きをなぞるように振り向きもせずに去っていく。

「それじゃあ、の。ふぁあふ、やっぱり寝起きは身体が重たいのう～♪」

「あっ、どうも。お疲れさんでした。……う～ん、戸棚？」

きちんと頭をさげて見送りながらも、真緒くんは素直にその助言に従って動く。ガーデンテラスの建物、その出入り口に駆け寄った。取っ手を握ると、ふつうに開く。施錠《せじょう》されてはいなかったのだ——居残っていた私は、施錠などをガーデンテラスの職員のひとに任された。けれど薫さんが居座っていたので動くに動けず、鍵を閉める余裕もなかった。

そんな、顚末《てんまつ》なのである。

「ここか？　転校生、いるのか？　俺だ、衣更《いさら》だ！」

真っ暗な建物のなかに踏みこみ、真緒くんが大声で呼びかけてくる。いくつか並ぶ戸棚をひとつひとつ、機敏《きびん》に確認していた。

相手が真緒くんだとわかって、私は恐る恐る、隠れていた戸棚の扉を開いて外の様子を見る。すぐ間近に、真緒くんがいた。

何だか、とても安心した。

へたりこんだまま、私は涙《なみだ》ぐんでしまった。


「うわっ、ほんとにいるし。おまえ、何でこんなとこにいるの……？」

鍋《なべ》などが並ぶなか、私は身体を折りたたんで隠れていた。緊張で強《こわ》ばっていて動けず、ただ真緒くんを見上げるしかない。

そんな私に手を差し伸べて、立たせてくれながら、真緒くんが事情を聞いてくれる。

「ふぅん。羽風先輩の言動に、身の危険を覚えた？」

ふらつく私に、しっかりしろよ、という感じに真緒くんは苦笑いしている。

「あのひと、いきなり口説いてきて無理やりどっかに連れ去ろうとしたの……？」

そうだ。私は、ガーデンテラスの職員のひとと話をつけて厨房を使わせてもらっていた

のだけれど。そうしたら不意に薫さんがやってきて、あれこれ話しかけてきて――すこし怖かったので逃げたら、追いかけてきたのだ。

　そこからは、かくれんぼである。薫さんはあまり女の子に拒絶《きょぜつ》されたことがなかったのだろう、意地になっていたみたいで……。しつこく追ってくるので、私もますます怖くなってしまった。

　まだ薫さんの正体がわからなかったし、生徒会がさしむけた刺客《しかく》かもと疑ってもいたのだ。そこまで生徒会に、ド素人の『プロデューサー』である私が危険視されているわけがないのだけれど。パニックになって、ほんとうにそう思って怯えてしまった。

　警戒しすぎ、だったのだろう。しかし、怖かった……。正体不明の男のひとに、言い寄られるなんて。これまで、そんな経験はなかったから。

　薫さんは、かなり強引に私の手を掴んでどこかに攫《さら》っていこうとしたし。誘拐される、拉致《らち》される、みたいに思ってしまった。噛みついて振りほどいて、逃げたけれど。

「危ないなぁ、まったく。あんまり、ひとりで行動すんなよ」

　涙目になっている私の頭を、真緒くんは遠慮がちにそっと撫でてくれた。

「若い男しかいない学院に、女の子がひとりだけなんだ。ライオンの群《む》れに、ウサギを放りこんだようなもんなんだからな」

　実際、腕力では男の子にはかなわない。私を無理やりどうにかしよう、と目論《もくろ》むひとがいたら抵抗できない。今回は運良く逃げきれたし、薫さんにもべつに悪気があったわけではないみたいだけれど——。

次も、そう都合よくいくとは限らない。それこそ、生徒会が本腰《ほんごし》を入れて捕まえにきたらお終いだ。呑気すぎた、迂闊《うかつ》である。情けない。

「まぁ、何事もなかったみたいでよかったけど。ほんと、気をつけろよ～？　ただでさえ目立つんだからさ、おまえは」

叱《しか》っているというより、真緒くんはほんとうに心配してくれているようだった。

「ほら、歩けるか？　手ぇ貸してやるよ、……もう大丈夫だから」

そしてお姫さまをエスコートするみたいに、私の手を引いて導いてくれた。あまりにも何気なくそんなことをするし、嫌でもなかったので——私はされるがまま。

手を繋いで、歩きだした。

「さっさと練習室に戻ろうぜ、みんな寂しがってるぞ？」

そう言って笑う真緒くんを、ちょっと待って、と私は制する。いちど手を放して、私が隠れていた厨房の隅っこ——冷蔵庫に歩み寄った。

照明の落とされた厨房に、冷蔵庫のなかからの灯《あか》りが漏《も》れる。私はたくさん並んだ食材などの間から、自分がつくった料理を取りだした。

タッパーに詰めこまれた、差し入れである。そもそも、私はそれを用意するためにガーデンテラスにきたのだ。これを忘れて戻ったら、何のためにみんなから離れて行動していたのかわからない。骨折り損の、くたびれ儲《もう》けだ。

真緒くんが興味深そうに、私の手元を覗《のぞ》きこんでくる。

「おっ、これが差し入れか。うまそうだなぁ、食べていい？」

私が頷くと、真緒くんは嬉しそうに笑って、ぱくぱく食べてくれた。

「あはは。朝っぱらから授業に生徒会の仕事に『Trickstar』の練習に～、って感じでろくに食べてないんだよ。腹ペコだよ、ほんと飯つくってくれるだけで助かる♪」

ごっそさんです、と手をあわせて大袈裟にお礼を述べてくれながら、真緒くんは一瞬だけ真摯《しんし》な表情になった。

「お互い、『Trickstar』のなかではビミョ～な立ち位置だけど……。だからこそ、けっこう仲良くやっていけると思うんだよな」

そして、私に手を差し伸べてくれる。

「今後ともよろしく、転校生♪」


それから――。

大急ぎで、真緒くんとともに私は防音練習室へと戻った。さすがに帰りが遅《おそ》すぎて心配していた他の面々に、頭をさげて謝る。お詫《わ》びとして、差し入れを振る舞った。

ちょうどよくみんなレッスンを一段落し、休んでいる最中《さなか》だったみたいだ。のんびりとお腹を満たしがてら、談笑《だんしょう》する。

帰ってきた、その実感に満たされる。『Trickstar』のみんなと一緒にいると、幸せだ。すっかり、彼らのそばが私の居場所になっていた。

次からは、あまり単独行動はしないように気をつけよう。

薫さんは、たぶん私を見逃してくれたけれど。ほんとうに悪意のある敵だったら、帰ってこられなかったかもしれないのだ。

大事なものを抱き寄せるみたいに、私はみんなを眺める。真緒くん、北斗くん、スバルくん、真くん――『Trickstar』のみんなを、あったかい輝きを。

「もぐもぐもぐっ♪」

近ごろよく食べる真くんが、人形みたいな小綺麗《こぎれい》な顔に似合わないことに両手に食べ物をもってガツガツ貪《むさぼ》っていた。よい食べっぷりで、私も嬉しくなってしまう。

料理の練習をしたのだ、この一週間。スバルくんに、味見してもらったりしつつ。そういう仕事は、あまり苦にならないほうだ。

子供っぽく口元を汚している真くんは、目を輝かせている。

「すっごく美味しいよ、この――何だろう？　名状しがたい何かのカタマリ、得体が知れないけどンまい！」

「ふつうに差し入れらしいレモンの蜂蜜漬《はちみつづ》けや、栄養ドリンクもあるな。このカタマリだけが意味がわからん、食えなくはないが」

北斗くんも感心しながら、一定のペースでぱくぱくと食べてくれる。

時間もあったので、色々つくったのだ。届けるのが遅れてしまったお詫びに、なっているといいけれど。それこそスポーツの専門書などを熟読《じゆくどく》して、差し入れらしいものをつくれるようにはなっている。

ひとつだけ、真緒くんと合流してからあらためてつくったものがあるのだけれど。それに、思いの外に反応をいただけている。

黒い色の、お団子《だんご》みたいなものである。それを指先でむにむにと揉《も》んで、北斗くんが首を傾げながら口に入れる。

「美味だ」

「あぁ――忍者同好会の仙石《せんごく》が、美味しそうなにおいにつられてガーデンテラスにきたんだよ。そんとき、この『何かのカタマリ』のつくりかたを教えてもらったんだ」

真緒くんが、口べたな私に代わって事情を説明してくれる。

「忍者の非常食、兵糧丸《ひょうろうがん》だって。仙石は『一粒三百kmでござる！』とか、よくわからんことを言ってたけど」

「仙石……。あぁ、聞いたことがある。あの、変な一年生か。よく妙に長いフンドシを巻いて、先っぽが地面につかないように猛《もう》ダッシュしてるな」

「そう、そう。『忍者同好会』は弱小でさ、部費とかなくていつも困ってるみたいだから。見るに見かねて、俺が生徒会を通してよく仕事を振ったりしてるんだよ」

北斗くんが合点がいったみたいに合いの手を入れるので、真緒くんも喋りやすそうだ。

ちなみに、他のふたり——真くんとスバルくんは夢中で食べつづけている。

「そのことを恩に着てたらしいんだ、仙石のやつ。転校生がつくった大量の差し入れを、ここまで運ぶのも手伝ってくれたんだぞ～？」

「そうか。世話になったんだな、お礼のひとつも言いたいところだが」

北斗くんがきちんと口に入れたものを飲みこんでから、喋る。口元を、ハンカチで拭《ぬぐ》う。正座しているし、育ちの良さを感じさせる。

ともあれ。仙石くん——という不思議な一年生と、先ほど遭遇《そうぐう》したのだった。ガーデンテラスで、真緒くんが語ったとおりの経緯で。

かなり引っこみ思案な子らしくて、私はあまり会話もできなかったけれど。どうも『流星隊』に所属しているらしく、仲間の鉄虎《てとら》くんに話を聞いて私たちを応援してくれているようだ。真緒くんとも親しいみたいで、秘伝の兵糧丸のつくりかたを伝授してくれた。

練りものというか、材料を混《ま》ぜあわせればいいだけなのでレシピは簡単。お手軽だし、高カロリーで栄養豊富《ほうふ》なので、ほんとうに差し入れ向きだった。見た目が粘土みたいで、あまり食べ物に見えない点だけがネックである。

私も味見したけれど、凝縮《ぎょうしゅく》したゴマ団子みたいだった。濃厚で、意外と甘くない。辛くもなく、無味無臭だ。そのままだと美味しいものではない——単なる非常食なので、砂糖などを混ぜて食べやすくした。

みんな喜んでくれたみたいで、ほっとした。ありがとう、仙石くん。何者なのかまだよくわからない——忍者？　ほんとうに忍者なの？　謎めいているけれど、こんど会ったらあらためてお礼を言わなくては。

「仙石はシャイなやつだからなぁ、さっさと姿を消しちゃったよ。でも、ちょっと転校生には懐《なつ》いてたような？」

「ふぅん。あの怖い鬼龍《きりゅう》先輩や大神くんとも、わりとふつうに喋ってたしね。すごいなぁ、転校生ちゃんは。誰とでも、仲良くなれちゃうんだね～？」

真くんが感心し、北斗くんが同調する。

「うむ、希有《けう》な資質だ。『プロデューサー』として、必要な技能でもあるだろう。将来有望だな、転校生は」

私が忍者のことを考えているうちに、べた褒《ぼ》めされている……。嬉しいけれど、過大な評価だと思う。私は口べたで、コミュニケーションもちゃんとできていない。優しいひとたちが、そんな私を気遣ってあわせてくれるだけで。

「いろいろ調べて、がんばって差し入れをつくってくれて嬉しい。ありがとう、転校生。おまえの存在が、俺たちの支えになっている」

北斗くんに真顔で感謝されて、私は恐縮《きょうしゅく》する。ほんとうに、誰にでもできるようなことをしているだけなのに。けれど、ちゃんと見て評価してくれて嬉しかった。

「ん？　それは何だ、クーラーボックスか？」

気恥ずかしくなってきて、私は傍《かたわ》らに置かれたクーラーボックスを前に押しだす。

「ほう、『金平糖《こんぺいとう》シュークリーム』だと……？　何だそれは、興味深い！」

蓋《ふた》を開いてなかみを見せると、北斗くんは目を輝かせた。そこには保冷剤と、冷蔵庫に保管していた特製《とくせい》のお菓子《かし》が入っている。さすがに、そのまま運ぶと途中で駄目になってしまう気がしたのだ。冷えていたほうが、美味しいだろうし。

クーラーボックスは重かったけれど、仙石くんたちが運ぶのを手伝ってくれたし。苦労したぶん、喜んでくれたなら達成感もひとしおだ。

「俺のために、つくったと？　俺が金平糖を好きだと、なぜ知っている？」

「ふっふっふ。転校生がみんなのことを知りたいっていうからさ、この一週間で俺がいろいろ教えたんだよ〜？」

ある程度、お腹を満たしたらしいスバルくんが「はいはい！」と手を挙《あ》げて会話に参加してきた。お行儀《ぎょうぎ》のよくないことに寝転びながら食べていたので、寝癖がついて犬の耳みたいになっている。

「俺たちの好みとかぜんぶ、知ってもらったほうがいいもんねっ☆」

「そうか。俺たちのことを知りたいと思ってくれたのは、嬉しいな」

北斗くんがちまちまとシュークリームをかじり、クーラーボックスの蓋を閉める。

「むぐ、むぐ。邪道だがなかなかいける、『金平糖シュークリーム』。だが栄養面から考えると、やや糖分が高すぎるように思える」

そのまま無造作に、彼はそれを担いでどこかへ運び去ろうとした。

「よって、この『金平糖シュークリーム』は俺が自宅に持ち帰って……。ちょっとずつ、大切に食べることにする」

「あぁっ、また独り占めかホッケ～！　俺も、食べたい！　ずるいぞっ、俺さっきから兵糧丸しか食べてないんだけど！」

「喧嘩《けんか》すんな、仲良くしろよ～？」

北斗くんにタックルを仕掛けるスバルくんを見て、真緒くんがげんなりした表情でぼやいた。真くんが、そんなみんなを見て楽しそうに笑っている。

これが、普段の『Trickstar』の姿なのだろう。四人揃って、ようやく安定する。

「うむ。転校生のおかげで、だいぶ疲労感がほぐれた。だが休んでばかりもいられん、特訓を再開しよう」

かたくなにクーラーボックスを死守しながら、北斗くんがそちらへ手を伸ばすスバルくんを牽制《けんせい》している。あからさまに、話題を逸《そ》らそうとしているような。

「まずは曲目を固めて、重点的に練習したい。『S1』までは猶予《ゆうよ》もない、のんびりしてもいられないからな」

ぱんぱん、と手を叩くお決まりの仕草をして、ゆるんでいた空気を引きしめる。

「ひととおり、軽音部が提供してくれた新譜にあわせてダンスなどのパフォーマンスをしてみよう。それを転校生に見てもらい、意見を述べてもらう」

みんな食事を終えたようなので、私はかんたんに後片付けと掃除をする。その間に、他のみんなのパフォーマンスを見る。時間の節約になるし、効率的である。

同意を示して頷くと、北斗くんも我が意を得たりと微笑んだ。

「その意見を参考にして、俺たち『Trickstar』の『S1』における演目を決定したい」

「あぁ、朔間先輩が言ってたやつだね。素人どうぜんの転校生ちゃんから、『生の意見』をもらおう〜って感じ？」

「そうだ。俺たちパフォーマーだけで考えると、自家中毒を起こしかねん。公平に、知識のない転校生に直感で判断してもらったほうがいい」

真くんの発言に首肯《しゅこう》し、北斗くんは最後に手にしていた金平糖シュークリームを口のなかに放りこむ。愛おしそうに、むしゃむしゃと食《は》んでいる。

「それに、転校生は俺たちの好みや性格についてもだいぶ弁《わきま》えているようだ。彼女の判断は——感じたことは、俺たちにとって『正解』であるはずだ」

シュークリームだけで、ずいぶん過大な信頼を得てしまったみたいだ。

「俺たちの方向性を定める判断を、おまえに託《たく》す。よろしく頼む、『プロデューサー』」

「まぁ、気楽にね。あんまり『責任重大！』とか思わずに、感じたことをそのまま言ってくれると嬉しいな〜？」

プレッシャーをかけてくる北斗くんを肘で突いて、スバルくんがお気楽に微笑む。飴《あめ》と鞭《むち》だ——同時に、それは愛情そのものだった。

せめて誇りをもって、全力を尽くそう。

それに、みんなの歌や踊りは好きだから——それが見られるのは素直に嬉しかった。


小腹を満たして気力が充填《じゅうてん》されたのだろう、みんな元気よく行動を再開する。

真くんが端末のそばに移動し、手慣れた感じで操作した。機械を弄《いじ》っているときが、いちばん活き活きしている。あぁいうことは、本来は私がやるべきだろう。あとで、やりかたを教えてもらわなくては。

そんな未来のことを考えられる、それが何よりも嬉しかった。もう、暗闇のどん底で蹲《うずくま》っていなくてもいいのだ。

『Trickstar』のみんなが、北極星のように私の道行きを照らしてくれている。

邪魔にならないように、食事の後片付けを終えた私は部屋の隅っこに待避した。

同時に、真くんが軽快に端末をタップする。

「んじゃあ、音楽を流しちゃうよ～？　音量は、このぐらいでいい？」

「ここは防音室だ、もっとボリュームをあげても構わんぞ。誰に、迷惑がかかるわけでもない。この空間は、俺たち『Trickstar』の領土《りょうど》だ」

流れ始めたメロディを受けて、北斗くんがあらためて柔軟体操をする。

「ダンスなどの形式も、フリーでいい。のびのびと踊ろう、できれば笑顔でな」

言葉どおり柔らかく微笑んで、北斗くんは立ち上がると魅力的なステップを踏み始める。

「俺は最近、ようやく気づいたのだが。どうも笑顔であるほうが、歌も踊りも輝きを増すらしい」

「あはは。氷鷹《ひだか》くんはちょっとだけ、考えかたや表情が柔らかくなってるよね～♪」

「双子との特訓の成果だろう、と思いたい。自分では、よくわからないが」

もろもろの作業を終えて、真くんが北斗くんの横に並ぶ。完璧な動きをする北斗くんに比べて、真くんはぎこちないけれど――一生懸命さが伝わってくる。

全員が、完璧で万能でなくてもいい。持ち味を発揮して、ふたりはダンスに没頭する。

「遊木も、以前よりずっとパワフルになっているな。踊るときぐらいは眼鏡《めがね》を外すか、スポーツ用のものにすべきだとは思うが」

「あぁ、言われてみればそうだね。ほんと視野も広くなったよね～、氷鷹くん。お小言が増えて、ちょっと面倒だけど♪」

「ふん。お小言が嫌なら、俺が文句をつけられないほど立派になってみせろ」

叱っているわけではなくて、軽口を交わしている。これも、以前の北斗くんからは考えられないことだ――軽妙で、惚《ほ》れ惚《ぼ》れする。

「俺も、負けてられないな。とくに、特訓をサボっていた明星や衣更には」

「え～、俺はサボってたわけじゃないんだけどな。まぁ、いいけど」

ミネラルウォーターで口をゆすいでいたスバルくんが、遅れてそのダンスの輪のなかにくわわる。あっという間に、その場に馴染んだ。

「転校生との一週間で、すこしは『他人の目』ってやつを視野に入れられるようになった気がする。以前の俺と同じだと思ったら、おおまちがいだからな？」

たしかに、スバルくんは周りとあわせられている。単体でも力強く輝くけれど、周りのみんなの輝きを反射することで、さらに煌《きら》めく。

ほんとうに、アイドルになるために生まれてきたようだ。

天性の才覚で、最高に輝く。スバルくんは、やっぱり野に咲く花みたいに自由で天然で——魅惑的だ。神さまから愛された、希有な才能をもった男の子なのである。

その眩しい笑顔が、何よりの宝物だった。

単純な技術ならば、北斗くんのほうが上手だろう。しかしスバルくんは、たまに勝手に驚くほどアレンジするけれど。作り手の想像すら軽々と凌駕《りょうが》するような、光を放つ。北斗くんとどちらが上か下か、比べられるものでもない。

みんなちがって、みんないい。もちろん、真くんもそんな傑出《けっしゅつ》したふたりに必死についていっている。『Trickstar』は、渾然一体《こんぜんいったい》となっている。

「サリ～もおいでよ、一緒に踊ろう！　早くしないと、置いてっちゃうぞ～☆」

「はいはい。ったく、おまえらはいつも楽しそうでいいな～？」

最後に、真緒くんがくわわる。並んで、輝く。遅れてきた希望の星が、星座の最後の欠片《かけら》を埋めてくれる。

「ちょこっと出遅れちまったけど、俺もおまえらと肩を並べていられるように努力するよ。ううん、今だけは余計なことは考えずに楽しもっかな♪」

いろんな重荷をかなぐり捨てて、この瞬間だけは自然体で。

ひとりの、青春を満喫する男の子として——真緒くんも開花する。

器用に世渡りをして、そのためにいろんな因縁に絡《から》めとられて……。けれど踊っている間だけは、それを忘れられるのだろう。

「見て見て、俺の得意技——ブレイクダ〜ンス♪」

すべての因縁を蹴り飛ばすように、真緒くんが床に手をつき、足をプロペラみたいに回転させる。容易には真似できないような、アクロバティックな動きだけれど。すぐ横で、スバルくんが目を輝かせてまったく同じ動きを再現した。

「おぉ、かっけ〜！　俺もやるっ、ぐるんぐる〜ん☆」

ふたつのプロペラが、颶風《ぐふう》を伴い激しく旋回する。

「どうやってんの、それ!?」

弾《はじ》き飛ばされたみたいにやや横に待避した真くんが、ひたすら感心していた。さすがにスバルくんは天才すぎる、彼みたいに即興《そっきょう》でダンスを真似したりはできないようだ。

「うわぁ、悔しいなぁ！　僕だけロボットダンスみたいにぎこちないもん、もっと練習しなきゃ！」

けれど真くんは卑屈《ひくつ》にもならず、自分にできることを必死にこなしている。

（……ふむ。さすがだな、衣更。しばらく別行動していたとは思えん、すんなりダンスの輪のなかに入ってきた）

子供の遊びみたいに、くだらないことで張りあうように回転をつづける真緒くんとスバルくんを――北斗くんが、静かに眺めている。

（周りをよく見ているのだろう、バランス感覚も天才的だ）

自分たちという戦力を、冷静に分析している。

この閉塞《へいそく》しきった夢ノ咲学院に、未来への道を拓くために。

（とくに、明星とのコンビがいい。さすが同じバスケ部どうし、息がぴったりだ。ただ二人とも奔放《ほんぽう》すぎるから、俺が締めるところは締める必要があるな。双子との特訓のおかげで、そういう呼吸が、タイミングがわかるようになってきた気がする）

特訓を経て自信をつけたらしい北斗くんは、思考まで前向きになっている。

（遊木も、がんばって食らいついてきている。それに負けじと、みんながさらに精進《しょうじん》する。まさに、切磋琢磨だ。一週間前とは見ちがえるほど、『良いかたち』になっている）

それぞれが望んで、誰かに命じられたからではなくて――全力を尽くせる。そんな場が、形成されている。奔放に、四方八方にただ垂《た》れ流されていただけだった彼らの輝きが収束し、太陽のように巨大な煌めきになっている。

そう仕向けたのは、あの謎めいた『三奇人』だ。

(朔間先輩は、俺たちに的確な指導をしてくれた)

それを、北斗くんはあらためて実感する。零さんは上から押さえつけるように、無理やり言うことを聞かせるような——命令は、強制はしなかった。ただ自分のちからを持て余し、それを活かせる方法を知らなかった未熟な私たちの、道行きを示してくれただけだ。

それだけで、こんなにも『Trickstar』は輝きを放ち始めた。

本来、それは『プロデューサー』である私の役目だっただろう。零さんはアイドルたちを輝かせると同時に、私にもお手本を示してくれた。底知れない度量の深さと、賢明な判断——経験を積んだ、老獪《ろうかい》なやりくち。

あのひとが味方で、ほんとうによかった。

(強くなれる、俺たちは。生徒会に勝てるかどうかは、まだわからないが)

圧倒的かつ盤石《ばんじやく》な支配力を、実力をもつ生徒会には——『紅月』には、太刀打ちできるかどうかわからない。ようやく、戦える。何もできずに一刀のもと斬《き》り捨てられるのではなく、鍔迫《つばぜ》りあいができる程度にはなれたのだ。

踏みつけにされるだけの被支配階級から、奪い奪われる対等な敵へと。

鎧具足《よろいぐそく》を用意し、刃物を研いで、それを扱えるだけの作法を教えてもらった。ようやく、戦場に踏みこめたのだ。あとは、存分に戦い抜くのみである。

（可能性は、ゼロじゃない。そう信じられる、希望がある。だから、がんばれる）

北斗くんは遠い目をして、心のなかで最愛の祖母へと語りかけている。

（おばあちゃん。俺も、『アイドル』というものを愛せるかもしれない）

「あれっ、転校生もウズウズしてない？　もしかして、いっしょに踊りたいの〜？」

音楽にあわせて歌い踊るアイドルたちを、前のめりになって見ている私へ。

ここまでの一週間、ずっとそうして導いてくれたみたいに。スバルくんが、手を差し伸べてくれる。

独りぼっちだった、つらく寂しい時代があった彼が……。誰かに手を伸ばし、それを握りしめてもらえることを期待している。

再び、そんな希望を抱けるようになったのだ。

それだけで、嬉しい。自分のことのように、幸せだった。

その手を、拒《こば》んではいけない。

みんなのそばに、いたい。

「いいよ、飛びこんでおいで！『曲目の選択』とか、そういう難しいことを考えるのは後でいいよ。今は、一緒に楽しんじゃおう☆」

私は立ち上がって、みんなに駆け寄った。スバルくんの手を、全力で握る。

それを彼は男の子らしい力強さで受け止めて、そのままダンスを始めてくれる。

「みんなで一緒に、どこまでも高く昇っていこう！　俺たちは暗い夜空の天辺《てっぺん》まで駆け上がって、キラキラ輝く星になる！」

テンションがあがっているのだろう、スバルくんは私を片手で思いっきり回転させて——高々と、天井へ向かって放り投げた。

重力から解放されて、お星さまになってしまいそうだ。

「この学院を変革するアイドルの一番星、『Trickstar』になるんだ！」

落下する私を、スバルくんが、北斗くんが真くんが真緒くんが——迎え入れて、抱きとめてくれる。むやみに、揉みくちゃにされる。何これ。何の意味があるのだろう？

よくわからないけれど、それは最高に楽しくて幸せなひとときだった。

Midnight

『ユニット』練習──『Trickstar《トリックスター》』が全員集合しての特訓は、苛烈《かれつ》を極《きわ》めた。

当然である。残りあと一週間で、いまの夢ノ咲学院《ゆめのさきがくいん》のすべてを支配する生徒会の最大戦力──『紅月《あかつき》』に勝利しなくてはならないのだ。死にもの狂《ぐる》いに、なるしかない。対等に戦える、程度では足りないのだ。

絶対に、勝利する必要がある。さもなくば何も変わらない、すべてが徒労《とろう》だ。『紅月』に勝利するだけで、何かが変わる保証もない。北斗くんには何やら思惑があるようだし、私は信じてついていくしかない。

チャンスは、一回きり。『紅月』がこちらを脅威《きょうい》と思っていない、警戒《けいかい》していたとしてもすこしでも油断してくれるかもしれない──最初の一回だけが、勝機である。彼らの実力は本物で、桁《けた》外れだ。油断すらしてくれないなら、踏《ふ》みつぶされるしかない。

非現実的な、絵空事だ。どう考えても不可能な難事《なんじ》に、私たちは挑戦しようとしている。あらんかぎりの努力を、戦略を、絆《きずな》を積み重ねて。

もう二度と、笑顔の似合う──泣かなくてもいい子たちが、涙を零《こぼ》さないように。アイドルが、アイドルらしく……。誰かに笑顔を、幸せを届けられるような夢ノ咲学院にするために。たった四人の男の子たちは、世間のひとが見たら腹を抱《かか》えて笑うような馬鹿《ばか》げた革命を起こそうとしている。

私も寄り添い、支えたい。協力してくれるひとたちもいた、みんな不満を抱《いだ》いている。そのすべてを結集し、私たちの武器にする。それでも、届くかどうかは運否天賦《うんぷてんぷ》。休んでいる暇《ひま》も、決戦の舞台たる『S1』以降のことを考える余裕もないままに……。私たちは革命のための梁山泊《りょうざんぱく》たる防音練習室で、夢中になって特訓した。

授業も適度に欠席するなど、あらゆる手を尽《つ》くして。『S1』という大舞台のために特訓をしていると説明し、きちんと手続きを踏むと——後ほど補習を受けるなどの条件のもと、堂々と授業を休むことすらできた。

そのあたりは、担任教師の佐賀美陣《さがみじん》先生も快《こころよ》く協力してくれた。彼は教師、つまり体制側ではあるけれど——私たちの目的を察して、見守ってくれているようだった。

充実した時間は、あっという間に過ぎていく。光陰《こういん》、矢のごとし。私は『プロデューサー』というより家政婦《かせいふ》のように、アイドルたちの衣食住の面倒を見た。汗を拭《ふ》く、応援する。相談に乗る、せめて笑った。

そんな日々が、積み重ねられていく。一週間など、瞬《まばた》きするうちに過ぎてしまう。私は不安と希望を抱えながら、その日も防音練習室の掃除をしていた。

ここで食べ物を口にするし、汗も飛び散る。細々とゴミもでる、掃除は必要なのだ。こんなことを、『Trickstar』のみんなにやらせるわけにもいかない。

ジャージにエプロン&三角巾《さんかくきん》、腕まくり、髪《かみ》も邪魔《じゃま》にならないようにてきとうに結ぶ。

そんな色気もへったくれもない見た目が、すっかり板についてきた私である。お洒落《しゃれ》や恋愛は――女の子らしい青春は、きたるべき決戦に勝利してからだ。

ほんとうに、どうしてこんなことになってしまったのだろう……。我が身を振り返ってみると何だか面白くなってきて、私は床《ゆか》の雑巾《ぞうきん》がけをしながら笑ってしまった。

「～♪」

不意に背後から鼻歌が聞こえてきたので、驚いて振り向く。

『S1』で披露《ひろう》される新曲をそこそこの音量で流していたので、すぐに気づかなかった。そこに、真緒《まお》くんが立っている。扉《とびら》を開き、片手にコンビニの袋をぶら下げて。私を見つけると、ギョッとしていた。

「……おろっ、転校生。まだ帰ってなかったのかよ、もう真夜中だぞ？」

私が居残《いのこ》りしているとは思わなかったのだろう、真緒くんは意外そうにしている。べつに怒ったり文句をつけたりするような気配はなく、どこか嬉《うれ》しそうであった。

真緒くんはしゃがみこみ、音楽が垂《た》れ流されているので声が通らないと思ったのだろう。かなり顔を近づけてきて、袋からアイスクリームを取りだす。

食うか？　みたいに差しだされ、私は丁重《ていちょう》に遠慮《えんりょ》する。さすがに疲労しきっていて、最近はあまり食欲がないのだ。ちゃんと、食べないといけないのだろうけれど――。

「俺はもうちょっと、練習しときたいけど。やっぱ一週間ぐらいサボっちゃったぶん、ちょっとでも取り戻さないとな」

真緒くんは私に差しだしていたアイスを自分の手元に戻すと、器用に包装《ほうそう》を剝《は》いで、ぱくついた。防音練習室は構造上、熱がこもるので冷たいものがほしくなるのだ。

「やるからには、俺も勝ちたいからさ。生徒会と、敵対することになっても。副会長はルール上、公平に勝負したんなら文句も言わないと思うし」

覚悟を決めた表情で、真緒くんは私に語りかけてくれる。誰かに、自分の気持ちを聞いてほしかったのかもしれない。複雑な立場の彼は、これまでは誰にも相談できずに、独《ひと》りで抱えこむしかなかったのだろう。

「むしろ『ユニット』練習に参加するって言ったら、『がんばれよ』って応援されちゃったよ。今んとこ、俺らは『敵』とも思われてないのかね〜？」

生徒会にも所属している、真緒くんの情報は有益《ゆうえき》である。まぁそうだろう、みたいな感じではあった。『紅月』は、圧倒的に強い。生徒会の権威も、盤石《ばんじやく》だ。

彼らに、『Trickstar』をそこまで警戒する理由などないのだ。

「けど、そこに勝機がある。とはいえ『S1』まで時間もないし、俺たちの実力も足りない。一週間、死にもの狂いで努力しないとな」

生徒会、というか『紅月』の敬人《けいと》さんは——あくまで公平である。暴君《ぼうくん》ではないのだ。あくまで夢ノ咲学院の仕組みを最大限に活用して勝利し、権威を固めている。

並々ならぬ努力と、執念《しゆうねん》と、戦いの果てに。そこには自信が、自負があった。けれどそんな難攻不落《なんこうふらく》の城に、私たちは亀裂《きれつ》を入れなくてはいけないのだ。

「まぁ徹夜《てつや》したり、無理しても身体《からだ》を壊《こわ》すだけなんだけど。俺はあんまり、そういうところは要領《ようりょう》よくないっぽい」

　にへら、と真緒くんは何だか異様に魅力的な、気の抜けた笑みを見せてくれる。

「自分では器用なつもりなんだけどな、実はそうでもないみたいだ」


「スバルや北斗《ほくと》は、明日からの練習に備えるためにさっさと帰っちゃったしな。それが正解だ、根を詰めても仕方ない」

　北斗くんは家庭の事情があるらしく——スバルくんは自宅のベッドで寝たほうが休めるから、と完全下校時刻が過ぎたら帰ってしまった。

「でも夢を、希望を明日まで回せるのは、自信があるやつだけだ。今日のうちに、できることをやっちゃわないと、俺みたいな小心者は不安になるんだよ」

　北斗くんやスバルくんを、薄情だ、一生懸命ではない——と詰《なじ》るのは筋《すじ》ちがいだろう。彼らは最良の選択をしている、オンオフの切り替えがしっかりできるのも才能である。

「全人類に平等に与えられているはずの二十四時間の、使いかたが下手なんだ。おまえもそうみたいだな、転校生。凡人《ぼんじん》はつらいね～、とくに近くに天才がいるとな」

　アイスを食《は》みながら、真緒くんが気楽に語っている。私から見ると、真緒くんもじゅうぶん天才というか、すごいひとなのだけれど。

「まぁ俺は、何とか帳尻《ちょうじり》あわせることだけは得意だから……。どうにでも、なるけど。問題は真《まこと》だな、あいつ思いつめすぎるところがあるから」

真緒くんはいつも自分を後回しにして、ひとの心配ばかりしている。

そういえば真くんは、どこに行ってしまったのだろう……。帰るとも言っていなかったけれど、姿が見えない。私も、すこし心配になってきた。

「転校生の意見も参考にして、俺たち『Trickstar』が『S1』で披露する曲目は固まった。全六曲、そのうち各一曲ずつそれぞれがメインを張ることになってる」

アイスを食べ終えて頭が仕事モードになったのか、真緒くんはアイドルとしての打合せ、みたいな話題を始めている。

「開幕直後に演《や》る最初の曲は、安定した持ち歌で、全員に見せ場がある」

のんびり私が話題に追いつくのを待って、真緒くんがこれまでにみんなで決めてきたことをまとめてくれる。おそらく自分の頭の整理と、『プロデューサー』稼業《かぎょう》に不慣れな私を気遣《きづか》った、再確認である。

「もうひとつの持ち歌と、軽音部から提供された新譜《しんぷ》が三種……。計四つの曲目は、俺たちが一人一曲ずつメインを担当する。順番は、スバル↓北斗↓俺↓真。まだ技術が足りない真は、俺たち『Trickstar』の持ち歌を担当する。おまけに失敗しても最後の曲——全員に見せ場のある新曲で、挽回《ばんかい》できるはずだ」

そんな、構成になっている。いろんな意見をすりあわせて、最終的にそう決めたのだ。

これで正解なのか、大丈夫《だいじょうぶ》なのかは——本番までわからない。最善を、尽くすしかない。曲目を早めに決めて、練習に集中し、確実にものにする必要もあった。

とにかく根本的に、時間が足りなさすぎるのだ。『S1』という季節ごとに開催されるドリフェスに目標を定めざるを得なかったため、仕方ないのだけれど。

「甘やかしてるっつうか、真に気を遣ってる感じだな。真もそれは諒解《りようかい》してる、自分の実力不足も知ってる」

すでに出場の手続きはしてしまった、もう逃げられない。誰も。北斗くんもスバルくんも真緒くんも、私も、もちろん真くんも——。

「そして、だからこそ『絶対に失敗できない』って思いつめてる。ここまで気を遣われて、それでも失敗するようならお荷物だ」

自分のことのように、真緒くんは語る。

「自分は『Trickstar』に必要ない、足を引っぱるだけだ。そういうふうに、考えちまう。あいつはいちど挫折《ざせつ》したことがあるから、自己評価が低い」

私は、曖昧《あいまい》に頷《うなず》くしかない。

「真には資質《ししつ》がある、強力な武器もある。あいつも、『Trickstar』に必要だ。だが本人がいちばん、自分自身を信用してない」

たしかに真緒くんの言うとおり、真くんにはそういうところがある。

いつでも明るく微笑《ほほえ》んでいた真くんにも、きっと触るのも躊躇《ためら》われるような、血のにじむ疵痕《きずあと》があるのだ。

「ほんと、難儀なやつだよ。でもだからこそ、『S1』では勝たなくちゃいけない。勝利だけが、自信をつくる。真に必要なのは、それだ」

真くんの保護者みたいに、私たちは大事な仲間のことを案じる。

「勝つまでは地獄《じごく》だろう、見てられないよ。俺たちが、注意して支えてやんないとな……。あいつは不安定で未熟だけど、才能がある。臆病《おくびょう》になって、日陰にいるべきじゃない。もっと表舞台で輝《かがや》くべきだ、俺はそう思う」

真緒くんは探るように、私の奥の奥まで覗《のぞ》きこんでくる。

「おまえも同じ考えだったら助かるけどな、転校生」


一休みしてから、真緒くんは黙々とレッスンを始めた。

歌と、ダンス。どちらも、私から見たら完璧《かんぺき》なのだけれど。本人は、どこかに足りない部分を感じているのだろう。しきりに首を傾《かし》げたり、真くんが置きっ放しにしている端末《たんまつ》を操作して、お手本の動画や音源を確認している。

私が、指導《しどう》できたらいいのだけれど……。居残り練習だから講師の先生も呼べないし、私もまだまだ勉強中である。見ていることしか、できない。

ううん。自分にできることを、全力でやるしかない。

「——転校生。それは、何やってんの？　縫製《ほうせい》？」

たっぷり踊ってから、真緒くんは汗を拭いつつ私に話しかけてくる。私がほぼ無言なので、真緒くんが喋らないとふたりきりで押し黙《だま》ることになり——居たたまれない空気になる。真緒くんがよく話しかけてくれるので、かなり助かっていた。

余計な気を遣わせているみたいで、申し訳ない。というか、私のことなど置物のように思ってレッスンに集中してほしい——と言いたくなってしまうけれど。

「ふぅん。俺たち『Trickstar』の専用衣装をつくってくれてんのか、色々やってくれてるんだな～。助かるよ、でもあと一週間で間にあうの？」

真緒くんの言うとおり、私は手縫《てぬ》いとミシンで衣装をこしらえている。紅郎《くろう》さんのところに毎日のように通い、ひととおり基本を叩《たた》きこまれ、自分でも調べたり練習したりしてどうにかこうにか……。大急ぎで、針仕事をしている。

我ながら紅郎さんの手際に比べてもたもたしていて、焦《あせ》ってしまう。難しいところは、紅郎さんに手伝ってもらったりもした。ぜんぶ紅郎さんにやってもらえれば楽なのだけれど——彼は『紅月』、対戦相手だ。敵側の人間といえる、甘えすぎてはいけない。

奇跡を起こしてでも、『Trickstar』のみんなを輝かせる衣装をつくらなければ。

「間にあわせるために、こんな遅くまで残って作業してんだよな。ご苦労さん。音楽とかうるさくて集中できないなら、止めるよ？」

ダンスを再開しながら、真緒くんが申し訳なさそうにしている。

「曲は端末にダウンロードしたから、イヤホンでも聞けるしな。まぁ、踊るときには厄介だけど。……いいの？　俺を見てたほうが、イメージが膨《ふく》らむ？」

やっぱり気遣いばかりしてくれる真緒くんに、恐縮してしまう。それこそ針仕事など自宅でもできるので、邪魔になるようならば私は帰ったほうがいい。

「そっか。じゃあ遠慮せずに、踊ってるから。うざかったら、ごめんな？」

こちらの気持ちを伝えると、真緒くんはむしろ寂《さび》しそうにはにかんだ。

「あと、帰るときは言えよ。家まで、送ってってやるから。もう外は真っ暗だからな、女の子のひとり歩きは危ないだろ？」

そういえば、いつの間にかもうだいぶ遅い時刻だ。

さいあく泊《と》まりこもうと思っていたのだけれど、真緒くんも一緒だと駄目《だめ》だろう——さすがに。

「大事にしないとな、おまえのこと。何たって、スバルや北斗が言うには……。おまえは俺たち『Trickstar』の、勝利の女神《めがみ》らしいからな」

真緒くんは冗談めかしてそんなことを言うと、あとはもうレッスンに集中していた。

さっさと、帰らなくてはいけないのだけれど。もうすこしだけ見ていたくなって、私はずるずるとその場に居座ってしまった。

その、直後。

真緒くんとふたりきり、何だか永遠《えいえん》につづいてもいいような幸せな空気を共有していると——不意に、おおきな音をたてて扉が開いた。

倒れこむように入室してきたのは、真くんである。

「……あれっ。まだいたの、ふたりとも？　もう、日付が変わりそうな時刻だよ～？」

「おぉ真、こっちの台詞《せりふ》だよ。おまえも、まだ帰んないの？」

真緒くんはぴたりとダンスを止めると、慌《あわ》てて真くんに向き直る。

「ていうか、どこをほっつき歩いてたんだよ。帰るなら帰るで連絡、どっか行くなら報告——そんぐらい常識だろ。あんまり、心配させんなよ～？」

「いやぁ、ランニングしてたらちょっと面倒なひとに絡《から》まれちゃってさ。どうにか振り切って、逃げてきたんだよ。あぁ、生きた心地がしなかった！」

そういえば、真くんはジャージ姿である。汗《あせ》だくだ、いったいどれぐらい走ったのだろうか。私と真緒くんが同時に動いて、彼をタオルでむぎゅむぎゅと拭った。

真くんは幸せそうにされるがまま、無邪気に語っている。

「もともと、今日から泊まりこむつもりだったんだ。いちど家に戻って、布団とか非常食とかもってくるつもり。『S1』までは、この防音練習室で毎晩すごすんだ～♪」

「泊まりこむ、って……。まぁ、校則違反ではないけどな。防音練習室は二十四時間、俺たち『Trickstar』の貸し切りだし」

そうだよな？　みたいに真緒くんに見られて、私は首肯《しゅこう》する。そのあたりの手続きは滞りなく行っている、すっかり書類仕事が得意になってしまった。

私も、場合によっては泊まりこもうと思っていた。寝具《しんぐ》はないけれど、そういうふうに徹夜でレッスンなどをするひともすくなくないのだろう。校内資金を用いれば、いろいろレンタルできることも確認済みだ。

真くんが言っていたとおり、必要なものは自宅から運びこんでもいい。

人数が増えたぶん賑やかになった防音練習室で、真緒くんはお叱《しか》りも兼《か》ねてか、真くんの頭をかなり乱暴《らんぼう》に拭いている。

「気合が入ってるな、真。そんなんじゃ『S1』まで体力もたないぞ、抜くとこは抜かないと。まぁ、こんな遅くまで居残ってる俺が言えたことじゃないけど」

「あはは。大神《おおがみ》くんとの特訓で、それなりに体力ついたから大丈夫。僕はそのぐらいしないと、みんなに置き去りにされちゃうしね～？」

真緒くんが予想していたとおり、真くんはすこし思いつめてしまっているようだ。

しゃにむに努力して、実力も才能も並外れている他のみんなに追いつこうとしている。けれど悲観的ではなく、それが楽しいみたいにも見える。

一生懸命になって、尊敬できる仲間たちとともに戦うために全力を尽くす。そういうことが、この上なく嬉しいようだった。

「それにちょっと、学校に泊まるなんて部活の合宿みたいで楽しいじゃない。そういうの憧れてたんだ～、青春っぽいでしょ？」

「そっか。じゃあ俺も泊まろっかな、こんなところで独りぼっちじゃ寂しいだろ？」

「平気だよ、ちっちゃい子供じゃないんだから。僕、あんまり家族とうまくいってないからさ……。家に帰っても息苦しいし、ここで寝泊まりするほうが気楽なの」

「う～ん。いや、やっぱり俺も泊まる。おまえちょっとブレーキ壊《こわ》れてるところがあるからな、誰かがそばで見守っとかないと」

ふたりが、そんな会話をしている。和気藹々《わきあいあい》としていて、何だか交じれない雰囲気だ。

私はいつもどおり、それをすこし離れて見守っている。

疎外感《そがいかん》はなく、居心地がいい。

真緒くんが、心配ばかりしているのがむしろ気恥ずかしくなったのだろう、ちょっと言い訳がましく付け加えた。

「それに人数がおおいほうが、練習の幅《はば》も増えるだろ？」

「べつに、いいのに～……。衣更《いさら》くんは、ほんと『世話焼き屋さん』だよね。でも布団とかないでしょ、どうするの？」

「俺もいったん家に戻って、必要なものをもってくるよ。さいあく寝具なんかレンタルするしな――あんまり、校内資金には余裕ないけど。そのついでに、もう遅い時刻だし……転校生を家まで送ってく。ってことで、いいな？　決定！」

「衣更くんは、強引だなぁ」

真くんは呆れたような、嬉しそうな半笑いだ。そんなふたりの様子を見て、私も何だか楽しくなってきて——ずっと、この空気感を共有したくて。

このまま帰ってしまうのが、もったいなくて。

思いきって、言ってみた。

「……えっ、転校生ちゃんも泊まりたい？　駄目《だめ》だよ、いちおう異性だよ？　同じ部屋で寝泊まりするなんて、何かあったらどうするの？」

「そうそう、おとなしく帰っとけ。転校生と一夜をともにしたなんて、あとで知られたら北斗やスバルに何を言われるかわからん」

かなり真剣だったのだけれど、真くんも真緒くんも困《こま》り顔《がお》になってしまった。まぁ、そうだろう——無茶なことを言った、自覚はある。

名残惜しいけれど、ほんとうに日付が変わってしまう時刻だ。家にはいちおう連絡を入れてはいるものの、帰るべきだろう。明日からも、特訓はつづく。スバルくんや北斗くんを見習って、おうちのベッドであったかくして寝《ね》よう。

✦

「親御《おやご》さんも心配すんだろ、ほら帰るぞ〜？」

てきぱきと練習着から制服に着替えると、真緒くんが呼びかけてくる。

私は慌てて、縫製のために並べた生地などを通学鞄《つうがくかばん》に詰めこんでいく。ミシンは家にもあるし、とりあえず材料さえ持ち帰れば作業はできる。

真緒くんは荷物は置いていくのだろう、さっさと出入り口へ向き直った。

「じゃあな、真。すぐに戻ってくるから、留守番《るすばん》は頼んだぞ？」

「はい、はい。夜道に気をつけてね、ふたりとも」

真くんはたっぷり走った直後で疲れているのか、一休みしていくようだ。ついていきたそうな気配もあるけれど——誰かが残って、荷物などを見ていないといけないから。

私の送迎にあまり時間を使ってほしくなくて、大急ぎで用意を済ませると、私も真緒くんにつづいて出入り口へ向かった。

けれど、不意に私はつんのめる。扉を開いて退室しようとしていた真緒くんが、「……んん？」と声をあげて立ち止まったのだ。

勢いよく私は真緒くんの背中に顔をぶつけてしまい、よろめいた。

そんな私に気づき、真緒くんが咄嗟《とっさ》に手を握って支えてくれる——。

そのために姿勢を低くした彼の頭越しに、私はそれを目撃した。


「ゆうくん」


暗闇《くらやみ》のなかに、異様に冷え冷《ひび》えとした眼光《がんこう》が輝いている。

すでに、完全下校時刻を過ぎている。部屋の外——廊下《ろうか》の照明は落とされていて、真っ暗闇だ。窓の外から、わずかに月光が漏《も》れている。

そんな窓と窓の隙間、廊下の壁に背を預けて、誰かが立っていた。

夢ノ咲学院の、制服を着ている。ネクタイの色からいって、三年生だろう。高級な、血統書つきの猫《ねこ》のような双眸《そうぼう》。差しこむ月光と同色の、猫っ毛。ぞっとするほど綺麗《きれい》な容貌《ようぼう》で——私は一瞬、魔物かと思った。不気味で、妖《あや》しく、非人間的ですらあった。

零さんも魔物じみているけれど、私たちには紳士的で優しかった。しかし廊下に立つこの不思議な青年には、目を逸《そ》らしたら襲いかかってきそうな危《あや》うさがある。

私は怯《ひる》み、支えてくれた真緒くんに思わず抱きついた。

正体不明の美青年は私たちを完全に無視して——悠然《ゆうぜん》と、我が物顔で室内に踏みこんでくる。邪魔そうに、私たちをぞんざいに片手で押しのけて。

あまりにも、傍若無人だ。文句のひとつも言おうかと思ったけれど、一瞬だけ睨《にら》みつけられて、私は心臓を鷲摑《わしづか》みにされたみたいに震えあがった。

まるで路傍《ろぼう》の石ころを見るように、彼の視線には何の感情も宿《やど》っていない。私たちを押しのける際に触れた手のひらを、不愉快《ふゆかい》そうにハンカチで拭っている。

この上なく失礼なのだけれど、怒る余裕すらなかった。私は萎縮《いしゆく》して、真緒くんに縋《すが》りつく。真緒くんも目を白黒させているので、顔見知りではないみたいだ。

それでは何なのだろう、このひとは……？

ゆうくん、と言っていたけれど。ゆう——遊木《ゆうき》真くんのこと、なのだろうか？

たしかに謎の青年は真っ直ぐに、真くんだけを見つめている。みょうに熱っぽくて、私たちに向ける視線とは雲泥の差だ。大事な、この世で最も価値のある宝石を眺めるように、恍惚《こうこつ》としている。

猫《ねこ》のような双眸《そうぼう》を細めて、彼は真くんにねっとりとした口調で語りかける。

「逃げるなんて酷《ひど》いじゃん、傷ついちゃうなぁ？」

「げぇ!?　い……泉《いずみ》さん！」

真くんがすごい勢いで、部屋の最奥《さいおう》まで後ずさった。泉、というのがこの奇妙な人物の名前なのだろうか。真くんの口ぶりには、恐怖と嫌悪しかない。

お友達、みたいには見えない。けれど、真くんとは顔見知りみたいだ。どういう関係なのだろう──私は状況が摑《つか》めず、困惑《こんわく》するしかない。

泉さんは感情を読み取れない無表情で、脅《おど》すように言った。

「『げぇ』って何なの、お化けでも見たような反応だねぇ？　チョ～うざぁい♪」

むしろ名前を呼んでもらえたことが嬉しいのか、泉さんはにやにやと笑っている。

そのあたりで、ようやく我を取り戻した真緒くんが──しごく真っ当な注意をした。

「何なんだ、あんた。この防音練習室は『Trickstar』の貸し切りだぞ、関係者以外は立ち入り禁止！」

「ん～？　あんたに話しかけてんじゃないんだよねぇ、引っこんでてくれるぅ？」

泉さんは心底、不愉快《ふゆかい》そうに眉《まゆ》をひそめる。

「ていうか敬語で喋ってくれないかなぁ、後輩くん。生意気な子は、この夢ノ咲学院じゃ生きていけないよ～？」

危険な雰囲気を漂《ただよ》わせながら、彼は悪意《あくい》しかない口調で吐き捨てた。

「プチって踏みつぶされたいのかなぁ、虫けら♪」


あまりにもあんまりな泉さんの態度に、基本的に誰に対しても人当たりのいい真緒くんすら顔をしかめて――こっそりと、真くんに耳打ちする。

「……おい、真。このひと何なの、おまえの知りあい？」

「……さっき言ったでしょ、『ちょっと面倒なひと』に絡まれたって」

真緒くんや私のことをやっぱり完全に無視して、泉さんは奇妙な――這《は》い回るような目つきで、ひたすら真くんを眺めている。自分が見られているわけでもないのに、私は言いしれぬ寒気を覚えて竦《すく》みあがった。

重苦しい空気のなか、真くんが私を守るように、気丈《きじょう》にも泉さんの前に立ち塞《ふさ》がった。

「これが、その『ちょっと面倒なひと』。夢ノ咲学院における強豪《きょうごう》『ユニット』のひとつ――『Knights』のメンバー、瀬名《せな》泉さん」

『Knights』。それも聞いた名前である、鉄虎《てとら》くんや仙石《せんごく》くんの所属する『流星隊《りゅうせいたい》』と並んで歴史のある、強豪『ユニット』だという。『S1』には参加しない、という話も聞い

ていたから——関係ないだろうと思って、詳しいところまで調べていなかったけれど。まさか、こんなふうに絡んでくるなんて。

「むかしから、なぜか僕に突っかかってくるんだよ〜？」

心底から嫌そうで、真くんは完全に血の気を失ってしまっている。

「ねぇ、ボソボソと内緒話《ないしょ》しないでくれる？　チョ〜うざぁい！」

口癖なのか、みょうな余韻《よいん》を残す言い回しを繰り返している。フルネームは瀬名泉というらしい不気味な先輩は、真くんへ無遠慮《ぶえんりょ》に近づいていく。

「だいたい水くさいじゃない、俺はかわいい後輩を応援してあげようとしただけなのに。逃げちゃうんだもん、ゆうくん。酷いなぁ、傷ついちゃうなぁ〜♪」

限界まで真くんに顔を近づけて、壁際《かべぎわ》まで追いつめる。ついでのように、私と真緒くんは横に押しのけられてしまった。

壁に手をつき逃げ場を封じて、泉さんは、真くんに愛を囁《ささや》くように言った。

「いちおう、忠告しようと思ってさ。何を張りきってるのか、知らないけど……。ゆうくん、才能ないんだから。アイドルとしてがんばるなんて、無駄なことはやめようよ？」

けれどその発言に愛はなく、ひたすら陰鬱《いんうつ》で辛辣《しんらつ》で——やはり冷え冷えとしている。

「ゆうくん、見た目しか取り柄がないんだからさ。そんなダサい眼鏡《めがね》も、夢も希望も捨てて、グラビアの世界に戻っておいで？」

指先で、穢《けが》らわしそうに真くんの眼鏡をつまんでいる。蛇《へび》に睨《にら》まれた蛙《かえる》みたいに、真くんは酷いことを言われているのに──震えあがってしまって、反応もできていない。

しかし、グラビア？　真くん、むかしはグラビアモデルをやっていたのだろうか？

泉さんはどうやら、真くんの過去と密接に関係しているらしい。口調はどこまでも親しげだ──真くんのほうは、全身で泉さんを拒絶《きょぜつ》しているけれど。

ほんとうに、どういう関係なのだろう……？

詳しい事情を知っていそうな真緒くんに目配せすると──彼は歯軋《はぎし》りし、拳《こぶし》をぎゅっと握りしめていた。

怒っている。大事な友達が、刃物で刺《さ》されるような罵《ののし》られかたをしてるのだから──それも当然だろう。今にも泉さんに殴りかかりそうなので、怖くなって、私は真緒くんの肩を掴んだ。駄目だよ、暴力は──。

「ていうか、俺の断りもなく辞《や》めちゃってさ……。みんな哀《かな》しんでるよ、迷惑も被《こうむ》ってる。ちょっとは、申し訳ないとか思わないわけ？」

やはり私たちのことなど気にせずに、泉さんは嬲《なぶ》るように語っている。

「目の前の困難からすぐ逃げちゃうやつは、大成しないよ。俺、いつも口を酸《す》っぱくして言ってあげたよねぇ？」

自分のくちびるに指を添《そ》え、凍《こお》りついたように動けない真くんのそれに触れさせる。

「ねぇ、戻っておいでよ。きれいな見た目はさ、ゆうくんに神さまがくれた唯一のギフトなんだから。それを捨て去って、誰も望んでないことに従事《じゅうじ》するのは、才能と人生の無駄遣いだよねぇ？」

真くんの眼鏡を引きちぎるようにして奪って、泉さんは忌々《いまいま》しそうにそれを床に投げ捨てる。破壊音――あっさりと、踏みつぶした。

私は、息を呑《の》む。まるで、目の前で爆弾の導火線に着火されたみたいだ。決戦を控《ひか》えた私たちの前に、瀬名泉という名前の怪物が不意に襲来《しゅうらい》し、すべてを壊していく。

そんな、予感がした。このひとは、『Trickstar』のみんなの――輝かしい未来に、黒い染《し》みを垂らしている。

泉さんは、もはや真くんの顔に己の頬《ほお》を触れさせている。よしよし、と頬ずりまでしている。ちいさな子供が、お気に入りのぬいぐるみにそうするみたいに。

「グラビアモデルに、心はいらない。夢も希望もいらない、友達もいらない……。きれいであれば求められる、そして昔のゆうくんはきれいだったよ？」

そして不意に、真くんを突き放した。

真くんの背中が、壁《かべ》に激突《げきとつ》する。痛みに呻《うめ》き、床にへたりこむ彼を――泉さんは傲岸《ごうがん》に見下ろしていた。苛立ちのためか、その肩が小刻《こきざ》みに震えている。

「今はもう、見るに堪《た》えない。がっかりだよ、失望しちゃった」

顔を背けて、憎悪だけで人間が殺せそうな凄絶《せいぜつ》な目つきになる。けれど不意に、赤ん坊みたいに無邪気に笑った。

「でも、今からでも遅くないよ。お遊びはやめて、こっちの世界に戻っておいで？」

むしろ懇願《こんがん》するみたいに、泉さんは甘い声音で告げてくる。

「ゆうくんは『きれいなお人形』、飾られてこそ輝く。人形が自分の意志で動き始めたら、それはもう気持ち悪いだけだよねぇ？」

「……お遊びなんかじゃ、ないです」

短い沈黙の果て、真くんが首を振って、触れたままの壁を支えにしてどうにか立ちあがった。眼鏡をかけていないせいだろうか──奇妙に輝いて見える双眸で、泉さんを睨む。

「僕は、本気です」

あくまで不愉快そうに眉をひそめる泉さんに、真くんは必死に言葉を尽くした。

「ううん。この場所でしか、自分が生きてるって実感できない。『Trickstar』は、空っぽだった僕の人生で初めて見つけた宝物なんです。絶対に、失いたくない」

目元に涙まで浮かべて、真くんは悲痛に訴《うった》えたのだ。

「僕はもう、心を殺しながら生きていくのは嫌なんです」


「ふぅん……？」

泉さんはまた笑みを消して、野生動物みたいな無表情になる。

何を考えているのか、わからない。真くんの魂の叫びは、そばで聞いているだけの私ですら胸が苦しくなるぐらい──痛いほど気持ちが伝わってくる、尊《とうと》いものだった。けれどそれは、泉さんの心にはさざ波すらも起こせなかったのだろうか。

彼は冷然と、吐き捨てるだけだ。

「いいけどねぇ、べつに。どうせ何もできずに失敗して、挫折《ざせつ》して、俺のところに戻ってくる。遅いか早いかのちがいなのに──無駄に回り道しても仕方ないでしょう、って忠告してあげてるのにさぁ？」

そして、嘲笑《ちょうしょう》した。

「寄り道も、いいけど。どうせ自分の才能からは、運命からは逃げられないのにねぇ？」

「おい、あんた。いきなりズケズケ踏みこんできて、何なんだいったい？」

そのあたりで我慢が限界にきたのか、真緒くんが全力で泉さんの胸ぐらを摑《つか》んで、無理やり自分のほうを向かせた。

私も、頭にきていた。どうして、そんな酷いことが言えるのだろう。才能がないだの、お遊びだの、寄り道だのと……。彼がどれだけがんばって──『Trickstar』のみんなに追いつこうと、足搔《あが》いていたのか知らないくせに。

けれど私も、真くんのことをまだほとんど知らなかった。泉さんの言葉が、どれだけ真くんの心に深く突き刺さり、傷つけたか、きちんと理解できていない。私は『プロデューサー』なのに──アイドルのことを、本人以上に熟知していなくてはいけないのに。

泉さんの辛辣《しんらつ》な言葉のひとつひとつに、きちんと言い返せる度胸も理屈も、持ちあわせていなかった。まだ真くんと出会って一週間とすこしだからなどと、言い訳もできない。

私は、彼のことを深く知ろうとする努力を怠《おこた》っていたのだ。

どうして偉《えら》そうに、母親みたいに怒ったりできるのだろう。

ぶるぶる、震える。涙が、溢れてきた。

「あんたが、真とどんな関係なのかは知らないけど――」

真緒くんは黙っておらず、泉さんに食ってかかる。

「わかったようなこと、言うなよ。こいつは、努力してる。足りないところがあったとしても、俺たちが埋《う》めてみせる。真は『きれいなお人形』なんかじゃない、人間として生き始めたんだ！　それを、邪魔すんなよ！」

「……衣更くん」

真くんがそれだけで救われたように、放心したまま呻いた。そんな彼のそばから、真緒くんが泉さんを無理やり引き離す。そして、真くんの前に立ち塞《ふさ》がった。

仲間を守る鉄壁として、私たちの最後の希望の星が。

その全身に、怒りと友情を充満《じゅうまん》させて。

「ふぅん。暑苦しいねぇ、鬱陶《うっとう》しい。努力とか、情熱だけで渡っていけるほど、アイドル業界は甘くないよ？」

それほど腕力はないのだろうか、泉さんは藻掻《もが》いたものの、真緒くんに摑みかかられたまま身動きがとれずにいる。憎々しげに、真緒くんの手のひらに爪を立てていた。

「現実は冷たくて、数字が支配していて、心はすぐに壊れる」

痛みに怯《ひる》んだ真緒くんから数歩、後ずさって――捨て台詞《ぜりふ》をつぶやいた。

「それを思い知って、さっさと戻っておいでよ。いつでも大歓迎だからね、ゆうくん」

踵《きびす》を返して、逃げ去りながら――背中を向けて。

いちばん近くにいた私にだけは、彼の独り言が聞こえていた。

「……弟みたいに、思ってたのに」

私は聞きまちがいかと思って、泉さんの背中を凝視してしまった。

どういう意味、だったのだろう――。

「あぁ言いたいことだけ言って、行っちゃった……？」

泉さんの最後の言葉が聞こえていなかったらしい真くんは、恐ろしいひとが帰ってくれたことに安心したのだろう。へなへなと、その場に座りこんだ。

そばに転がっていた、踏みつぶされた眼鏡を拾《ひろ》いあげる。指でいじって、どうにか元の形状に近いかたちまで戻すと――装着する。

ようやく、いつもの真くんに戻ってくれた気がした。

真くんはフレームが歪んだらしい眼鏡に違和感があるのか、何度かこめかみを指で擦《こす》りながらも、どうにか立ちあがる。怖そうに、泉さんが去っていった廊下を見ていた。

おぞましい爪痕《つめあと》を残して、泉さんは遠ざかっていった。

「何なの、あのひと？　けっきょく、何が目的だったの？」

「さぁな、よくわからんけど。まぁ、『Knights《ナイツ》』は『S1』には参加しないみたいだし……。俺たちの敵じゃないはずだ、味方ともいえないけどな」

真緒くんが塩をまくような仕草《しぐさ》をしてから、防音練習室の扉を閉める。

きちんと施錠し、どうにか一安心だ。

「余計なことを、気にしてる場合でもないだろ？」

空気を切り換えるためにか、いつの間にかすべての曲順を終えて停止していた音楽を、最初から流し始める。どこか空虚《くうきょ》に響くアイドルソング――飛《と》び跳《は》ねるそれにあわせて、ぐるんと回転する。

そして、すこしだけ無理をしたような、だからこそ頼もしい笑みを浮かべたのだ。

「俺たちは、できることを精一杯《せいいっぱい》にがんばろうぜ。泣いても笑っても、『S1』は一週間後に開催される。そこが、俺たちの正念場になる」

そして、真くんの背中を思いっきり叩いて気合を入れる。

「その大舞台で、おまえの選んだ人生が『まちがい』なんかじゃないって証明してやろうぜ。なぁ、真？」


「ついに明日が、『S1』本番だ」

北斗くんが、力強く口火を切った。その周りには、『Trickstar』の面々と私が居並んでいる。全員、過酷という表現では生ぬるい特訓の日々によって疲労が色濃《いろこ》く、けれどそれ以上に自信と、希望と、充実感に充ち満《みみ》ちている。

まさに、決起集会の趣《おもむき》である。

ついに始まるのだ、私たちの革命が。絶対に外せない、大一番が。この夢ノ咲学院を根底から覆《くつがえ》すための、おおきな契機が。

歴史の転換点に、私は立ち会っている。もしかしたら努力もむなしく――私たちはみじめに敗れ去り、屍《しかばね》を晒《さら》すだけの結果になるかもしれないけれど。

私たちの誰ひとりとして、負けるつもりはない。万が一にもありえないはずだった勝利を、未来を摑むために、両目を爛々《らんらん》と輝かせて立っている。

嵐の前の静けさのなか――北斗くんの声が、響いている。

「みんな、不安もあるだろう。俺たちの運命の分かれ道が、間近に迫っているのだから。だが今晩だけは、自宅に戻ってゆっくり休んでくれ」

今日もたっぷりの特訓を終えて、最終下校時刻も超過している。窓の外は暗闇である――星々が、瞬いている。それは私たちの未来を照らす、希望の輝きに思えた。

崇高な儀式のように、私たちは決戦前夜のミーティングをしている。

すでに万事《ばんじ》は語り尽くされ、明日、為《な》すべきことは詳細に決まっている。

それをひとつひとつ再確認し、覚悟を決めた。あとはもう昂《たか》ぶる気持ちを抑《おさ》えて、明日に備えて寝るだけである。

時針がもう一周もすれば、『Trickstar』の面々は決戦の舞台――『S1』のステージに立っている。それがまだ、現実感がなかった。怒濤《どとう》のような、二週間だった。ここで気を抜いてはいけないのだけれど、私はすでに達成感すら覚えていた。

やり遂げた。最後まで、地獄《じごく》の特訓を。もちろん私は衣装をつくったり、雑用したりしただけである。アイドルたちの疲労の蓄積は、私の比ではないだろう。

けれど彼らは気丈《きじょう》に立ち、二週間前とは比べものにならないほどの自信を、実力を、絆《きずな》を宿していた。自ら輝くような、良い表情をしている。

大丈夫だ。これなら、こんなにも頼もしい『Trickstar』のみんなならば。強いられた過酷な現状を、生徒会の支配を覆し、この夢ノ咲学院に革命を起こせる。

そしてきっと、高らかな凱歌《がいか》を響かせるのだ。この全世界に、大宇宙に……。それはきっと、夢などではない。夢想を現実にするために、私たちは全力を尽くしたのだ。

人事を尽くして、天命を待つ。運命の神さまが、微笑んでくれることを期待する。

「アイドルは、身体が資本だ。とくに衣更と遊木、それに転校生は無理を重ねたようだからな……。当日、本番中にぶっ倒れられても困る。縄《なわ》でくくってでも家のベッドで寝てもらうから、そのつもりでいてほしい」

「あぁ、わかってるよ」

くどくどとお小言《こごと》を垂れる北斗くんに、むしろ安心感をおぼえたのだろう。真緒くんが、自然体で応える。

「打てるだけの手は打った、やれるかぎりの練習はした。これで通じなければそれはもう、そういう運命だったってことだ」

いつもの、『Trickstar』だ。

みんな必要以上に気負いすぎずに、決戦に備えている。

この夢ノ咲学院に転校してきてから、今日まであっという間だった。息つく暇もないほどの、狂瀾怒濤《きょうらん》の日々。振り返って悔《く》やんだり、うじうじ悩んだりしている余裕もないほど、充実していた。

こんな毎日を、これからもずっとつづけていくために。

私も、全力を尽くしたい。

「たとえ負けても、諦《あきら》めはつく。ううん、何もかもやり尽くしたって達成感があるからさ。あとは実際に——俺たちの努力の成果を、舞台で披露するだけだ」

真緒くんが、仲間たちのひとりひとりに目配せをする。複雑な立場の彼だけれど、もう踏ん切りがついているようだった。

「がんばろうな、みんな」

「うん。僕はまだちょっと、ブルッてるけど……。今さら、泣き言を漏らしても仕方ないよね。僕たちは生徒会と戦う、そして勝利する。ずっとそのために、この日のために血と汗と涙を流してきたんだ。絶対に、それを無駄にはしないよ」

真くんが、いつもの弱気な態度が嘘みたいに誇り高く頷いた。泉さんに壁際に追いつめられ、項垂れていた——そんな情けない自分と決別するみたいに。

彼もまた、悪意を振りきって、輝かしい自分へと開花したのだ。

「がんばろう。僕たちが、この夢ノ咲学院を変えるんだ」

「あんまり気負いすぎないでね～、今から緊張してても疲れるだけだよ」

ひとりだけ何も変わっていない気がする、平然とした態度でスバルくんが茶化《ちやか》すみたいに言った。けれど人間味がないほどに、明るく輝くだけの星のようだった彼の内側には──無限の熱と、推進力が漲《みなぎ》っている。

どんな分厚い雲も吹き飛ばして、地上に恵《めぐ》みをもたらす太陽みたいな笑顔だ。

「リラックスするために、ホッケ～が習得したという漫才を見せてもらおう☆　はいホッケ～、どうぞ！　わくわくっ♪」

調子のいいことを言って、場を和《なご》ませている。強《し》いてそうしているというよりも、こういう子なのだろう。その無邪気な明るさは、私たちに必要なものだ。

思いつめても、仕方がない。やるだけのことは、やった。もともと、無茶な話なのだ。当たって砕けて、それでも悔いなく笑い転げられるのが、スバルくんの強さだ。

私たちの、一番星の。

創《はじめ》くんたち──『Ra*bits《ラビッツ》』の仇討《かたきう》ちだからと、憎悪《ぞうお》に凝《こ》り固まることもない。もちろん、忘れてはいないだろう。スバルくんは、自分で言っていたほど欠けてなどいないから。けれど怒りを、復讐心《ふくしゅうしん》すらも明るい輝きに変えて、彼は笑っている。

そんな彼だからこそ、創くんも憧れたのだろう。

「『どうぞ』と言われても、困る」

スバルくんにいつものようにまとわりつかれて、以前の北斗くんならば無表情に突っぱねていただろうけれど――彼も二週間で、変わった。

調子よく、合いの手を入れている。

「漫才は、やらん。面白すぎて思いだし笑いをして――おまえらが今晩、眠れなくなってしまう可能性が高い」

「あはは。何それ面白いっ、ホッケ～の冗談は冴《さ》え渡ってるね☆」

「冗談ではない。ともあれ明日に備えて、結束を固めるため何かしておくのも悪くはないな――円陣《えんじん》を組もう、みんな」

スバルくんを軽やかにいなして、北斗くんがみんなを手招きする。

「明星。衣更。遊木。転校生も、こい」

促《うなが》されるまま、みんなで円陣を組んだ。肩を寄せあい、頭の天辺《てっぺん》を互いにぶつけあうようにして。そこには宇宙の始まり――ビッグバンの熱量と、輝きがある。そこから大量の奇跡が、すべてが生まれていくのだ。

この輪にくわわれただけで、私は報われた気分だった。北斗くんを、スバルくんを、真くんを、真緒くんを――私はひとりひとりを抱き寄せるようにして、熱を共有する。

それは前の学校では得られなかった、ううん私が自分の愚《おろ》かさから失ってしまった――愛《いと》おしい、人肌のぬくもりだ。青春、そのものだ。

手放さない。私は、もう二度と。

「明日は、必ず勝つぞ」

「当然！　そのために、努力してきたんだしね～☆」

「がんばろうね、生徒会に一泡吹かせてやろう！」

「やっぱ、ワクワクすんな～。久しぶりのライブだし、俺はふつうに楽しんじゃう予定♪」

北斗くんが、スバルくんが、真くんが、真緒くんが――それぞれの決意を表明する。

私はやっぱり、こういうときに気の利《き》いたことも言えないけれど。黙って、頷いた。

笑顔で。

それだけで、じゅうぶん一体感があった。

私の人生、ぜんぶ捧げても後悔しない幸福があった。

✦

幸せにひたっている私を見て、北斗くんが朗らかに笑った。

「ふふ。転校生が手ずからつくってくれているという、俺たちの専用衣装も明日には完成するらしいしな」

けっきょく、ギリギリになってしまったけれど。みんなの衣装、必ず明日には完璧《かんぺき》に仕上げてみせる。

紅郎さんも、上出来だと太鼓判《たいこばん》を押してくれた。デザイン画や途中経過は確認してもらったけれど、『Trickstar』のみんなにも好評だった。

どうにか、決戦に間にあってよかった。これで当日、サイズがあわないとか、どこか破損したとかの事故があったらどうしよう――。

ほんのすこし不安を残しながらも、私たちは明日へ備える。

「それを、心待ちにしつつ……。今日は安らかに寝床《ねどこ》に入り、幸せな夢を見よう」

「俺たちの夢は、無限大だ！　絶対に勝つぞ〜、えいえいおうっ☆」

北斗くんの号令に、スバルくんが全力で応える。真くんと真緒くんも、その輝きに、共鳴する。いつもの『Trickstar』だ――だから明日も、きっと大丈夫だろう。


「ふむ。決戦前夜じゃというのに、賑《にぎ》やかじゃのう？」


不意に、声が響いた。

「死地を前にして笑えるとは、頼もしいかぎりじゃ。くっくっく♪」

それは私たちをこれまで教え、導いてくれた恩人――『三奇人』朔間零《さくまれい》さんである。かなり唐突に出現したのだけれど、いつものことなので、私たちもだいぶ慣れてきている。いちばん怖がりの真くんすら、ほっこり笑顔で挨拶していた。

「あっ、朔間先輩。この防音練習室、ちゃんと施錠《せじょう》したのにどっから入ってきたの？」

「我輩は吸血鬼じゃからのう、施錠など無意味じゃよ。なぁんての、むかし『やんちゃ』

だったころにつくったマスターキーがあるのじゃよ」

指先でそのマスターキーらしきものを「くる、くる」と回転させている、零さんである。

ほんとうに底知れない——恐ろしいひとに、私たちは師事《しじ》してしまった。

けれど彼がいなければ、私たちは先行き不明のまま藻掻いているしかなかったのだ。目標を定め、そのために必要な努力を重ね、かぎりなく細い糸を辿って自信満々に決戦へ臨めるのは——彼の支えがあった、おかげである。

「ともあれ、その様子じゃと初めての本番を前にしても余裕綽々《よゆうしゃくしゃく》……。とはいかんものの、気力は充実しておるようじゃの？」

悠然と歩み寄り、ちゃっかり私のとなりに入りこんできて円陣にくわわったりしている。

茶目っ気のあるひとだ、彼からはいつも甘《あま》やかな香りが漂《ただよ》ってくる。

零さんも明日の『S1』に参加するはずだけれど、気負った様子はまったくない。いつものように艶然と微笑み、眩しそうに私たちを眺めている。

「これは期待してもよいのかのう、『Trickstar』の諸君♪」

「うむ。この二週間、世話になった——朔間先輩」

みんなを代表するように、北斗くんがきちんと頭をさげる。

「ここまで全面的に協力してくれるなどとは、期待してはいなかった。どれだけ感謝しても足りない、ほんとうにありがとう」

「礼を言われるほどではない、我輩は何もしておらんよ。少々、おぬしらの背中を押しただけじゃ。元気のいい若者たちを見ると、こちらも生き返る心地がする。むしろ、感謝すべきは我輩じゃのう♪」

ぽりぽりと頬を掻いて、零さんは歌劇《かげき》のように語った。

「おぬしらには元々、資質があった。輝く希望の、萌芽《ほうが》があった。それがみすみす生徒会に踏みつぶされるのは気の毒じゃ――見飽《みあ》きたのじゃよ、そんなものは」

一瞬だけ凄絶な表情になると、尖《とが》った牙《きば》を照明に反射させて煌《きら》めかせる。

夜からにじみでてきた魔物のごとき先輩は、満ち足りたように目を細めている。

「おぬしらのような若者が、正当に評価もされずに埋もれていくだけ……。そんなのは、歯がゆいからのう。夢ノ咲学院にとって――アイドル業界にとって、いいや人類社会にとっての損失じゃ」

大袈裟《おおげさ》なことを言っているけれど、それが似合ってもいる。

私は、何だか神話の一場面に立ち会っているような気分だった。

「お宝が汚され、ゴミ袋に収められて捨てられてしまうのを放置するのは、愚《おろ》かというものじゃ。それに、これは我輩の罪滅ぼしでもある」

『Trickstar』のみんなも、零さんの話に黙って聞き入っている。

「かつて『五奇人』と呼ばれた我らは、悪《あく》の権化《ごんげ》のようであった。気ままに遊び回り、夢ノ咲学院を無秩序と背徳の坩堝《るつぼ》へと変じさせたのじゃ。そんな『悪』たる我らを征伐《せいばつ》し、夢ノ咲学院を平和に導いたのが生徒会じゃった」

夢ノ咲学院のことなら何でも知っている、と豪語《ごうご》した彼の——それは懺悔《ざんげ》のような歴史語りだった。今の零さんを見ていると、そんな悪人だったとは思えないのだけれど。

「今の、おぬしらのように……。我ら『五奇人』の横暴《おうぼう》に惑う生徒たちの願望を、祈りを体現するかのような救世主として、かつての生徒会は在《あ》った」

零さんも、夢ノ咲学院も、不意にこの世に出現したわけではない。

このアイドルたちの学《まな》び舎《や》には、私のまだ知らない過去が秘《ひ》められているのだ。

「歴史は繰り返す、それが真理じゃ。今、傲慢な暴君と化した生徒会を打ち倒そうとおぬしらが立った。それは、必然だったのじゃろう」

無限に積み重なった地層の天辺に、私たちは立っている。

「かつて退廃し、悪徳の都のようだった夢ノ咲学院を改革するため——生徒会が締め付けを強化し、この学院を鉄の風紀で戒めた。結果として、この学院は潔癖《けっぺき》な、けれど平和な学び舎になったのじゃ。……ゆえに、この現状は我ら『五奇人』が招いたものじゃ」

遠い目をして、孫に戦争の経験を語る好々爺《こうこうや》のように、零さんは言葉を紡《つむ》ぐ。

大事なものを、受け継がせてくれている。

誰にも立ち入れない、それは私たちの儀式だった。この夢ノ咲学院の歴史を見守ってきた麗人の声音が、感情が、思い出が染みこんでくる。

「アイドルという、輝かしい立場に胡座《あぐら》をかいて。人気と名声に支えられて好き放題に振る舞っていた、若かりしころの愚かな我輩たちがな」

私たちはそれを呑みこみ、抱えて、明日を生き抜くための推進力《すいしんりょく》にする。零さんの希望も、託《たく》された。また、負けられない理由が増えてしまった。

「その尻拭《しりぬぐ》いを、おぬしら罪なき若者のみに任せるのは心苦しい。ゆえに、我輩もできるかぎりで手助けをしたのじゃよ」

零さんは、瞑目《めいもく》する。

長い睫毛《まつげ》が、慚愧《ざんき》の念に揺れている。

「明日に迫った決戦……『S1』本番でも、生徒会を打倒するために尽力しよう。けれど、これだけは信じてほしい。我輩は決してかつての栄光を取り戻すため――我らをかつて弾圧した生徒会を憎むがゆえに、参戦するわけではない」

円陣を組み、ほとんど接している私たちの頭ひとつひとつに口づけをするように、零さんは語る。

「かつては、我らが『悪』であった。今さら、己を『正義』などと糊塗《こと》するほど恥知らずではない――もう、権力争いにはうんざりじゃ。ドンパチを楽しめるほど、血気盛んな若者でもないしのう？」

肩を震わせて笑うと、零さんは何だか羨ましそうに私たちを見た。

おおきな、重たいものを――このとき、私たちは零さんから受け取ったのだ。

「ゆえに、これは『けじめ』じゃ。同時に、おぬしらが変革し――再構築する新たな夢ノ咲学院が見たいという、年寄りの好奇心じゃ」

相変わらずむやみに悪者ぶって、怖い顔をしようとしている。けれどそんなふうにしても、私たちはとっくの昔に零さんが大好きだ。

彼が過去にうけた、もう永遠に治らないような疵痕《きずあと》を——癒《い》やせなくても。せめて、痛みを感じなくて済むようにするために。

私たちは明日、勝利する。

それが零さんへの、最大の恩返しになる。

「頼むぞ。どうか、永らく停止していた時計の針を進めておくれ。歌声と演奏にのせて、おぬしらの夢を聞かせておくれ」

Rising

夢ノ《ゆめの》咲学院《さきがくいん》を支配する、盤石《ばんじやく》なる帝国。絶対無敵の生徒会、その本拠地《ほんきよち》である整然《せいぜん》とした生徒会室だ。

私たちがこれから対峙《たいじ》すべき、強大な敵。『紅月《あかつき》』の首魁《しゆかい》であり生徒会の副会長——蓮《はす》巳敬人《みけいと》さんは、制服姿で淡々《たんたん》と事務仕事をしていた。

独《ひと》りで黙々と書類を記入し、判を押す。傍《かたわ》らに置かれた端末《たんまつ》で何かを調べたり、計算したりしている。

王者、帝王、支配者——そう呼ぶには、あまりにも華《はな》がない。残業している会社員のような、哀愁《あいしゆう》すら漂う姿であった。もちろんこうした地道な作業こそが、生徒会の圧倒的な権威を補強し、支えているのだろうけれど。

調度は贅《ぜい》が尽《つ》くされた、最高級のものが揃《そろ》っている。豪奢《ごうしや》なデスクに、玉座《ぎよくざ》じみた椅子。まさに、王者の謁見《えつけん》の間《ま》だ。一般生徒が迂闊《うかつ》に立ち入ろうものなら、衛兵が飛んできて取り押さえられてしまいそうである。

生真面目な優等生、という雰囲気の敬人さんはその華美すぎる空間にあまり馴染《なじ》めないのだろう。実用的な事務机を部屋の隅《すみ》に配置し、そこで作業をしている。部屋の最奥《さいおう》に置かれた、空っぽのデスクに一瞬だけ視線を向けて——深々と溜息を漏《も》らした。

目元を指で揉《も》み、茶を口に含んでいると、作業のために机に置かれた端末が不意に震《ふる》える。敬人さんは動じず、ちょうど三回だけ着信音を聞いてから『通話』を選んだ。

『もしも～し、副会長？』

静まりかえった生徒会室に、蜂蜜《はちみつ》のように甘やかな声が響いた。

『こちら姫宮桃李《ひめみやとうり》です、ついにドリフェス『S1』当日ですね～♪　ボクたち生徒会の威光を関係者各位、および無能な一般大衆へと誇示《こじ》できる祭日～っ☆』

先日の【龍王戦《りゅうおうせん》】で私も目撃した、愛くるしい女の子のような桃李くんの顔が、端末に表示される。

ばっちりピースサインをしていて、子供らしくてかわいいのだけれど。【龍王戦】では敬人さんよりも率先してみんなを鎮圧《ちんあつ》し、大威張りして暴れ回っていた。

危険な子ではある――敬人さんもやや持て余しているのか、困り顔になった。

ともあれ今日こそ、運命を決する大舞台――『S1』が開催される。それなのに、主役といえる『紅月』の敬人さんは生徒会室に居残って、事務仕事をしているのだ。

王者の余裕か、単純に人手不足なのだろうか……。疲労感の溜《た》まった表情で、敬人さんは深々と吐息《といき》を漏らすと、端末に向き直る。

『定時報告です。夢ノ咲学院の校門前、というか受付前は異状ありません！』

目上の人間にはきちんと敬語で喋る、むしろ媚《こ》びへつらうような態度の桃李くんである。かなり小柄《こがら》なため、周りに渦巻《うずま》く人混みに押されて、台風の中継みたいに右へ左へ揺《ゆ》れている。

周囲の人々に文句を言いつつ、桃李くんは意外とはきはきと報告する。仕事は、きちんとできる子なのだろう。立場がちがえば、夢のために努力して、みんなに愛されるアイドルになっていたのかもしれない。

けれど彼は、生徒会の役員である。権力を用いて威張り散らすのも大好きなのだろう、その笑顔は邪悪《じゃあく》に染まりきっている。

『客の入りは平常どおりで、前回比としては誤差《ごさ》程度。やっぱり夢ノ咲学院の公式ドリフェスは、注目度が高いですね。『講堂』が、ちょっと立ち見客で溢《あふ》れるぐらいの人数です。今のところ、入場制限をするほどじゃないっぽいですよ～♪』

かなりの人混みなのだけれど、これでも平常どおりらしい。『S1』は校外からも客を呼ぶため、普段のドリフェスとは動員数の桁《けた》がちがうのだろう。

『とはいえ、客はこれからどんどん増えると思いますので。グラウンドに大型ディスプレイを設置！　という副会長の指示もドンピシャです、さっすがぁ☆』

おべっかを使っている、如才《じょさい》ない子供である。敬人さんの反応は薄《うす》く――桃李くんはつまらなそうにくちびるを尖《とが》らせると、言わなくてもいいことまで言う。

『でも所詮《しょせん》は学生のライブなのに、よくこんなに集まりますよね～？　テレビ局とか雑誌記者なんかも続々ときてますよ、もちろん優先的に良い席にご案内してま～す♪』

そのあたりの手配は、万全なのだろう。たしかに、ふつうの学校では考えられない規模のイベントになっている。芸能界、というか一般社会からの注目度も高いようだ。

地方紙だけれど新聞にも特集が組まれ、ネットでも盛《さか》んに宣伝されている。校外のひとは、ドリフェスでは生徒会の『ユニット』が必ず勝つように仕組まれている——そんな前提を知らない。

あるいは、知っていてもなお見たくなる魅力があるのだろう。プロレスのように、特撮映画のように。必ず勝つ正義側——生徒会が華麗《かれい》に活躍し、勝利するのを目撃できる安心感もあるはずだ。

悪役、倒される雑魚キャラに選ばれた他の生徒たちは堪《たま》ったものではないけれど。そのあたりは、一般の観衆は残酷である。誰も怪人の、怪獣の悲哀《ひあい》を慮《おもんぱか》ることはない。だからこそ、私たちはそんな現状を変えるために立ったのだ。

『一般客は余計な騒ぎなどを起こしたら出入り禁止になるからか、お行儀《ぎょうぎ》よくしてます。ちいさな小競《こぜ》りあいすらなくて、平和なものです！　群衆がごった返していて壮観ですよ——やぁん、マスゲームみたい☆』

みょうに嬉《うれ》しそうに身悶《みもだ》えしながらも、桃李くんは油断なく周囲を睥睨《へいげい》する。とはいえ生徒のなかでも小柄な彼だ、一般客には大人もおおい。周りを人垣で取り囲まれていると、ほとんど何も見えないのだろう。背伸びしたり、ぴょんぴょん跳《は》ねたりしている。

『校内の生徒たちも、意外とおとなしくしてるっぽいですね〜？』

埒《らち》があかないと思ったのだろう、桃李くんは周りのものを押しのけて、人混みから抜けようとしていた。けれど生徒以外を強引に押しのけるわけにもいかないらしく、苦労している。

『一般公開されるドリフェスは、校外からの客に優先的に『講堂』の座席で観てもらう。生徒は、各々の教室で観戦……。っていうルールも、きちんと守られてるっぽいです』

夢ノ咲学院の生徒は、校内限定のドリフェスは好きなだけ見られるのだ。一般客が呼ばれる、『Ｓ１』などのドリフェスでは遠慮して――校舎内の教室に待機。そこで、観戦することになっている。

もちろん出演するアイドルたちは準備し、『講堂』でリハーサルなどを行っている。

桃李くんは、今回もいつもと同じドリフェスになると頭から信じこんでいるのだろう。態度は、どこまでも気楽だった。

『ん〜、ちょっと拍子抜けですね。いろいろ、きなくさい噂《うわさ》もあったけど……。今のところ順調そのものです、という感じでした！』

ちょこんと敬礼して、桃李くんが上目遣《うわめづか》いになる。

『報告は以上ですけど、何か質問はあるでしょうか？』

「いや、問題ないようならいい。世はすべて、事もなし」

敬人さんは事務仕事をこなしながら、片手間に相手をしている。とくにおかしな報告もないし——騒ぎ立てることもない、という判断なのだろう。

「休日なのに働かせてすまんな、姫宮」

まず部下を労《ねぎら》い、敬人さんは苦笑いした。

「俺はどうも、心配性に過ぎる。英智《えいち》……会長はいまだに入院中だし、今回のドリフェスには衣更《いさら》も演者として参加するようだ」

衣更——真緒《まお》くんは、『Trickstar《トリックスター》』として出演の準備に大わらわである。事前に聞いていたことだけれど、ほんとうに敬人さんは、真緒くんに『ユニット』活動を優先するように告げているらしい。やはり、公平である。

なのに自分は『紅月』としての準備を脇《わき》に置いて、事務仕事をしている。不器用というか、どこまでも真面目なひとだ。

努力を積み重ねている、実力者。周りの生徒を、部下を気遣える人徳者《じんとくしゃ》。けれどそんな彼ですらも、夢ノ咲学院の支配者——生徒会の役員として振る舞うことで、結果として踏みにじっているものがある。

彼が悪なのではない、夢ノ咲学院の構造そのものが悪なのだ。そこに風穴を開け、流れなくてもいい涙を流させないために——私たちは革命の旗を掲《かか》げる。

「ゆえに人手が足らんので、困っている。姫宮が、働きもので助かっているぞ」

『ふふ～ん、もっと褒《ほ》めてくれてもいいんですよ♪』

桃李くんは、えへんと胸を張った。小狡《こずる》そうに見えるのだけれど、意外と無邪気というか子供っぽい。ふつうに褒めると、ふつうに喜ぶ。

純粋ゆえに、悪意にも染まりやすいのだろうけれど。

『どうせ面倒な仕事は、だいたい下僕に押しつけてますからね。ボクは、気楽なもんです。うちの『ユニット』は、リーダーの会長が入院していて活動休止中ですし～？』

そこまで明るく語ってから、桃李くんはすこし心配そうにした。

『そう言う副会長こそ——今日はドリフェスに出場するはずなのに、バリバリ働いていていて大丈夫なんですか？』

「『S1』は、基本的に学院に全権を委譲《いじよう》された生徒会の仕切りだからな。手を抜くわけにも、いかんだろう。事務仕事、および『S1』の会場警備やら生徒や教師への連絡やら……。その他もろもろで、多忙の極《きわ》みだ」

敬人さんは気遣われたのが有り難かったのか、やわらかく微笑《ほほえ》んだ。

そうしている間にも、いくつも置かれた端末にはメールの受信の表示などが並んでいく。刻一刻と、仕事が増えていく。

「猫《ねこ》の手も、借りたい。とはいえ不確定要素を抱《かか》えこむのも得策ではないからな、助っ人を頼むわけにもいかん。俺たち生徒会で、『すべて』をこなさなくてはならんのだ」

全力で対応し、完璧に処理し、それでも間にあわない。それこそ永遠に終わらない責《せ》め苦《く》を味わう、地獄《じごく》のような修羅場《しゅらば》だ。それでも敬人さんは誇り高く、手抜かりなくすべてに備え、万全の構えで君臨《くんりん》している。

「とはいえ、当面のところは恙《つつが》なく進行しているようだな。夢ノ咲学院は、今日も平和だ。完璧な、秩序が保たれている」

これが、私たちの敵。

今日、倒さなくてはならない、現在の生徒会の首魁なのだ。

並大抵のことでは揺るがない霊峰のごとき勇姿で、敬人さんは威風堂々《いふうどうどう》と言った。

「この俺がいるかぎり、馬鹿どもに好き勝手はさせん」

『あはは、過労で倒れても知りませんよ〜？』

意気ごむ敬人さんを、脳天気な桃李くんが茶化すように笑った。

『まぁ、副会長まで会長みたいに入院したら――自動的にボクの権力が高まるんで、大歓迎ですけどっ♪』

「貴様はもっと己の野心を隠せ、姫宮。向上心があるのは、悪いことではないがな」

お小言《こごと》を述《の》べて、けれどそれですこし気が楽になったようで――敬人さんは微笑んだ。

【龍王戦】を鎮圧した際には厳しいしかめっ面《つら》だったので、私は敬人さんのことを誤解していた。鬼のような、権力者。傲慢な、支配者だと……。けれど彼は仲間に、部下に優しい人格者で、私とそう年齢《ねんれい》の変わらない高校生であったのだ。

まだ年若い男の子には背負えないほどの重圧が、責任が、敬人さんの双肩《そうけん》にのしかかっている。けれどそれを必死に堪《こら》えて、彼もまた日常を戦い抜いていたのだ。

大事なものを、守るために。

「ドリフェスでは、上位の『ユニット』から演目を披露《ひろう》する。つまり俺の『紅月』の出番は、いちばん最初だ。演目をしている間は当然、身動きがとれんから……。貴様が生徒会室に詰めて、全体の統括《とうかつ》をしてほしい」

ドリフェスの結果などによって、校内のアイドルおよび『ユニット』は序列化《じょれつか》され管理されている。当然、『紅月』は最高峰《さいこうほう》である。

いつでも、最初に演目を披露する。そして、必ず勝利する。それが当たり前になっている現状、後進の『ユニット』はシステム的にどうしても勝てない。

それは、先日のあの悲劇――『Ra*bits《ラビッツ》』のみんなの『S2』での結果を見れば明らかである。ふつうの舞台などでは新人が先に芸を披露する、ゆえにこそ客の目に留《と》まる。けれど夢ノ咲学院ではそうではない――勝者が、支配者だけが、栄光を得られる。

新人、あるいは不人気のものたちは――生徒会の恩恵を受けられないものたちは、誰にも見てもらうことができない。時間の無駄《むだ》だと切り捨てられ、評価すら受けられずに、大逆転の芽《め》も摘まれている。それはある意味、完璧な秩序だ。

予定調和だ。けれど、生徒会に属さないものにとっては悲劇でしかない。

その他大勢は、顧《かえり》みられることもない。

『アイ・アイ・サー♪』

桃李くんはそんな現状のなか、強《したた》かに――調子よく立ち回って権力者の地位にいる。守られている場合、この夢ノ咲学院の仕組みには利益しかない。

それに耽溺《たんでき》し、有効活用し、桃李くんは栄光の輝きのなかにいる。

『うわぁい。一時的にとはいえ、ボクが夢ノ咲学院のトップになれるんですね☆』

さすがに演目の最中まで、敬人さんには事務仕事をする余裕はない。そんなことは人間には無理だ――信頼する部下に引き継ぎ、任せるしかない。

これまでも、何度も同じようなことがあったのだろう。敬人さんには、あまり心配している様子はなかった。

「最高責任者となることの重みを知れ、姫宮。何か問題が生じたら説教するぞ、慢心《まんしん》せずに最善を尽くすように」

『はい、はい。でも、問題なんてあるわけないじゃないですか～？』

隙あらばお説教をしてくる敬人さんに、桃李くんはげんなりした様子で応える。

『生徒はみんな従順で、牙《きば》も爪《つめ》も引っこ抜かれてる。叛逆《はんぎゃく》する、気概《きがい》もない！　怖いのは不慮の事故だけですけど、ボクたち生徒会がドリフェスを完璧に管理してる以上、それもありえない！　楽な仕事ですよ、踏《ふ》ん反《ぞ》りかえっていればいいんだもん。あぁ、権力者って素晴らしい☆』

「『問題』があってからでは遅《おそ》いのだ、ゆめゆめ気を抜くなよ」

軽い調子の桃李くんに危惧《きぐ》を抱いたのだろう、敬人さんが念を押す。

「俺たち生徒会には、夢ノ咲学院の治安を維持し……。生徒たちを厳然と管理する、責任と義務があるのだ」

『はぁい、今日も元気に家畜《かちく》どものお世話をしますよ☆　副会長も、ライブをがんばってくださいね〜♪』

「『がんばる』必要など、ない。事務仕事のように、淡々と片付けるだけだ。……ではな、姫宮。何かあったら、すぐに連絡しろ」

愛らしく手をふる桃李くんに、敬人さんは過保護な親のようにさらに忠告を重ねる。

「とくに俺がドリフェスに出演している間は、絶対に気を抜くな。学院を騒がす不届きものが何かを狙うとしたら、そのタイミングだ。警備を強化しておけ、もちろん事務仕事なども怠るな」

『はい、はい、はい。んもう、副会長ったら電話越しでも話が長いんだもんなぁ……？』

舌をだして、げろげろ、と吐き気を催《もよお》したような仕草をする桃李くん。それに苦笑いして、敬人さんは通話を終える。しん、と生徒会室が静まりかえった。

さて区切りのいいところまで仕事を片付けるか、と敬人さんが腕まくりした——その瞬間である。

「蓮巳殿《どの》！」

蛮声《ばんせい》とともに、生徒会室の扉《とびら》が砕け散るようにして開いた。すわ敵《てき》の襲来《しゅうらい》かと思うような——荒々しい気配と、足音。敬人さんがギョッとして、そちらを振り向く。

息せききって、何者かが生徒会室に飛びこんできていた。

それは敬人さんにとっては馴染み深い、『紅月』唯一の二年生——神崎颯馬《かんざきそうま》くんである。

武士のような、結わえ髪。制服姿には不似合いなことに帯刀していて、鞘《さや》を勇ましく握りしめている。ほんとうに、討《う》ち入りみたいな仰々《ぎょうぎょう》しさだ。

麗《うるわ》しい顔貌《がんぼう》を乱《みだ》れに乱れさせて、颯馬くんは喚《わめ》いている。

「御免《ごめん》！　火急の事態につき、入室の許可も得ず踏みこむ無礼をお許しいただきたい——一大事である！　蓮巳殿、すぐに『講堂』まで参られよ！」

「……むっ？　どうした、神崎？」

かなり異常な登場だったのだけれど、颯馬くんのこういう言動には慣れているのだろう。

敬人さんは落ちついて、腕時計を確認していた。

「まだ俺たち『紅月』の出番までは、一時間ほど余裕がある。三十分前には、楽屋に詰めて衣装に着替える。それまでは生徒会室で事務仕事をしていると、伝えておいたはずだ」

ヒートアップしている颯馬くんを落ちつかせるためにだろう、ことさら淡々と敬人さんは語っていたけれど。さすがに気色ばんで、顔を引き締める。

桃李くんと語っていたときの、孫が生意気を言うのをかわいく思いながら叱《しか》りつけていたような——柔和な雰囲気はかなぐり捨てる。そして【龍王戦】を鎮圧した際の、高圧的で冷たい表情になった。

支配者の、顔貌に。

ずかずか踏みこんでくる颯馬くんに、敬人さんは立ちあがりながら応じる。

「何か、あったのか？」

「説明は、後ほど！　失礼、少々ながら手荒《てあら》に運ばせていただく！」

「うおっ？　こら神崎、引っぱるな！　自分で、歩ける！」

颯馬くんは説明が苦手なのか、びっくりするような腕力で敬人さんの手を摑《つか》み——一瞬だけ宙《ちゅう》に浮かせた。敬人さんも私から見ればかなり大柄なのだけれど、それを大根でも振り回すみたいにしている。

さすがに慌《あわ》て、敬人さんは落ちかけた眼鏡《めがね》を手で支えながら物申《ものもう》す。

「すまんが、十五秒くれ。機密書類などを出しっぱなしだ、収納《しゅうのう》しなくてはならん」

「そんな猶予《ゆうよ》は、ない！　鬼龍殿が咄嗟《とっさ》に対応し踏ん張っておられるが、ひとりでは限界がある！　我ら『紅月』、総出でこの事態を処理せねば……！」

時代錯誤《じだいさくご》ともいえる古風な口調で、だからこそ時代劇の一場面のように——颯馬くんは朗々《ろうろう》と吠《ほ》えた。

「これはまさに、夢ノ咲学院存亡の危機である！　いざ、『講堂』！　蓮巳殿の危惧《きぐ》どおり、今回の『S1』では何かが起きておるぞ……！」


颯馬くんに引きずられながら、超特急で敬人さんは『講堂』へ辿《たど》りついた。

すでに観客が寿司詰《すしづ》め状態で、立ち見客も入っていて——ほとんど足の踏み場もない。

舞台が、かなり遠くに見えている。そんな『講堂』の出入り口の扉をどうにか開けて踏みこむと、敬人さんはよろめいた。

息を乱すどころか汗もかいていない、超人的な颯馬くんの肩を借りて——「はあ、ひい」と喘いでいる。

なお驀進《ばくしん》しようとする颯馬くんを、敬人さんは死にそうな声で呼びかけて制止する。

「すまん、ちょっと待ってくれ神崎。俺は貴様ほど運動が得意ではないんだ、十五秒だけ呼吸を整えさせてくれ。し、死んでしまう」

「ほほう、蓮巳殿は貧弱であるな？　我や鬼龍殿を見習うとよい、己《おのれ》を鍛えることこそ男子の誉れ……☆」

むしろ嬉しそうに、頭を撫でたそうに、颯馬くんは満ち足りた表情でちからこぶをつくっている。

そんな後輩に呆れ顔になりながら、敬人さんはぶつくさと文句を垂《た》れた。

「貴様らのような、筋肉大好き人間と一緒にするな。筋力・体力は、必要なだけあればいい。……しかし、いったい何事なのだ？」

「百聞は、一見にしかず。とくとご覧《ろう》じろ、蓮巳殿！」

颯馬くんも和やかな雰囲気を一変させ、敵影を探すように周囲を睥睨する。

その視線に促《うなが》され、密集する人混みのなかで敬人さんは背伸びをした。

視界はお世辞《せじ》にも判然としているとは言えないけれど、それでも明確な異変は感じ取れる。普段のドリフェスに比べて、この熱量は——観客たちの声援は何だろうか。

無論、今日は外部から客が招かれる『S1』である。先日の『S2』のように夢ノ咲学院の生徒たちのみが客ならば、おとなしく整然と並んでいるのが常なのだけれど。

外から客を招き入れたことにより、普段よりも統制がとれず、雰囲気が変わるのはおかしな話ではない。一般客は自由で、もちろんある程度の管理はされているのだろうけれど——完全には、生徒会の支配下にはないのだ。

しかし、それだけが熱狂の理由ではない。明確に、おかしい。今回の『S1』においては、敬人さんの『紅月』が最初のパフォーマンスを行うはずだ。それなのにすでに演奏が、歌声が鳴り響いている。すでに、戦端《せんたん》が開かれているのだ。

仕事を片付ける必要があったとはいえ、『講堂』に駆けつけるのが遅くなり——敬人さんは状況についていけていない。この出遅れは、致命的ですらあった。

彼は、決して油断してはいなかった。けれど、こんな事態を予想しろというほうが無茶である。そういう作戦を、私たちは選んだ。敵の裏をかく、これは不意打ちである。

「む？　こ、これは……？」

敬人さんはあらためて、まじまじと舞台を注視する。

「なぜ、演奏が始まっている？　歌っているのは、どこの『ユニット』だ？」

誰にともなく問うてから、敬人さんは眼鏡に指先を添えて顔を引き締める。

（駄目《だめ》だ。冷静さを失ってはいけない、まず深呼吸しよう。不測《ふそく》の事態に対処するのは苦手だが、そうも言ってはいられん。迅速《じんそく》に判断し、適切に処理せねば）

生徒会を支えてきた誇りが、経験が、敬人さんに急速に落ち着きを取り戻させていく。

完璧な秩序が、予定が乱れ、さすがに動揺は完全には消えないけれど。

（何か、良からぬことが起きている。対処を過《あやま》てば、不覚をとりかねん）

すでにライブは――戦闘は始まってしまっているのだ、指揮官《しきかん》がパニックに陥《おちい》れば最悪だ。どんな堅牢《けんろう》な城も陥落《かんらく》する、味方は総崩れになりそのまま敗北である。

そんな最悪の展開を阻止するため、敬人さんは颯馬くんを伴《ともな》い観客を掻き分け、舞台へと進んでいく。霧《きり》のようにドライアイスが焚《た》かれ、照明も最大限に抑えられているため、視界が悪すぎる。接近しなければ、正確に事態を把握できない。

「今回の『S1』は、『ユニット』の大半が参加を辞退《じたい》したため……。出演するのは俺たち『紅月』と、二年生のどこの馬の骨かもわからん『ユニット』のみのはず」

「うむ。たしか、我と同じ『くらす』のものたちが中心になっている『ゆにっと』である。だが、いま演奏しているのは彼らではない」

颯馬くんは、クラスメイトである私たちの存在を知っている。けれど私たちの狙いまでは、さすがに察していない。どうも彼は、考えるのは敬人さんに任せ、ひたすらそれに付き従う忠臣タイプのようだ。

よく研《と》がれた、刃《やいば》そのものだ。

全力で振るわれれば、誰にも防げず斬り殺されるしかないけれど。

考えるのは、持ち手である敬人さんである。

「どこぞで見かけた記憶もない連中だが、あれはいったい何者であろう？」

「むう……？　すこし待て、眼鏡がずれた」

暗いなかみんなが立ち上がり跳ね回ったりしており、ほとんど暴動じみている。誰かが振り回した手のひらに頬を打たれ、眼鏡が落ちそうになり、敬人さんは鼻白んだ。

（何だ、この人混みは。あきらかに、『講堂』の収容人数を超えている。視界が不明瞭だ、照明も最低限でほとんど真っ暗闇《くらやみ》だぞ。何も、見えん……！）

人混みに揉まれ、敬人さんは動くに動けなくなる。『講堂』では構造的に、客席の隙間《すきま》にある通路を進まなくては舞台まで辿りつけない。舞台裏、および舞台袖にはそこそこの空間が広がっているため、最初からそこで待機していれば話は早かったのだけれど。

敬人さんは、呑気《のんき》に生徒会室で書類仕事をしていた自分を悔いているようだった。すこし目を離した隙に、理解不能な混沌《こんとん》が生じている。

アイドルというよりも、古き良きロックミュージシャンのライブじみている。みんな奇声をあげ、髪を振り乱し、これ以上なく楽しそうに狂乱《きょうらん》していた。

あきらかに、いつものドリフェスとは趣《おもむき》が異なる。

「我が、道を切り開く！　舞台まで先導しよう、蓮巳殿！」

颯馬くんが大渋滞を起こしている通路に群《む》れた人々に、鬨《とき》の声をあげる。

「ええい、控えおろう控えおろう！　道を空けい、我らの道行きを邪魔《じゃま》するものは容赦《ようしゃ》なく斬り捨てる！」

「斬り捨てるな、神崎。『講堂』に刀剣類を持ちこむんじゃないと、何度言えばわかる」

抜刀までする颯馬くんの腕を、敬人さんは摑んで必死に止めた。これで刃傷沙汰《にんじょうざた》まで起きたら、さらにパニックである。もはや、収拾がつかないだろう。

「普段は『紅月』に所属する見返りとして、お目零《めこぼ》ししてやっているだけだぞ？」

「しかし、刀は武士の魂であるからして！」

「貴様は武士ではなく、アイドルだ。などと、問答している場合でもないな――」

刀を抜いたまままみょうな駄々をこねている颯馬くんに気づき、さすがに刃物に怯《ひる》んで、前方を埋め尽くしていた人々が通路を空けていく。

これ幸いにと、敬人さんが舞台まで闊歩《かっぽ》する。その堂々とした進撃に、観客たちは思わず一歩下がってしまう。現在の生徒会を統《す》べるものとしての威圧感が、迫力が、彼らを舞台まで進ませた。

ステージの麓《ふもと》に、辿りつく。敬人さんは焚かれたドライアイスで眼鏡が曇ったのだろうか――単純に疲れたのか、そこで立ち止まった。

戦場に立つだけでも、一苦労である。

「不作法だが直接、舞台に乗りこむぞ！」

颯馬くんがひらりと跳躍《ちょうやく》して舞台へ着地、敬人さんに手を差し伸べた。やはり、とんでもない身体《しんたい》能力だ。ステージは観客が迂闊に踏みこまないようにか、やや高い位置にあるのにひとっ飛びである。

結わえられた颯馬くんの髪が、馬の尻尾《しっぽ》のように揺れている。

「蓮巳殿、お手を拝借《はいしゃく》！」

「おわっと……？　貴様は荒っぽすぎる、反省しろ。あとで説教するからな、神崎」

颯馬くんに引っ張りあげられて、どうにか敬人さんも舞台に立った。這い上がるように、よろめきながら。すこし情けない姿ではあったけれど――幸い、舞台の麓はほぼ真っ暗闇なので誰にも見られずに済んだ。


凛然《りんぜん》と顔をあげ、敬人さんは舞台上で歌っているものたちを怒鳴《どな》りつける。

「貴様ら！　何の騒ぎだ、無許可での演奏は校則違反だぞ！」

敬人さんはこんな状況ではかなり悠長なことを、叫んでいた。あくまで公平に、ルールに則《のっと》って叱責したのだ。

「この俺が、生徒会副会長として糾弾《きゅうだん》する！　即刻、パフォーマンスを中止しろ！」

「よう」

応えたのは、紅《あか》い髪の巨体である。

『紅月』の衣装に身を包んだ、鬼龍紅郎《きりゅうくろう》さんだ。どうにか舞台に這い上がったものの身を起こす余裕がなかった敬人さんの手を引き、立たせてくれる。

頼もしい、安心感をおぼえる豪快《ごうかい》な笑顔だ。

「蓮巳の旦那――押っ取り刀《おっとりがたな》で登場、ご苦労さん。だがこいつら、頭ごなしに怒鳴りつけて言うことを聞くような連中じゃなさそうだぜ？」

「鬼龍。貴様は、今回の『Ｓ１』は不参加もありうると思っていたのだがな？」

敬人さんは意外そうに、けれどすこし嬉しそうにそんなことを言った。

「こないだの【龍王戦】を台無しにした件についちゃ、まだ納得してねぇがな。仁義《じんぎ》は通す、俺も『紅月』だ」

紅郎さんは義理堅く、今回もあくまで『紅月』の一員として振る舞うようだった。そのあたりの線引きについては、意固地ですらあった。私に衣装づくりを教えてくれる際にも、必要以上に肩入れはしなかった。

あくまで私は自分で考え、デザイン案を練《ね》り、衣装の完成のために努力を重ねた。時間の無駄じみた回り道をしていたときは、紅郎さんがあくまで技術的なアドバイスをくれたけれど。こういう衣装なら『紅月』に勝てる、みたいな方向での助言はなかった。

「役目は、果たすぜ。それに、今は俺に構ってる場合じゃねぇだろ？」

さすがに【龍王戦】については多少、思うところもあるようだけれど。あくまで敬人さんの味方として、彼を鼓舞《こぶ》する。

「見ろよ、地獄《じごく》の蓋《ふた》が開いたみてぇだ。悪タレどもが、楽しそうに暴れてやがるぜ？」

むしろ戦意を高揚させて、紅郎さんは舞台の中央を睨《にら》みつける。

そこで、奇妙な一団が歌い踊っている。

それは黒を基調とした過激な衣装を身にまとう、『三奇人』朔間零《さくまれい》さんを首魁とした『ユニット』——『UNDEAD《アンデッド》』である。

名前のとおりに、それこそ地獄の底から現れた魔物の群れじみている。殴《なぐ》りかかり、噛《か》みつくような暴力的なパフォーマンス……。歌声は甘《あま》やかで、優しく撫でてくれるようだ。けれど油断してそれを受け入れると——大事な心のいちばん奥まで侵略され、貪《むさぼ》り喰われる。

危険な香りを漂わせながら、『UNDEAD』は闇のなかに君臨していた。

「くははは！　震撼《しんかん》しやがれ愚民どもっ、今回の『S1』は俺様たちの貸し切りだ！」

最も激しく動き回り、喚いているのは大神晃牙《おおがみこうが》くんだ。狼《おおかみ》の毛皮のような、銀色の髪。双眸が、けだものじみて爛々《らんらん》と輝いている。地獄の獄卒《ごくそつ》めいた衣装で、どうも飾りではなく本物らしい鎖《くさり》が、じゃらじゃらと異音を放っていた。

マイクに噛みつくようにして、晃牙くんは月に吠える野獣のごとく歌っている。

「鼓膜《こまく》がぶち破れるまで、帰さね〜ぞ！　夢のなかでも死後の世界でも、俺様たちの歌を聞け……！」

そんな晃牙くんが激しく動かす手足に当たらない位置で、ふわりと微笑んでいる人物がいる。ガーデンテラスで私を恐怖のどん底に叩きこんだ——黄金色の髪が華麗《かれい》な、羽風《はかぜ》薫《かおる》さんである。

彼もまた、『UNDEAD』なのだ。やる気がない、というふうに聞いていたけれど——なぜか今日は活《い》き活きとしている。

「ごめんね〜、眼鏡くん。あんまりモタモタしてるから、先に始めちゃったよ」

飢《う》えた野獣のように牙を輝かせ、薫さんは唖然《あぜん》としている敬人さんに片目を瞑《つむ》る。

「この会場の女の子たちは、みぃんな俺がいただくから♪」

それ以上は無駄口を叩かず、ひたすら観客たちを魅了《みりょう》していく。男性アイドルのライブだ——外部からの観客たちも当然、女性がおおい。それらすべてが、薫さんにとっては最高の宝物なのか、今にも手を伸ばして抱きつきにいきそうだ。

これが目的で、今回はライブに出演してくれたのだろう……。観客席からたっぷり黄色い声援を送られて、薫さんは無邪気に大喜びしていた。

「さぁさぁ、遠路《えんろ》はるばる集まってくれた一般人の女の子たち！　学院の男どもに見せるのはもったいないんで内緒にしてた、俺の本気を見せてあげよう！」

暴れ回るような晃牙くんの歌声を押しのけるみたいに、甘やかな声音を重ねていく。

「今日はたっぷり、俺に惚《ほ》れてってね～☆」

それぞれ好き勝手に歌っている、むしろ喧嘩しているように見える二人だけれど。奇妙にそれらは絡《から》め取られ、闇のなかで蠱毒《こどく》のように混ぜあわされる。

ほとんど不協和音なのに、ゆえにこそ刺激的で、見ているだけで酔っ払ってしまいそうだ。観客席の人々も、陶然としている。これが、『UNDEAD』のライブなのだ。

『Trickstar』や『紅月』とはまたちがう、それぞれが独自の魅力と個性をもつ夢ノ咲学院のアイドルたち。まだまだ、もっと多種多様な『ユニット』が星の数ほどあるのだろう。

ステージから滑り落ちそうなほど前のめりで歌う晃牙くんが、絡みついてくるような薫さんの歌声を嫌がり、猛烈に後ろを振り向いた。

「おいこらアドニスっ、テメ～も何か言えよコノヤロウ！　こういうのは勢いが大事なんだよ、雄叫びしろよ！　気勢をあげろ！」

むしろ助けを求めるように、晃牙くんが視線を向けた先――。

「……喋るのは、苦手だ」

短く答えたのは、ほとんど闇にとろけている浅黒い肌の人物だ。

自由気ままにパフォーマンスをする、晃牙くんと薫さんのやや後方。ふたりを支えるようにして、歌声とダンスの隙間を埋めている。縁《えん》の下の、力持ちとして。

異国的な、彫《ほ》りの深い目鼻《めはな》立ち。鉄仮面のような、無表情。上背があり筋肉も骨格も発達していて、ぱっと見ただけでは恐ろしげな異相である。死者の色――紫《むらさき》色の髪はわずかにカールしていて、それだけがどことなくあどけなさを感じさせる。

私と同じクラスなので、名前ぐらいは知っている。彼が『UNDEAD』の四人目、最後の魔物——乙狩《おとがり》アドニスくんである。

おそろしく強面《こわもて》なので怖くて、私は会話を交わしたこともほとんどないけれど。なぜか肉とかバナナとかくれるし、悪いひとではなさそうだ。

鋼鉄製の兵器じみた私のクラスメイトは、頭にかぶった軍帽に指を添《そ》えて真摯《しんし》に前を見《み》据《す》えている。観客のひとりひとりを、威圧するみたいに。『UNDEAD』という牢獄《ろうごく》に閉じこめられた虜囚《りょしゅう》たちを、厳しく見守る監守のように。

フランケンシュタインの怪物めいて、たどたどしく宣言する。

「そのぶん、歌と演奏と、ダンスで『UNDEAD』に奉仕《ほうし》する」

そして晃牙くんに無理やり引っぱられて、最前線に身を投じる。ふたり仲良く肩を組むようにして歌う後輩たちを、薫さんは何だか不思議そうに横目で眺めていた。

魔物たちは暗闇のなか、跳梁跋扈《ちょうりょうばっこ》している。


（こいつら、は？　なぜパフォーマンスをしている、何が目的だ？）

奇怪な魔物たちの宴《うたげ》が繰り広げられるステージで——敬人さんは、ひたすら状況の把握に努めようとしていた。すべてが予定調和、波乱も予想外の事態もありえないのがドリフェスの常……。けれど今まさに、悪夢めいた非常識な事態が目の前で展開している。

（まさか舞台に殴りこんで乱入し、占拠《せんきょ》したのか？）

しかし慌てふためき、思考放棄する愚《ぐ》は犯《おか》さずに——。

右に紅郎さん、左に颯馬くんを従えて、『紅月』の頭目《とうもく》は現状を確認する。

（おそらく『講堂』に集まった観客も、異常事態だと察していない。どうも、パフォーマンスのいちぶだと思っているらしい）

観客たちは暴徒《ぼうと》のように熱狂しているけれど、非常事態にパニックになっているようでもない。『UNDEAD』の荒々しく暴力的なパフォーマンスに魅入《みい》られ、染《そ》まってしまっているだけみたいだ。

『講堂』に詰めこまれているのは外部からの客だ、パフォーマンスを観にきている。教師や生徒会役員などの学院側から正式な通達がない以上、いま舞台上で巻き起こっていることがどれだけ普段はありえない事態なのか、想像することもできない。

都合よく解釈し、観客たちは己自身の目的——アイドルのライブを楽しむことに、全身全霊を尽くす。実際『UNDEAD』のパフォーマンスは素晴らしい代物だ、単純に酔いしれてしまっている。

『UNDEAD』たちのルールを無視した蛮行《ばんこう》を催《もよお》しの一環として誤認識し、観客たちはただ盛りあがっているようだった。ここに水を差せば、むしろ生徒会が——『紅月』が、敬人さんたちが糾弾《きゅうだん》されかねない。

（生徒会は人手が足りず、『講堂』の警備も万全とは言いがたかった。俺も、楽屋で控えているべきなのに、生徒会室で事務仕事をしていた……。その間隙《かんげき》を突き、侵入して、さも当然のように『UNDEAD』どもは舞台に上がって演奏を始めたのか？）

ここで『UNDEAD』を鎮圧するため、無理やり彼らをふん縛るなり舞台から蹴落とすなりすれば……。逆に観客たちは異常事態を察知し、恐慌《きょうこう》をきたす危険性すらある。

目の前の出来事を学院が、アイドルたちが用意した演出だと思っているうちは、むしろ安全なのである。

しかし、敬人さんも手をこまねいて見ているわけにもいかない。

（度《ど》し難《がた》い）

敬人さんは己が得体のしれぬ陰謀、罠《わな》に嵌《は》まっていることを自覚する。黙っていられず、『UNDEAD』たちを怒鳴りつけた。

「貴様ら……！　何をしているっ、これは生徒会への反逆行為と見なすぞ！　即刻、舞台から立ち去れ――ここは、貴様らの立っていい場所ではない！」

「まぁまぁ、蓮巳くん」

応えたのは、『UNDEAD』の首魁――『三奇人』朔間零さんである。

彼は出しゃばらずに、好き放題に暴れ回っている仲間たちの最奥で優雅《ゆうが》に歌っていた。すべてを包みこむ暗闇の化身のように、どこか満足そうに。

「そう、つれないことを言うものではないぞ？」

気安く敬人さんに語りかけ、ぬるりと近づいた。

「元来、ドリフェスはアイドルにとっての晴れ舞台じゃ。だが今回はちと、参加する『ユニット』がすくないようじゃからのう？」

いけしゃあしゃあと、勝手な理屈を並べる。

「我輩たちが、華を添えるために飛び入りしたのじゃよ。おぬしらを、主役を食ってしまうかもしれんがのう。そのときは、勘弁《かんべん》しておくれ？」

「……朔間さん。珍しいな、貴様が出張《でば》ってくるとは」

敬人さんが眉《まゆ》をひそめ、不用意に近づいてきた零さんから距離をとった。触れられれば汚染される、と危惧するみたいに。

どうやら、両者には因縁があるようだ。現在の生徒会を率《ひき》いる副会長と、『三奇人』、対極に位置するふたりだから当然なのだけれど。

どうも、それだけではない雰囲気でもある。

必要以上に、敬人さんは零さんを警戒し――むしろ怯《おび》えているようだった。

周囲が薄暗いので、黒髪の麗人はその姿を捉えにくいけれど。彼もまた、『UNDEAD』の衣装を身にまとっている。私たちと語りあっていたときは温厚そうな、犬でも膝に寝かせて日向《ひなた》ぼっこをする老人のような雰囲気だったのに――今は、態度を豹変《ひょうへん》させている。

彼もまた、魔物。夜闇に生息する、禍々《まがまが》しい存在。その肌はわずかな輝きを反射して屍体のように白く、くちびるると舌は血を垂らしたみたいに紅い。

「くくく。どうせ片足を棺桶《かんおけ》のなかに突っこんだ老骨《ろうこつ》じゃ、派手に討《う》ち死《じ》にしようが悔いはない。最後に、戦場で一旗あげたくてのう？」

彼は愛おしそうに観客席を眺めて、ぞくぞくと身を震わせる。

「老兵は死なずただ消え去るのみ、とはいえ……。独り寝は寂しいからのう、地獄への道連れがほしいのじゃよ」

闇のなかで手招きをする怪異《かいい》そのもののような零さんに、敬人さんはさらに顔をしかめた。パフォーマンスを続行している『UNDEAD』の面々を、睨みつける。

「この不作法な連中は、貴様の配下か？」

「いいや、我輩の親愛なる仲間たちじゃ」

晃牙くんを、アドニスくんを、薫さんを――それぞれ流し目で見ると、零さんは再び敬人さんに向き直る。観客に完全には背を向けず、踊りながら。

歌の隙間で、敬人さんを片手間にあしらっているようですらあった。圧倒的な支配者、生徒会の秩序を支える敬人さんを――幼子でもあやすように。

「舞台に上がるのは久方ぶりじゃからのう、みんな忘れてしまったのかのう。この朔間零が率いる魔物の群れ、これぞ我輩の愛しい『UNDEAD』じゃや。参加する『ユニット』がすくないせいか、ドリフェスの開催が遅い時刻に設定されていて助かったわい。夜はこれからじゃ、百鬼夜行は空が白むまで終わらぬぞ」

日中は、むしろ寝惚《ねぼ》けたような言動がおおかった零さんだけれど。闇が渦巻《うずま》くこのステージでは、いつになく活き活きとしている。その歌声が、仕草のひとつひとつが闇のなかに伝播《でんぱ》して――見守る観客たちの目から耳から、口から、淫魔《いんま》のように入りこむ。

そして、支配する。それは生徒会の高圧的な支配とは意を異にする――甘美で、溺《おぼ》れるような、美酒じみていた。観客たちは陶酔《とうすい》し、ただ見惚《みほ》れている。


「文句があるなら、おぬしも軍勢を率《ひき》いて向かってこい。自慢の『紅月』でな、我輩たちを舞台から追い落とせばよいぞ。それとも平和な時代が長すぎて、真剣勝負の舞台に立つ度胸を失ってしまったのかや？」

せせら笑う『三奇人』の吐く毒《どく》を、飲み干し、杯を床に叩きつけるようにして敬人さんは身構えた。

「……いいだろう、一般客には状況がわかっていない。このまま『演出のいちぶ』として、貴様らの存在を看過してやる」

冷静に状況を把握し、判断する。為政者《いせいしゃ》らしく――誇り高く、正々堂々と。

最初から最後まで、敬人さんは公平だった。

「客を巻きこむ乱闘でも起こせば、夢ノ咲学院の信用問題になる。今宵《こよい》も舞台は何事もなく進行し、いつもどおりに終わる。観客には、それを疑わせることすらしない」

それが敬人さんの選択で、彼の誇りそのものだった。

私たちはそれを利用し、逆手にとって——卑怯《ひきょう》な不意打ちをしているのだ。

「英智がいない間、俺はこの学院の秩序を託《たく》された最高責任者だ。夢ノ咲学院の、生徒会の威信に泥を塗るわけにはいかん。朔間さん——アイドルとしての真剣勝負がお望みなら、受けて立ってやろう」

漆黒《しっこく》の舞台に、『紅月』たちが踏みこんでいく。赤と黒が、混じりあう。賭場《とば》で行われる、札勝負のように。どちらの手札が高い役かは、観客という自由で公平で、残酷《ざんこく》で享《きょう》楽《らく》的な審判に委《ゆだ》ねられる。

「貴様らの、流儀に則って……。野良試合、『B1』のように同じ舞台で二種の『ユニット』が同時に演奏する、対バン形式で相争うか？」

「ふふん、それこそが『対決』じゃろうが。順番どおりにお行儀よく、『良い子ちゃん』になって演奏してどうする。まぁ、それはおぬしらの常勝戦術じゃからのう。必勝法を手放すのは、『おしめ』も取れぬ坊《ぼう》やには怖いかのう？」

普段は物腰のやわらかい、優しいひとなのだけれど。舞台上の零さんは、悪意の権化《ごんげ》のようだった。挑発し、煽《あお》って、血と泥にまみれて戦うことを望む怪物だ。

殺伐としていく舞台のなか、零さんは口を三日月のかたちに歪《ゆが》めて嘲笑《ちょうしょう》する。

「順番どおりにやりたいなら構わぬぞ、だが我輩たちは舞台から立ち去らぬ。このまま順番待ちをしとるおぬしらを尻目に、いつまでもパフォーマンスをしていよう♪」

「ふん、居直り強盗め——蹴りだしてやる。ここは、俺たちのステージだ」

敬人さんは怯まない、真っ向から迎え撃つ。

そんな彼の露払《つゆはら》いをするように、紅郎さんが前進する。誰も制止できない、武道の足運びである。演奏の邪魔にはなっていない、ごく自然に道が拓《ひら》けた。

「実力の差を思い知らせてやろう、伊達《だて》に常勝不敗ではないのだ」

魔物を討伐《とうばつ》する正義の使者のごとく、敬人さんは威風堂々と君臨する。

「貴様らは居たたまれなくなり、すごすごと舞台から逃げだす。『紅月』こそが最強だ、貴様らの歌をかき消してやる」

そこには常勝『ユニット』の頭目らしい、自負があった。『UNDEAD』の乱入という予想外の事態に乱れていた精神を、急速に安定させている。

「観客の視線が、貴様らに向くことはない。過去の亡霊は、誰の目に留《と》まることもなく消えるだろう。貴様らの土俵で、完全勝利してこそ意味がある。そうすれば二度と、俺たちに刃向かえなくなる。……真っ向から屈服させてやるぞ、問題児ども」

そこまで言い返してから、敬人さんは機敏に踵《きびす》を返す。逃げだしたのではない、戦装束《いくさしょうぞく》に着替える必要がある。急いで駆けつけた敬人さんは、いまだに制服姿なのだ。

「神崎、衣装は楽屋に準備してあるな？　着替えてくる——鬼龍、俺が戻るまで時間を稼《かせ》いでおけ」

紅郎さんが、言葉ではなく身振りで応じる。観客のほうを向きながら、背中で語る侠気《おとこぎ》である。安心したように吐息を漏らし、敬人さんが舞台袖《そで》に向かっていく。

　唯一、専用衣装を着た紅郎さんが場をもたせる。観客たちの視線を、己に向けさせる。彼が引きつけているうちに、敬人さんは手早く戦の仕度を調えなくてはならない。

　制服でも歌い、踊ることはできるが——それも不作法である。

「合点《がってん》、承知《しょうち》！」

　指示を受ければ、颯馬くんの反応も早い。敬人さんに、全幅《ぜんぷく》の信頼を置いているのだろう。その言葉どおりに動けば、必ず勝てる。そう疑いもせず、確信している。

　彼もまた制服姿なので、急ぎ着替える必要がある。大股《おおまた》で——あくまで泰然《たいぜん》と進む敬人さんに、従者のように寄り添って問うた。

「……しかし、よろしいのか。このような連中を、好き放題にさせて？　蓮巳殿が命じられるなら、我は修羅と化してこの連中を血の海に沈めてくれよう！」

「その必要は、ない。騒ぎを起こし、観客に異変を察せられて損《そん》をするのは生徒会だ。ドリフェスが中止にでもなれば目もあてられん、前代未聞の大失態となる」

　敬人さんは的確に状況を判断し、迅速に対応している。そう易々《やすやす》と覆《くつがえ》せるほど、生徒会は、『紅月』は脆くない。奇策に翻弄され、不意打ちを食らっておおきく遅れをとったのは事実だけれど、まだ挽回《ばんかい》できる自信があるのだ。

「あるいは、『三奇人』朔間零の目的は『それ』なのかもしれん。絶対に挑発にのるな、相手の思う壺だ。愚かものどもに、実力の差を見せつけてやれば事足りるだろう」

　不愉快そうに、敬人さんはそのまま舞台袖に消えていく。

「『UNDEAD』だったか——永《なが》らく活動休止していた『ユニット』が勝てるほど、ドリフェスは甘くない。侮られたものだな、俺たちも」

闇が渦巻くステージを、忌々しそうに肩越しに振り向いて。

「生徒会に、『紅月』に挑戦したことを、後悔させてやろう」

捨て台詞《ぜりふ》のように、けれど死刑宣告のごとく厳粛《げんしゆく》にそう告げる。その背後では気にも留めずに、魔物たちが自由気ままに飛び跳ねている。常ならぬ事態のなか——すべてをパフォーマンスと信じこんで、観客たちは最高潮の盛りあがりを見せていた。


「さぁさぁ皆の衆、存分に宴を満喫しておくれ！」

敬人さんが立ち去り、これ幸いにと『UNDEAD』の面々は蛮行を繰り広げる。

我が物顔でステージの真ん中に陣取り、零さんは呵々大笑《かかたいしよう》した。

「今宵は、我ら『UNDEAD』の復活祭じゃ！　夜闇こそ我輩たちのステージじゃからのう、歌って踊って現世の夢を堪能《たんのう》しようぞ！」

「昼夜逆転してんのは、朔間さんだけっしょ〜。まぁ、俺も夜は嫌いじゃないけどさ？」

茶々を入れるように、けれど何だか嬉しそうに薫さんが合いの手を入れる。

「夜遊びは、不良学生の特権！　あはは、活き活きしちゃうね〜♪」

「はっ！　普段からもっとその元気をだしやがれよ、クソ先輩ども！」

よく似たシルエットのふたりの先輩が、後方にいるのを確認して――八重歯《やえば》を剝《む》きだしにして笑っているのか怒っているのかわからない表情になると、晃牙くんが吠える。

「おらアドニスっ、ポンコツどもに負けね～ように俺様たちも声を張りあげるぞ！　おまえも、何か喋れ！」

「喋るべきなら、努力はする。だが、身内で張りあっても仕方がない」

呼びかけられたアドニスくんは、粛々《しゅくしゅく》とただ己の役目を果たしている。全員が、てんでばらばらに動いているように見えて――奇妙に融和《ゆうわ》している。

魔物たちが好き勝手に荒れ狂い、それを零さんが包みこんでいる。否、強化し鼓舞してさらなる暴風へと昇華させている。際限なく、場内がヒートアップしていく。

暑くなってきたのだろう、鉄面皮じみて見えるアドニスくんの頰にまで汗が伝った。それを拭いもせずに、彼はほんのりと微笑むのだ。

「俺たちの場合は、互いに嚙みつきあうぐらいが『ちょうどいい』かもしれんがな。……振り落とされないように、俺も必死に食いさがろう」

これで言わんとすることは通じただろうか、と心配そうにアドニスくんが言っている。

どこか和気藹々《わきあいあい》として見える『UNDEAD』の面々を眺め、舌打ちし、『紅月』ではひとり舞台に残された紅郎さんが顔をしかめていた。

（どうも、うまくねぇ展開だな。突然の『UNDEAD』の乱入、という不測の事態に『紅月』は浮き足立っちまってる）

紅郎さんは私の衣装づくりを手伝ってくれたりはしたけれど、あくまで『紅月』の一員である。私たちの作戦も、まったく伝えてはいない。

(俺たち『紅月』の主幹たる伝統芸能は、こんな状況を想定していない。いつもどおりのことを、着実に完璧にこなすことで真価を発揮する)

この事態を、紅郎さんも予想していなかったのだ。私たち以外の誰にも想像できない、非常事態が巻き起こっている。ゆえにこそ、効果的な不意打ちになる。

(だが、出鼻をくじかれた。初手から打ち損じちまったわけだ、こっから取り戻すのは至難の業かもしれねぇな?)

生徒会には思うところがあるのだろうけれど、だからといって紅郎さんも負けるのは本意ではないのだ。歯噛みし、必死に打開策《だかいさく》を見いだそうとしていた。

(向こうさんは四人、こっちは蓮巳たちが戻ってくるまで独りで戦線を支えないといけねぇしな。舞台上の空間を占める人数がおおいほうに目が向くのが、人情ってもんだ)

舞台を任された、責任感——仁義のために、全力をもって対処している。

それが、鬼龍紅郎という人物だった。偉大な、私たちの先輩だった。

難しい立場のなか、彼は最大限に善処している。強い意志のちからで、弱気も、まずい現状もすべて撥《は》ねのけるために。

(ただでさえ、『UNDEAD』は自己主張の強い連中だ。このまま我が物顔で振る舞わせたら、俺たちはバックダンサーに成り下がっちまう。現在の学院では最強との誉れも高き

『紅月』が引き立て役かよ、冗談じゃねぇぞ）

表面上は平静を装いながらも、紅郎さんの内心は麻《あさ》のように乱れていた。観客たちにも、それは伝わる。着実に、舞台上は『UNDEAD』に支配されつつある。

（まぁいい、蓮巳が戻ってくれば最悪でも拮抗《きっこう》状態にまでは持ち直せるだろ。それに、考えるのは俺の仕事じゃねぇ。いつもどおり型に嵌った演目を完璧な手順で行い、そして勝つ。それが『紅月』だ、俺たちの流儀《りゅうぎ》だ）

とはいえ、やはり劣勢である。紅郎さんも何とか食い下がっているけれど、このまま進行すればジリ貧だ。そんな現状を肌で感じながらも、彼のなかには迷いもあった。

（役目を、果たすしかねぇな。義理は通す、だが無理をするほどでもねぇ。【龍王戦】を台無しにされた、禍根もある。あんまりやる気ねぇんだよな、今回は。せいぜい獅子身中の虫にならねぇように、己を戒めておく程度でいいだろ）

完璧な所作で役目を果たすものの、紅郎さんも何も感じない木偶《でく》の坊《ぼう》ではない。過去の因縁に絡めとられて、その動きがわずかに精彩を欠いている。

ただでさえ多勢に無勢だ、どんどん圧倒されていく。

（しかし、よりにもよって『UNDEAD』かよ。骨董品《こっとうひん》じゃねぇか、今さらこいつらが出張ってくるとはな？　てっきり、あの転校生の嬢《じょう》ちゃんの『ユニット』が出てくるものと思ったが……？）

私たちの作戦を知らない紅郎さんは、この後に巻き起こる事態についても推測しかできない。今がどん底である、と考えるのは楽観的すぎる。まだまだ何かを仕掛けてこられる危険性を考慮し、どんなことにでも対処できるよう身構える。

彼が『紅月』の大黒柱だ、それは決して揺るがない。


「おいおい、元気ね～じゃん鬼龍先輩よう？」

放っておけばいいのに、晃牙くんが紅郎さんへ野次《やじ》を飛ばした。

「くかか！　夢ノ咲学院最強も形なしだなぁ、いい気味だぜ！　テメ～とは【龍王戦】で決着がつけられなかったからな、この『Ｓ１』で俺様の足下に這いつくばらせてやんよ！」

【龍王戦】では紅郎さんに吹っ飛ばされたうえ、けっきょく決着がつかずに終わっているのだ。晃牙くんには、ずいぶん鬱憤《うっぷん》が溜まっているようだった。

舌までだして、晃牙くんは小生意気に挑発していた。

「泣いて謝っても、もう遅いぜ～！　手負いの獣こそが最強なんだよ、テメ～の喉笛《のどぶえ》を食いちぎってやる！」

「うるせぇな、舞台上で騒ぐなよ」

紅郎さんはむしろ微笑ましそうにしながら、すぐそばに立つ零さんに水を向ける。

「朔間――躾がなってねぇようだな、あんたの飼い犬は」

「すまんのう、恥ずかしいわい。わんこは、いつまでも吼え癖が抜けんのじゃよ」

余裕ありげに、零さんは晃牙くんのどうかと思う態度についてフォローした。

「しかしまぁ、威嚇《いかく》にはなる。古来より、犬の吼え声には魔を祓《はら》う威力がある。この学院に呪いのように蔓延《はびこ》った因習を吹き飛ばすには、ちょうどよかろ？」

夜闇に棲《す》む『三奇人』は、心地よさそうに歌声と観客の声援を浴びている。永く離れていた故郷へ帰ってきた、孤独な旅人のように。

「今宵は満月じゃ、観衆を狂気の坩堝《るつぼ》に叩きこんでやろう。犬の遠吠えが響き、魔物が宴を催す。悪夢よりなお狂騒に充ち満《み》ちた、魔の夜じゃ♪」

「ほう、犬が吼えたら魔物は退散するのかよ。じゃあてめぇらも舞台から退散するべきじゃねぇのか、『UNDEAD』さんよ？」

「おいコラ、だから俺様は犬じゃね～んだよ！　いいかげんにしねぇとマジギレすんぞっ、ぶっ殺す～！」

零さんと紅郎さんが語る内容が気に食わないのだろう、晃牙くんが顔を真っ赤にして怒鳴っている。もはや誰が敵で誰が味方かも、混沌としてきた。

そんな舞台に、颯爽《さっそう》と現れる人影がある。

「……ふむ」

それは『紅月』の衣装に着替えた、颯馬くんである。すこし離れているうちになぜか晃牙くんが零さんと紅郎さんに食ってかかっているのを見て、状況がよくわからなかったのだろう――困惑している。

そして、同じクラスのアドニスくんに歩み寄って小声で語りかけた。

「そちらの『ゆにっと』はずいぶん元気がいいようであるな、あどにす殿？」

「みんなお喋りで、口べたな俺としては気楽ではある」

ふたりは、どうも親しい友人らしい。私も、教室でよくふたりが仲良く談笑《だんしょう》しているのを見かけたものだ。けれど今はお互い、敵どうし——必要以上には馴《な》れあわない。

「同じA組の同輩とはいえ、手は抜かんぞ」

颯馬くんは通りすがりにアドニスくんに声をかけつつ、仲間の——紅郎さんのもとへと馳せ参じていく。刀の代わりに構えた流麗な扇子《せんす》を開き、華やかに。

「不作法の帳尻は、惨めな敗北で贖《あがな》ってもらおう」

「ああ。不作法は重々、承知」

アドニスくんも真っ向から友の戦意を受け止めて、観客たちに向き直る。

「だが同輩というなら、その台詞は俺に対して言うべきではないな」

ふと口にされた彼の独り言に、颯馬くんは「どういうことだ？」と戸惑った。

「……喋りすぎた。やはり喋るのは苦手だ、演目に集中する」

「うむ。舞台の主役は我ら若輩者ではない、これまで夢ノ咲学院を支えてきた先達たちを尊重するとしよう」

短い遣《や》り取りを済ませ、颯馬くんは疑問を解消できないままに——言葉どおり一歩下がって道を空ける。そんな彼からやや遅れて、舞台に上がってくるものがいる。

「真打ち、登場である」

嬉しそうにつぶやく、颯馬くんの視線が向けられた先――。

『紅月』の衣装に着替えた、敬人さんが登壇する。

「待たせた」

着替えるだけではなく、照明や音響の係のものに指示を飛ばしてきたのだろう――『紅月』の曲が流れ始める。真っ暗闇だった舞台上に、ライトがあてられる。闇に目が慣れていた観客たちには、ことさら眩《まぶ》しく見えたことだろう。

天上から遣わされた御仏のように、『紅月』の首魁は輝きに包まれている。眼鏡のレンズが光を反射し、その表情は窺い知れない。

急がず焦らず悠々と闊《かっ》歩《ぽ》して、敬人さんは『紅月』の仲間たちへと歩み寄る。そして当然のように真ん中に立つと、観客たちに向き直った。

ちいさい声で、お小言を漏らすのも忘れずに。

「やはり鬼龍が着つけてくれないと、この衣装は身にまとうのに難儀《なんぎ》する」

「あぁ……悪ぃな、気が回らなくてよ」

紅郎さんが何だか呆れたように半笑いになって、やや言い訳がましくぼやいた。

「『紅月』は体格に恵まれ、姿勢もいい連中が揃ってるからな。衣装を仕立てるのも楽しくてよ、複雑なもんをあつらえちまった」

「構わん、貴様の衣装も『紅月』の武器のひとつだ。他の『ユニット』に専用衣装を仕立

てやるという、その『副業』も許可している。貴様がそうして誠意を尽くすため、『紅月』に生徒たちの憎悪が集まりすぎることもない」

敬人さんは王者の貫禄で、重々しく頷いた。着替えながらも状況を分析し、なお自信も誇りも揺るがさずに——心を落ちつけて、戦場に臨んだのだ。

もう二度と突き崩せない、堅牢な鋼の意志を双眸に秘めて。

『紅月』の頭目、敬人さんは清冽《せいれつ》に言い放った。

「勝つのは俺たち、『紅月』だ」

淡々と、ごく常識的なことを口にするみたいに。

闇に支配されていた舞台を、深紅の輝きが切り裂いていく。

ようやく互いに勢揃い、準備万端——対決はここからが本番である。

Stars

対バン形式でのドリフェスには、いくつか種類《しゅるい》がある。

まったく同時に歌や演奏を披露《ひろう》するもの、同時刻にふたつのステージで演目を行い集客率を競《きそ》うもの、同じ舞台上で一曲あるいは各々の持ち時間を交互《こうご》に用いてパフォーマンスをするもの、互いにメッセージ性の高い楽曲を即興《そっきょう》で披露し交互に物語を繋《つな》いでいき破《は》綻《たん》させたほうが負けというもの——などなど、千差万別だ。

ひとくちにドリフェス、ライブといっても毎回——趣《おもむき》が異なる。公式のドリフェスでは穏当に、対戦する『ユニット』が互いに一定の持ち時間を歌い踊り、交互にそれを繰り返していく形式が一般的なのだけれど。

今回の『S1』は、どんな形式になるのだろうか。まずはお手並み拝見とばかりに、『UNDEAD《アンデッド》』たちが零《れい》さんに促《うなが》されて渋々《しぶしぶ》とやや後方に下がる。

代わりに、威圧的に踏みだした『紅月《あかつき》』が演目を披露し始める。

無論、『UNDEAD』の乱入は事前に予定されていたことではない。『紅月』の面々はそれを知らなかったのだ、対バン用の楽曲など準備しているはずがない。

未熟《みじゅく》な『ユニット』ならば慌《あわ》てふためき、何もできずに自滅《じめつ》するだけだっただろう。そうやって片付けば、話は簡単だったのだけれど。

『紅月』は余裕綽々《よゆうしやくしやく》と、すべてを呑《の》みこみ歌と踊りを披露している。

「『紅月』……。暗闇に浮かぶ紅い月か、麗《うるわ》しき魔性《ましよう》じゃのう♪」

零さんは目を細めて、『紅月』の舞《ま》いを堪能《たんのう》している。横でうずうずして、今にも飛びだしてむやみに暴れそうな晃牙《こうが》くんの首元を摑《つか》み──制御しながら。

『紅月』の方向性は、伝統芸能。長い歴史により培《つちか》われた文化を、技術を、楽曲を完璧に習得し披露できる。分厚い歴史の地層の上に、難攻不落の城塞《じようさい》が聳《そび》えている。そう簡単に突き崩せるものではない、やはり『紅月』は揺るがない。

息も、ぴったりだ。敬人《けいと》さんの目配せ、手にした扇子《せんす》の動きに颯馬《そうま》くんも紅郎《くろう》さんも反応して、あわせる。最初からこんな流れになると予定し、レッスンを積み重ねてきたかのように。観客たちもいつの間にか見惚《みほ》れて、夢中になっている。

騒がしく刺激的な『UNDEAD』のパフォーマンスに全身を打たれていた観客たちには、麗しく静謐《せいひつ》な『紅月』のそれが、ことさらよく染みこむ。

傷を癒《い》やされ、毒が浄化され、神聖な雰囲気《ふんいき》に酔《よ》っていく。

「朔間《さくま》さん」

『講堂』の雰囲気をあっという間に支配した『紅月』のリーダー、敬人さんは──己《おのれ》の仲間を誇るように、ふてぶてしい笑みを浮かべる。

「貴様が何を目論《もくろ》んでいるかは知らんが、全力で叩き潰させてもらう」

そして舞いの傍《かたわ》ら、零さんに語りかける。いまだに、完全には彼の真意を摑めてはいないのだろう――見た目ほど余裕はない。まだ先ほどまでの、狂騒《きょうそう》の残響がある。

「否《いな》。埃《ほこり》を払い、清めよう。俺には完璧《かんぺき》に清潔《せいけつ》な夢ノ咲学院《ゆめのさきがくいん》を維持する、使命がある」

「うむ。かつて伏魔殿《ふくまでん》のようじゃった夢ノ咲学院に秩序《ちつじょ》を取り戻した、生徒会の功績《こうせき》はおおきい。学院を荒らし回っていた、『五奇人』の我輩《わがはい》とてそれは認めよう」

観客たちに気づかれない程度に、それぞれの『ユニット』の親玉たちが――各々の『ユニット』の化身のように、自分の全存在をぶつけあっている。

「けれど、歴史は繰り返す。何度でも。学院の生き字引たる我輩が言うのじゃから、まちがいない」

零さんは自虐的に、けれど愉快《ゆかい》そうに尖《とが》った犬歯を煌《きら》めかせて笑った。

「今度は、おぬしらが狩られる――否、ゴミ袋に詰められ廃棄される番じゃ♪」

「これは、貴様の復讐なのか……朔間さん？」

「まさか。『五奇人』も今や数が減り、搾《しぼ》りかすの『三奇人』となった。もはや、我らの時代ではない。いつまでも居座り、老醜《ろうしゅう》を晒すべきではなかろう」

飄々《ひょうひょう》と、敬人さんの問いを受け流して――零さんは詩歌《しいか》を詠《よ》むように語る。

「新しい朝陽が差しこむ前に、夜闇に渦巻《うずま》く因縁《いんねん》を解消しにきただけじゃ」

懐かしそうに、過去の写真を見るように、零さんは敬人さんを眺めている。

「ともあれ、我輩のほうが年上とはいえ『さん』などつけずともよいのじゃよ。今はお互い敵どうし、遠慮せずに突っかかってくるがよかろう……のう、坊《ぼう》や♪」

「ふん。では遠慮なく、成敗させてもらおう」

零さんは留年《りゅうねん》しているというから、最高学年——三年生の敬人さんよりも年上なのだ。だからといって我が物顔でドリフェスを荒《あ》らし回った相手にまで、律儀《りちぎ》に礼儀を尽くす敬人さんも融通《ゆうずう》が利《き》かないというか、真面目すぎる。

「朔間零、貴様はもっと賢《かしこ》い人間だと思っていたのだがな」

度《ど》し難《がた》い、と吐《は》き捨てて——敬人さんは歴戦の軍師のように指示を飛ばす。

「鬼龍《きりゅう》、神崎《かんざき》、布陣を変えるぞ。『UNDEAD』と『紅月』が入り組んでいては、観客はどこを見ていいかわからない」

『講堂』の舞台は広いけれど、それでも音響設備なども配置されているぶんこの人数が入ると手狭だ。だからこそ的確に、敬人さんは颯馬くんと紅郎さんを動かして——ステージの陣容《じんよう》を書き換えていく。『紅月』の色に、塗り替えていく。

すべてを支配して、ドリフェスを制する。それが『紅月』、それが敬人さんなのだろう——観客への配慮もある。

非の打ちどころがない、もう状況への対応を終えようとしている。

「舞台をふたつの領域に分け、東西にそれぞれの『ユニット』が陣取《じんど》る。あとは全戦力をもって、舞台を制覇する。……陣取り合戦だ」

突発的に始まった対バンに、ルールを設けていく。ルールが——仕組みがあれば、『紅月』は圧倒的に強い。彼らが状況を把握し、長い歴史と強大な権力に裏打ちされたルールの設営を終えるまでに、再起不能にできたら簡単だったのだけれど。

そうは、問屋《とんや》が卸《おろ》さない。敬人さんの双肩《そうけん》には『紅月』の、生徒会の、この夢ノ咲学院の威信《いしん》がかかっている。もう嫌だ、と逃げるわけにもいかない。

全力で異変に抗《あらが》い、戦い抜くつもりなのだ。

「愚かな反逆者どもを、血祭にあげてやる。『講堂』を、『紅月』の色で染めあげよう」

「承知《しょうち》。間合いを奪うのは剣術の極意、蓮巳殿《はすみどの》は戦術を理解しておられる！」

颯馬くんが快哉《かいさい》を叫び、誰よりも早く指示どおりに動いている。

「それなら、頭数ぶんで公平に舞台の領地を分配せんか。四人いるこっちのほうが、三人しかいないそちらより窮屈《きゅうくつ》じゃからのう〜？」

「そこまで、妥協する義理はない。さっさと舞台から立ち去れ、闖入者《ちんにゅうしゃ》ども」

零さんがちゃっかり自分たちが有利になるように働きかけようとしたけれど、敬人さんが即座にその要求を突っぱねる。

魔物の邪悪な思惑を、打ち砕いてしまう。


（ふむ――）

零さんは内心、舌を巻《ま》いていた。

（揺るがぬのう、もう対応してきよった。腐《くさ》っても、常勝不敗の『ユニット』じゃのう。

彼奴《きやつ》らの『いつもどおり』に持ちこまれれば、不意打ちで得たこちらの優位性も崩れる。パターンに嵌《はま》れば伝統芸能は最強じゃ、いつまでも奇策《きさく》は通用せんか）

零さんも、ただの面白半分で舞台に乱入したわけではない。勝利のために、その布石のために――パフォーマンスを続行しながらも、策を練っている。

（とはいえ、無理を押し通したのは我輩たちじゃ。ある程度は譲歩《じょうほ》をせんとな、諍《いさか》いになって困るのはこちらじゃ。今はまだ――観客たちにもこの前代未聞の対バン形式での勝負は、パフォーマンスと思われておる）

臨機応変に。

猛烈な勢いで深紅《しんく》に染め抜かれていく舞台を、俯瞰《ふかん》しながら。

（最後まで、そう思わせておくべきじゃ。ドリフェスが中止にでもなったら、こちらの計画も『おじゃん』じゃからのう？）

冷静に、最悪の事態だけは避《さ》ける。

敬人さんは賢明で、相応の実力もある。けれど零さんは老獪《ろうかい》である――そんな彼の行動も思考も、ある程度は読み取っているらしい。想定し、準備を整えていた。

ゆえに慌てずに、状況を己の思うがままに導いていく。

すべてが、零さんの手のひらの上のようだった。

（教師や警備員などがくれば、すべてが台無しじゃ。このまま、演目をつづけながら計画を次の段階へと移行させる）

危《あや》うい綱渡《つなわた》りのなか、『UNDEAD』の首魁は虎視眈々《こしたんたん》と勝機を窺《うかが》っている。

（我輩たちは、勝てずともよい。盤石《ばんじゃく》なる『紅月』をわずかにでも動揺させ、互角に持ちこめれば御の字じゃ。我輩たちを警戒すればするほど、蓮巳くんたちは『Trickstar《トリックスター》』の存在を失念する。それこそ、真の狙いじゃ。くっくっく♪）

（想像以上に厄介だな、『UNDEAD』の奏《かな》でる騒音《そうおん》は）

敬人さんは零さんが不敵に笑っているので、自分は何か判断をまちがえたか——と一瞬だけ疑う。だが首を振って、それを否定した。

敬人さんは、最善を尽くしている。しかし、それすらも敵の想定の範囲内ならば——。疑念が、不安が拭《ぬぐ》いきれない。けれどライブ中だ、観客たちも最大限に盛りあがっている。舞台から降りるわけにはいかない、絶対に。

（ロックか、野蛮《やばん》だな……。『紅月』の伝統芸能とは真逆の方向性だ、互いが互いを邪魔しあい、食いあってしまっている）

状況はどこまでも『紅月』の足を引っぱり、全身を搦《から》め捕る。

ここは零さんが用意した、蜘蛛《くも》の巣の上なのだ。

（これでは、俺たち『紅月』の本来のパフォーマンスを発揮できない。俺たちは情緒《じょうちょ》ある、雅やかな演目が持ち味だ。それを、かき乱されている。優雅にお茶で客をもてなそうとしているのに、近所で道路工事が始まったようなものだ）

冷徹に、観客の目線すらもち——敬人さんは状況を分析しつづける。底知れぬ泥沼《どろぬま》、そのぬかるみに引きずりこまれるような、薄気味悪《うすきみわる》さを抱えたまま。

(とはいえ、互いが互いの邪魔になるのはどちらも同じ。水と油だ、反発しあって投票が割れるだけだ)

そこで、はっと敬人さんは目を見開いた。

(……もしや、『それ』が目的なのか?)

敬人さんはこのとき、かぎりなくこちらの仕組んだ勝利のための方程式、その解答に近づいていた。思考をまとめ、対策を練る時間があとほんの数分でもあれば——彼は完全にこちらの思惑を看破し、完璧に打ち砕いたことだろう。

(くそっ、考えている余裕もない。なぜ察知《さっち》できなかった、きなくさい気配はあったのに。永きに渡る平穏に油断していたのか、この俺も?)

けれどすでに、状況は転がり始めている。猛烈な、加速をつけて。悠長《ゆうちょう》に考えごとなどをしていたら、振り落とされてお終《しま》いだ。

『紅月』は事前に用意していた楽曲ではなく、突発的な対バン形式にあわせた演目を披露している。それを管理し、仲間たちに指示を与え、己自身も最大限にパフォーマンスをこなす。それだけで、さしもの敬人さんもいっぱいいっぱいなのだ。

腰を据《す》えて思案する余裕すらも、奪い取られている。互いに首筋に食らいついているのに、敵の意図を探ることなどできない。

(何を企んでいる、『三奇人』朔間零?)

零さんを睨《にら》みつけ、敬人さんはそれでも思考をやめない。彼には責任がある、常勝『ユニット』としての自負もある。まだ、戦意は揺るがない。

（先ほど、楽屋で着替えながら確認は済ませた。何をどうやったものか――本来は参加を表明していなかった『UNDEAD』が、『S1』で演目を行うとされていた）

ルール無用の乱入、警備員につまみだされてもおかしくないはずの『UNDEAD』のやりくちだったけれど。そのあたりの根回しは、済んでいるのだ。

（いつの間に登録したのだ、そんな申請を受諾《じゅだく》した覚えはないが。そういう非合法な行為は、お手のものということか。かつて『五奇人』と呼ばれた、問題児たちの親玉は）

零さんは、ただの無頼漢《ぶらいかん》ではない。策を練り、陰謀《いんぼう》を巡らせ、獲物を狩る。魔物の親玉だ――ルール違反ぎりぎりのやりくちで、あの手この手で『紅月』を翻弄《ほんろう》している。

（同じ舞台に上げられてしまった、強制的に。後ほど、詳細を調べる必要があるが……。今は、それどころではないな）

すべてが、勝利するための作戦の一環《いっかん》だったのだ。

（きちんと『UNDEAD』は『S1』参加者として登録され、名目上は学院もそれを受理してしまっている。俺が強権発動して、『UNDEAD』を追いだすこともできない。無論、最悪の場合はそれも考慮《こうりょ》するが）

むしろ、それは罠《わな》ですらあった。何も知らない『紅月』が、『UNDEAD』をつまみだそうとして動いていたら……。おかしいことを言っているのは『紅月』だ、敬人さんだ、と観客たちの不興《ふきょう》を買うことになったのだ。

（角《かど》が立つ、俺たちがルール違反者となってしまう。正義の代名詞たる、俺たち生徒会が。そういう構図を、つくられている。建前や立場が足かせとなり、身動きがとれない）

敬人さんは——そうやって幾重《いくえ》にも巡らされた悪意ある罠を、ひとつひとつ解きほぐしていく。

（実力で、ねじ伏せるしかない。そして、俺たちにはそれが可能だ）

決して屈さずに、彼は誇り高く前を見据《みす》える。

現在の夢ノ咲学院を統《す》べる、王者として。

（なめるなよ。闇から這《は》いでた魔物どもに、正義の裁きをくれてやる）


（事態が錯綜《さくそう》し、浮き足立ってしまっているが——）

敬人さんはあらゆることに気を配り、戦線を支えている。並大抵の人物ならば、すでに屈服し——思うがままに『UNDEAD』に打擲《ちょうちゃく》されて、無残に敗れ去っていただろう。

けれど敬人さんは、まだ抗っている。あらゆる悪意を踏みつけ、仁王《におう》のように立っている。勝利のために——生徒会の権威を、正義を守護するために。

悲愴《ひそう》なまでの、覚悟をもって。

（まだ、持ち直せる。鬼龍も神崎も、この程度で心乱れるほど軟弱《なんじゃく》ではない）

そんな敬人さんの心意気に、颯馬くんも紅郎さんも懸命《けんめい》に応えている。現時点ですでに、『紅月』はじりじりと『UNDEAD』を押し返していた。

（もちろん、俺もだ。生徒会長が、英智《えいち》が不在の今――この俺が、夢ノ咲学院の最高権力者だ！　この俺が王者なのだ、革命などゆるさん！）

気勢を吐き、敬人さんは演目に集中する。『UNDEAD』のことなど眼中にもないというように――己のすべてで、不可解な現状に立ち向かっている。

（勝つのは、『紅月』だ。常勝不敗は、伊達《だて》ではない）

彼は勢いだけの、考えなしではない。敬人さんは努めて公平に、冷静に――戦局を分析している。予想外の事態に狼狽《うろた》えもしたけれど、もう平常心を取り戻している。

（権力頼みでもないが、生徒たちは『いつもどおり』俺たちに投票する公算が高い）

そう、彼は生徒会――夢ノ咲学院の支配者だ。ここは、彼らのホームなのだ。アウェイに殴りこみをかけてきた『UNDEAD』に比べて、すべてが有利に働く。

（公式のドリフェスでは、どの個人や『ユニット』に何点、投票したかは記録に残る。俺たち生徒会に睨まれるのを恐れて、ふつうの生徒は『紅月』に投票する）

そういう仕組みに完璧に守られて、もちろん彼ら自身の実力もあっただろうけれど――『紅月』は連戦連勝、常勝不敗の『ユニット』になっていたのだ。

（それが、夢ノ咲学院での常識だからだ。誰もが、勇敢《ゆうかん》に叛逆《はんぎゃく》できるわけがない。前へ習えがこの学院の、いいや人間の当たり前だ。そう易々《やすやす》と、鞍替えはできん）

だからこそ、これまで『紅月』の、生徒会の威信は守られつづけていた。事なかれ主義の民衆が変化を恐れ、権力に刃向かう愚を犯さずに生徒会を選びつづけてきたのだ。自分たちの統治者として、支配者として。

そうして誰も逆らえないほどに、生徒会の権威は盤石なものとなった。

（『S1』には一般客もくるとはいえ、『UNDEAD』と『紅月』の実力は互角《ごかく》。得票は、ほぼ同数となるだろう。そこに生徒たちの投票をくわえれば、俺たちの勝利は確定する）

単純な、小学生にでもできる算数の問題だ。ごく簡単な足し算の結果として、本来は互角なはずの『紅月』と『UNDEAD』の得票には、致命的な差がでる。

それが、勝敗を分ける。

（ご丁寧にも、対バン形式での投票の仕方も周知されていたようだしな。一般客に配られるパンフレットにでも、記載《きさい》されていたのだろう）

さすがに着替えながらの確認だったので、敬人さんも配られたパンフレットのすべてに目を通すことはできなかったのだろう。概要程度は把握し、こうしている今も桃李《とうり》くんなど──生徒会の部下に、いろいろ調べさせているのだろうけれど。

そちらは、間にあわない可能性が高い。ライブは、すでに始まっている。事前に察知して手を打てなかった、つけを支払わされている。

（サイリウムの色によって、どっちの『ユニット』に何点、投票するかは決定できる。普段のドリフェスならば一〜十点、という点数をつけるだけだが）

しかし、それ以上の手抜かりはない。後手に回りつつも、敬人さんは勝利のための最善手を摑みとる。それによって安心し、パフォーマンスの乱れも抑える。

完璧だ。敬人さんは、強いひとだった。

（対バン形式の場合は、色によって二点、四点、六点、八点、十点……と五種類の色で表現できる。五種類ずつの色を、それぞれの『ユニット』で担当するかたちだ）

あらためて、事前知識も再確認している。

（通常のドリフェスならば、最低でも一点は入る。だが対バン形式では、敵対する『ユニット』に投票された場合、得点はない）

それが通常のドリフェスとの、最大の差異である。

対バン形式は、事実上の全面戦争——まさに対決なのだ。明確に、勝者と敗者が分かれてしまう。最悪の場合、一点も票を得られずに完全敗北することもあり得る。

（票は分散し、総合的な得票数は……。点数は、いつもより低くなる）

そこまで思案し、敬人さんは全身を震わせて驚愕《きょうがく》した。

（——まさか、『そういうこと』なのか⁉）

推測を重ね、推理をつづけることで、敬人さんはこちらの思惑を看破したのだ。

しかしそれは彼にとって、考え得るかぎり最悪のシナリオであった。悪魔の、一手だ。

それは有利にことを進めていたつもりの『紅月』の足下をすくい、状況を引っ繰り返すほどの、魔術めいたやりくちであった。

敬人さんは、まんまとそれに嵌まってしまった。

（こいつらは、『UNDEAD』は囮《おとり》だ！　こいつらの狙いは、いいや本命は……!?）

「どうやら、気づいたようじゃの」

零さんが喉《のど》の奥で「くくく」と笑って、愛おしそうに敬人さんを眺めた。

「だが、もう遅い。幕は開いた、新しい時代の産声《うぶごえ》が聞こえようとしておる。もはや、誰にも止めることはできんよ」

遅まきながらも自分の思惑を読み取り、真相を看破した敬人さんの慧眼《けいがん》を賞賛《しょうさん》するように……。零さんは、優しくやわらかく拍手までしていた。

けれど実際、気づいたときにはもう遅い。

「我らの演目は間もなく規定の時間を消費しきって、終了する。『前座』の芝居はお終いじゃ、こっからが本番じゃよ〜♪」

「くそっ、謀《はか》ったな朔間！　古狸《ふるだぬき》め、これが貴様の策か！」

囃《はや》し立てる零さんを、敬人さんが形振《なりふ》り構わずに罵倒《ばとう》した。冷静さをかなぐり捨てて、激昂している。安全な道を歩いていたと思ったら――地面の下に、核弾頭《かくだんとう》が埋まっていたことを知らされたようなものだ。さすがに、平静ではいられなくなる。

零さんはこの上なく愉しそうに、にやにやと笑っていた。

「クソ真面目な眼鏡《めがね》くんにはちと難しかったようじゃが、もっと早く気づくべきじゃったのう。ぬるま湯に浸《つ》かりすぎて、ふやけてしまったのかのう？」

まさに悪魔のように嘲笑《ちょうしょう》し、己の悪意に絡め取られた哀《あわ》れな獲物を眺めている。

「こういう邪道・外道なやりくちは、我ら『三奇人』の真骨頂《しんこっちょう》じゃ。たっぷり、堪能したかのう？　懐かしかったじゃろう、我輩も若返った心地じゃよ♪」

観客たちからの喝采《かっさい》を、敬人さんからの火がつきそうなほどの視線すらも甘露のように味わい——舌なめずりをして、零さんは満足そうにお腹を撫《な》でた。

「だが、もう終いじゃ。時間切れじゃのう。潔く舞台を降り、我らも夢ノ咲学院の生徒として、観客として……。アイドルの登場に、喝采を贈るとしよう」

その直後、パフォーマンスの終了時刻を告げるために『講堂』の天井《てんじょう》付近に配置された丸時計が——深夜零時、ちょうどを示した。

新しい一日が、始まる。

時間が停止したような夢ノ咲学院に、未来がやってくる。

それを、『三奇人』朔間零さんは両腕を広げて歓迎していた。


大喝采が、鳴り響いている。

それは夢ノ咲学院の地盤を、歴史を、すべてを揺り動かす契機《けいき》——祝福そのものだった。

観客たちは笑い、飛び跳ねて、アイドルたちに賛辞《さんじ》を贈っている。夜空の星々のように煌めく、愛おしい彼らへと。とびっきりの愛を、叫んでいた。

それを零さんは、味わうようにしていた。砂漠を彷徨《さまよ》うからからに干涸《ひか》らびた旅人が、久方ぶりに、手のひら一杯ぶんの水を飲み干すみたいに。

涙すら浮かべて、耽溺《たんでき》していた。

けれど、惚けていたのはほんのわずか。零さんはすぐに己の為《な》すべきことを思いだしたのだろう、観客たちに優雅に礼をして一歩下がった。

新たな星々へ、場を譲《ゆず》る。

「策は、成った。『本命』への引き継ぎは頼んだぞ、我らの同胞《どうほう》『2wink《トゥウィンク》』よ！」

「は～い」

「お疲れさまです、朔間先輩」

応えたのは、陽気な声だ。舞台袖から、軽音部の双子《ふたご》——葵《あおい》ひなたくんと、ゆうたくんが軽快に飛びだしてくる。

「呼ばれて、飛びでて♪」

「じゃじゃじゃじゃじゃ～ん♪」

どこまでも無邪気に笑いながら、互いに手を絡めたり、ひとりが馬になってそれをもうひとりが跳び越したり——自由奔放に、動き回っていた。

ふたりは悠然と立つ零さんのもとへ、駆け寄る。そして鏡映しのようにまったく同じ動き——同じ表情で、観客たちに挨拶《あいさつ》をしていた。

（……!?　こいつら、どこから出てきた？）

敬人さんはギョッとして、瞠目《どうもく》する。突発的な『UNDEAD』の乱入への対応——その策への推測を重ねて、脳も全身も疲労しているのだろう。けれど弱みを見せずに、敬人さんも恭《うやうや》しく観客に一礼。『紅月』の仲間たちとともに、礼儀を尽くしていた。

ライブ対決は規定の時間を満了し、一区切り。さしもの敬人さんといえど、一瞬だけ気が抜けていた。その間隙《かんげき》を突くように、双子が登場したのである。

『紅月』と『UNDEAD』に注目していた観客たちからすれば、不意に空中から出現したかのようにすら思えただろう。魔術的に、双子はいつの間にか場に馴染んでいた。

瓜二つの見た目をした葵兄弟は、アイドルの——彼らの『ユニット』の専用衣装を身にまとっている。派手な、異様に目立つ装いである。豪華ながらも上品な『紅月』や、刺激的だけれど基本的に黒を基調とした『UNDEAD』の衣装とも、傾向が異なる。

双子らしい、彼ららしい——彼らにしか着られないようなお誂《あつら》え向きの衣装だ。完璧《かんぺき》な舞台に混ざったノイズのような、名画にこっそり付け加えられた落書きのような……。世界中の子供たちが愛してやまない、玩具《おもちゃ》や甘いお菓子《かし》みたいだ。

目に痛いほどの蛍光色は左右非対称に塗られており、互いのヘッドフォンの色が爪や衣装にしっちゃかめっちゃかに飛び散っている。双子がときおり入れ替わりながら動くので、ふたりの色が溶けあわさっていくような眩暈感《げんうんかん》があった。

（衣装の傾向がちがう、『UNDEAD』ではないな。俺には見覚えのない『ユニット』だが——まだ『A1』すら経験していない、新人か？）

敬人さんが奇妙な双子を、凝視している。彼は生徒会の副会長だ、『ユニット』結成や解散などの手続き上の書類に目を通す権限はある。とはいえ夢ノ咲学院に『ユニット』は大量にあるし、ひとつひとつの詳しいデータまでは把握していないのだろう。

ひとりの人間には処理できない情報量、責任を、敬人さんは執念《しゅうねん》と努力によって抱えてきたのだ。必然的に綻《ほころ》びは、隙《すき》は生じる。私たちは、そこを突く。

卑怯《ひきょう》な不意打ちだ、けれど手段を選ぶ余裕はなかった。『紅月』は、敬人さんはそのぐらい強大で——当たって砕けてもまだ足りないからこそ、戦略を練った。

そして私たちの敷いた作戦の全容を、今のところ敬人さんはまだすべて理解しきれていない。しかし懸命に、推理を進めている。対応しようとしている、油断ならない。

(こちらも、参加登録をしていないはずの『ユニット』だが……。そのあたりの手続きは当然、秘密裏に済ませているのだろう。次から次へと、奇策ばかり弄《ろう》しよって！)

必死に、彼は双子の情報を脳内からかき集めているようだった。

(双子——ということは、一年生の葵兄弟か。たしか軽音部に所属している、つまり朔間の直属の後輩だな。こいつらも、朔間の策のいちぶなのか？)

敬人さんが零さんを睨んだけれど、そんな彼に双子が調子よくまとわりつく。背中で、お尻で、敬人さんをぐいぐいと舞台袖へ押しのけていく。

「はいはい、バトル漫画みたいに緊迫してないで出てった出てった♪」

「もう規定の演奏時間を超過してるよ、得票数にペナルティもらっちゃうよ～♪」

「くっ、ぬけぬけと！　『UNDEAD』に、たしか双子の『ユニット』は『2wink』――だったか？　貴様ら、ドリフェスの後にこの学院に居場所があると思うなよ！」

「くくく。ひとの行く末を、あれこれ言うとる場合かのう。このドリフェスの前と後では、学院の気風はがらっと変わるかもしれんぞ？」

怒鳴《どな》りつけられて楽しそうに逃げてきた双子を寄り添わせて、零さんが艶笑《えんしょう》した。

「革命が起きれば、かつての王者はギロチン台に送られるのじゃ♪」

冗談めかして首切りの仕草をしてから、彼はもういちど深々とお辞儀をする。

「とはいえ、いつまでも居座っておるのも迷惑じゃの。撤退するぞ、皆の衆！　我らは役目を果たした――後で、たぁっぷり褒めてやるぞよ♪」

宴《えん》もたけなわ――零さんは『UNDEAD』の仲間たちを率いて、舞台袖へと去っていく。

凱旋《がいせん》していく、もはや勝利したかのようだ。

彼が自分で言っていたとおり、策は成ったのだ。


「え～、朔間さんに褒められても嬉しくないんだけど」

薫《かおる》さんが誰よりも早く、面倒くさいお仕事を切りあげたいのだろう――去りゆく零さんにお菓子をねだる子供みたいに駆け寄って、語りかける。

「それより全力でライブを盛りあげたら、転校生ちゃんにチュウしてもらえる～って話はほんと？　だから俺、全力でがんばったんだけどな～♪」

らしくなく薫さんがやる気満々だと思ったら、観客に女性がおおいからだけではなくて——合法的に私からのご褒美《ほうび》が与えられる、と思っていたかららしい。

そんな危ない会話が交わされていることを、この時点では私は知らないのだけれど。

零さんもすっとぼけて、先ほどまでの魔物めいた迫力は何だったのか、また老いぼれみたいな雰囲気になると首を傾げる。

「はて？　我輩、そんなことを言ったかのう……？」

「ええ!?　まだボケる年齢じゃないっしょ、朔間さん？」

さすがに酷い扱いすぎるので、薫さんが零さんに食い下がっている。

「勘弁してよ～。俺はそれだけを楽しみにして、珍しく一生懸命にやったのに！」

「ウダウダしてね～で、さっさと舞台袖に行け老害ども！　邪魔だ！」

むやみに揉めている先輩たちを、苛立った様子で晃牙くんが怒鳴りつけた。けれど先輩たちに構っている余裕もないのだろう——大急ぎで、為すべきことを為す。

「アドニス、俺様たちが運びこんだ機材とかをまとめつつ撤収すんぞ！『Trickstar』仕様に飾りつけもしなくちゃいけね～んだ、まだまだ大忙しだからな！」

傍らにいつの間にか立っているアドニスくんを手伝わせて、晃牙くんは言葉どおり機材の撤収などを手早く行っていく。意外と、手際がいい。というか勝つために必要な労苦なら、文句も言わずに背負える情熱的な子なのだろう。

「ったく、何で俺様たちがこんなこと……？　まぁ、あの転校生のやつには借りがあるから仕方ねｪ〜けどな。これでぜんぶチャラだぞ、畜生が！」

【龍王戦】のときに、私の顔面を踏みつけにした件のことだろうか。てっきり忘れているのかと思っていたけれど――律儀に、気に病んでいたらしい。

もちろん、私は晃牙くんをとっくの昔にゆるしている。私たちのために、戦ってくれたのだから。勝利への布石のために――誰も刃向かうことすら考えられなかった、この夢ノ咲学院の支配者へ、ともに武器を携《たずさ》えて挑んでくれたのだから。

もう、戦友だ。

そんな晃牙くんを何だか嬉しそうに眺めながら、アドニスくんがかなり重たそうな機材を、軽々と担ぎあげた。

「力仕事は、得意だ。……神崎も、手伝ってくれるか？」

「むう、我に手伝う義理はないと思うが？　ど、どうすればよいのだろう――蓮巳《はすみ》殿！」

不意に呼びかけられてビックリしたのだろう、舞台袖に去ろうとしていた颯馬くんが慌てふためく。それを、敬人さんは何だか疲れたように眺めていた。

「構うな、俺たちの持ち時間は終わりだ。早めに引きあげなければ、得票にマイナスされるぞ。いちど退いて、事態を把握する。生徒会も召集し、この緊急事態に対応する」

アドニスくんに親を見るように見られて、手伝いたい、甘やかしたい――みたいに、おたおたしていた颯馬くんの首根っこを敬人さんが摑む。そして、無理やり引きずっていく。

まだライブは継続中なのだ、結果発表がされるまでは戦いは続行している。

足踏みしたり、呑気《のんき》にしている暇はないのだ。

「後手に回ったが、まだ取り戻せる。いいや——生徒会が築いた鉄の秩序は、この程度では揺るがない」

捨て台詞のように吐き捨てる敬人さんに、双子が挑発的に手をふっている。

「はいはい、いいから出てってくださ〜い？」

「前座がもたつくとダレちゃうでしょ、せっかく会場が最高にあったまってるのに〜？」

「俺たちが……前座だと!?」

さすがに聞き捨てならなかったのだろう、敬人さんが振り返る。その眼鏡の奥の双眸《そうぼう》が、憤怒《ふんぬ》に燃えている。さんざん虚仮《こけ》にされ、舞台を荒らされて、怒髪天《どはってん》を突いているらしい。仏敵を討ち滅ぼす、明王そのものだ。

「プライドが傷ついたなら、すみません。でも、そういう流れになってるんだよね〜♪」

「すくなくとも一般客たちから見たら、前座ですよ。『紅月』も『UNDEAD』も、俺たち『2wink』もね？」

きゃっと悲鳴をあげて、恐ろしい形相の敬人さんの視線から逃れ、双子が互いに寄り添って小鳥のように震える。表情は満面の笑みなので、怯《おび》えているようなのも演技だろう。内心の読めない、不思議な双子だ。

ふたりは指を絡めて、あくまで楽しそうに告げる。

「先に勝利し、すべてを終わらせる……。そんな常勝不敗のシステムが、逆にあだになりましたね～。世間的には、先にでたほうが前座☆」

「英雄は、遅れてやってくる♪」

戯曲《ぎきょく》を彩り盛りあげる、陽気で邪悪な妖精《ようせい》じみて――双子は飛び跳ねた。そして何が始まるのかと前のめりで状況を眺める観客たちに、元気よく呼びかけていく。

「ということで、真打ち登場……。俺たち夢ノ咲学院の大本命、新進気鋭のアイドル集団『Trickstar』が、間もなくパフォーマンスを開始しま～す☆」

「拍手で、お出迎えくださいっ♪」

つられて、やや止みかけていた拍手が再び打ち鳴らされる。

何か途方もなく愉快で芳醇《ほうじゅん》な物語が、これから開幕するのだというように。

さて――。

まだまだ語りたいことは尽きないけれど、残念なことに紙幅《しふく》が足りない。肝心の主役たち――『Trickstar』が、ここからどんな物語を紡《つむ》いでいくのか。『S1』の結果は、夢ノ咲学院はどうなるのか……。そのすべてを、お伝えすることはまだできない。

いずれ、語る機会もあるかもしれないけれど。その日を楽しみにして、ひとまずのお別れを告げなくてはならない。時間も何もかも、足りない。それほど濃密《のうみつ》な、まだ夢ノ咲学院に転校してきてから一カ月も経っていないとは思えないほどに——怒濤《どとう》のような、日々だった。

これから先、毎日、これと同じかそれ以上に賑《にぎ》やかで楽しく、充実した時間がつづいていく。それだけは、せめて保証したい。太鼓判《たいこばん》を押そう、夢ノ咲学院の『プロデューサー』第一号として。うちのアイドルたちは、彼らと過ごす日々は最高だと。

最後に彼らが決戦の直前、舞台に上がる前に交わした会話について記述し、まとめとしよう。主役不在のまま終わってしまうのは、何だか寂しい話ではあるし。

前代未聞の乱痴気騒《らんちきさわ》ぎが繰り広げられている『講堂』からわずかに離れた、夢ノ咲学院の校舎内——空き教室である。そこに、『Trickstar』の面々が勢揃《せいぞろ》いしている。

全員、私がぎりぎりまで粘って仕立て終えた専用衣装を身にまとっている。現代的で親しみやすくて、学校の廊下や教室で仲良く会話して笑いあえる友人のような——けれどアイドルであることも忘れないような、そんなバランスを心掛けた。

うまくできているかは、わからないけれど。すこしでも、『Trickstar』のみんなをさらに輝《かがや》かせる一助になっていればいい。

そう思いながら、私はみんなのいちばん傍《そば》で——見守っている。いつだって、笑顔で。それが、この上なく幸せだった。私、ここに転校してきてよかった。

楽しいことが、好き。みんなの笑顔が、だぁい好き……。夢を叶《かな》えることは——これ以上ないほど、素晴《すば》らしい。

だから楽しい時間を、みんなに笑顔を与えることを夢にしたアイドルたちは――神さまとか天使さまとか、そういう信仰の対象になるぐらいの尊い存在なのだと思っていた。

けれど、私は知らなかった。

私が夢ノ咲学院で出会ったアイドルたちは、決して綺麗《きれい》に飾り立てられ崇《あが》められる人形めいた偶像などではなくて……。等身大の、泣いたり笑ったり怒ったりして、青春のなかで生きている男の子でもあるということを。

そんな彼らが夢を叶えるために、どれほどの涙を流さなくてはいけなかったかということを――愚《おろ》かな私は、想像すらしていなかった。

だから私は何度も失敗し、悔《く》やんで、蹲《うずくま》ってまちがって悩んで――みんなに迷惑をかけてしまった。けれど今は、ほんのすこしでもそれを知ることができたから。

せめて、みんなのそばにいるから。

笑って、雑用をして、愛することしかできなくても。

ただ好きで、憧れているだけではなくて――すこしでも、ちからになってみせるから。

一緒に、泣いたり笑ったりさせてほしい。

これから、先も。

ずうっと、願《ねが》わくば永遠に。

「いよいよ、運命の瞬間だ」

北斗《ほくと》くんがみんなを見回して、いつものように号令をかける。

「準備はいいな、おまえら？」

笑みも浮かべずに、淡々《たんたん》と振る舞っている。そこに、以前の北斗くんのようなロボットめいた冷たさ――ぎこちなさは、ない。戦う男の子の、見惚れるような凛々《りり》しさがある。

私たちの委員長は、いつでも道行きを的確に示してくれる。

「『講堂』の楽屋は『紅月』と鉢合《はちあ》わせをする危険があるため、この空き教室を利用しているが……。『講堂』からは遠いからな、急がんと演目の時間を無駄にしてしまう」

「ちょちょちょ、ちょっと待って！　今さらになってあれなんだけど、全身ガクガクしてきちゃったよ〜っ！」

一方、情けないことを言っているのは真《まこと》くんである。本番前になって、怖くなってきたのだろう。舞台には上がらない私すら、呼吸もできないぐらい緊張しているのだ。

素直に感情を、恐怖を、弱みを吐露《とろ》している。そんな真くんが、私たちの気持ちを代弁し――いちばん泣いて、動揺し、乱れてくれる。

けれど臆病《おくびょう》で、いつも自信がなさそうな彼が、それでも弱音も何もかも飲みこんでステージへと向かう。それは、価値のあることだ。賞賛《しょうさん》されるべき、輝きだった。

誰にも文句を言わせない、真くんの魅力だった。人間性だった――綺麗な人形などではない、ひとりの青春を生きる男の子として当然の感情だった。

それを歌声に、パフォーマンスにして――観客に届ける。等身大だからこそ、それは共感され、伝わり、響くだろう。

「うわぁあ、今から大観衆の前で歌って踊るんだよね僕たち⁉」

「うむ。一般客がいるぶん、『S2』以下のドリフェスとは観客の数がちがう。雰囲気に飲まれないように気をつけよう、特訓を思いだせ遊木《ゆうき》」

「そ、そうだよね！　紐《ひも》なしバンジーに比べたら怖くない、怖くない……。うあぁっ、やっぱり怖いよ！　失敗したら、どうしよう〜⁉」

すこし落ちついたと思ったらまた身悶えする、真くん。これだけジタバタしても衣装が破けたり、変に皺《しわ》が寄ったりしない。これなら、本番でも大丈夫そうだ。などと、私はあまり関係ないというか、空気の読めない確認をしていた。

「大丈夫だって。もし真がドジ踏んでも、俺たちがフォローするから」

そんな私と真くんを呆《あき》れたように眺めて、真緒《まお》くんがいつものように力強く言った。

「そのために、支えあうために『ユニット』を組んでるんだろ。気楽にいこうぜ——とは言うものの、さすがに俺もちょっと緊張してきたっ♪」

「あはは、もっと楽しいことを考えようよ！　これに勝てたら、俺たち英雄だよ☆」

そんな私たちみんなを同時に抱きしめるみたいに、スバルくんが飛びこんでくる。むかし、独《ひと》りぼっちだったという彼は——今は、愛すべきぬくもりのなかにいる。

「俺は、すっごいテンションあがってるよ〜。転校生も、『ユニット』専用衣装の完成を間にあわせてくれたしね☆」

ぐっとガッツポーズをして、私のことまで立ててくれる。気遣《きづか》いができるようになった

——というよりも、単純に思ったことをそのまま口にしているみたいだけれど。

だからこそ、嬉しい。

お世辞《せじ》ではなく、素直に良いと言ってくれているのがわかるから。

くるくる回転しているスバルくんに、私は感謝して頭をさげる。

「いいよこれっ、すごくいい！　かっこよくてキラキラで動きを邪魔しないからダンスもしやす〜い、るんるん♪」

「四人ぶん、一週間で仕上げてくれたのか。大変だっただろう、ありがとう転校生」

北斗くんもあらためてお礼を告げてくれて、さすがに徹夜《てつや》つづきでぐったりしている私の顔を強引に鷲摑《わしづか》み——自分のほうを、向かせる。

「ろくに寝てないんじゃないか、目が充血してるぞ？」

「氷鷹《ひだか》くん近い近い、転校生ちゃんとキスしちゃうの？　決戦前に、祝福《しゅくふく》をもらっちゃうの〜？」

「ずるいぞホッケ〜！　ムッツリスケベ！」

真くんとスバルくんが茶々を入れてくるので、北斗くんは慌《あわ》てて私から離れる。

振り回されて、私は蹈鞴《たたら》を踏んだ。

いいのだけれど、べつにキスぐらいしても。そのぐらいには、みんなのことを自分の子供みたいに愛しているから。

「まぁいい、最善を尽くそう。もう引き返せない、決戦の火ぶたは切って落とされている。

犬死に覚悟で特攻し、大将首をあげよう」

北斗くんを見たけれど、彼は演説するのに忙しそうだ。少女漫画みたいな展開は、まだまだお預けのようである。

「俺たちなら、不可能も可能にできる。そのために努力もした、朔間先輩の策も功を奏しているようだ。戦える、きっと勝てる。そう信じて突き進もう、『Trickstar』」

現状はまだ、少年漫画だ。男の子たちが大好きな、努力と友情と勝利の物語だ。私はそこに、何の因果《いんが》かお邪魔させてもらっている。

そして、べつにそんなに不愉快《ふゆかい》でも、退屈でもないのだ。むしろ楽しくて、浮き浮きしてくる。私たちの運命を左右する決戦の前に、我ながら気楽なものだけれど。ほんとうに、どんなに真面目な顔をしようとしても、笑いがこみあげてくる。

幸せだった。

あぁ、青春をしている。

✧

「ホッケ〜ったら、また表情がカチコチになってるよ？」

ライブ前だというのに、スバルくんが遠慮《えんりょ》なく北斗くんのほっぺたに平手を当てた。腫《は》れたりしたら大変なのだけれど——後先考えないのが、スバルくんだ。

その推進力は、きっと私たちを宇宙まで運んでくれる。

「笑って笑って～、楽しもうねっ☆」

「あぁ、楽しんだもん勝ちだ。好条件は揃ってる、これで負けたらお笑いぐさだよ。無能とされて、生徒会にも居場所がなくなるかもな～？」

真緒くんが己の複雑な立場を、むしろ笑い話みたいにして語る。

「だから、俺も覚悟を決めたよ。どうせ行き場がなくなるなら、新天地を目指そう」

「僕も、みんなの足を引っぱらないようにがんばるよ！」

真くんも、自分だけ怯えているのも馬鹿馬鹿しくなったのだろう。一瞬だけ笑みを消して、真剣に宣言した。

「……無駄《むだ》な努力なんてないんだって、言い張ってやる。これが僕の人生なんだって、泉さんに見せつけてやるんだ」

「よし、では移動を開始しよう」

弛緩《しかん》しかけた空気を、北斗くんが「ぱんぱん！」と手を鳴らして引きしめる。いつもの、何気ない――けれど崇高な儀式だ。

『Trickstar』の、起動音だった。

「『講堂』まではすこし距離がある、急がないと間にあわんぞ。これで舞台に辿《たど》りつくのが遅れて不戦敗、となったら末代までの恥《はじ》だ」

「了解、転校生ちゃんもおいでっ！　舞台袖から、僕たちの活躍を見守っててね～♪」

颯爽《さっそう》と、いの一番に空き教室の扉を開いて進んでいく北斗くん。そんな彼の背中を追いつつ、真くんが私の手を握って導《みちび》いてくれる。

大急ぎで歩きながら手を繋いだせいでバランスを崩して、転びそうになった私たちを——そっと、スバルくんが支えてくれる。

ひとを気遣い、ぬくもりを共有して、スバルくんはさらに魅力を増している。輝きを、宇宙すら突き破るほどに膨張《ぼうちょう》させていく。

見惚れていると、スバルくんは私たちの背中を押しながら困り顔になった。

「そっか。関係者ってことで、転校生は舞台袖から見られるのか。失敗したな〜？」

「……どういうことだ、明星？」

みんながついてきているか確認するためだろう、振り向きながら北斗くんが問うた。

「いや、しののんが今回も『校内アルバイト』で受付をやってるみたいなんだけど。こっそり頼んで、特等席のチケットを確保してもらったんだよね〜？」

ほらこれ、とスバルくんが衣装のポケットからチケットを取りだした。

「舞台にいちばん近い、最前列……。そこから、俺たちの活躍を見てもらおうかなって思ったんだけど。チケットが無駄になっちゃうな、ど〜しよ？」

「ふむ。『S1』は一般客優先で座席が用意されるため、生徒がチケットを入手するのは難しいし……。料金も、かなり高額なはずだが」

北斗くんはスバルくんからチケットを手渡されて、偽物ではないかと疑っているらしく——裏返したり、光に透《す》かしたりして確認している。

進みながら余計なことをしていると壁にぶつかりそうで、私ははらはらする。

ドタバタ駆け回るのは、何だか私たちらしいけれど。

「どっから金をだしたんだ。どケチのくせに」

「いやいや、俺はケチじゃないよ！　お金は大好きだけど使ってナンボだからねっ、貯金箱にしまっておいたらキラキラしないじゃない？」

「おまえの金銭感覚は、いまいちわからん」

「ふふん♪　朔間先輩が防音練習室を借りてくれたり、衣装を自前で用意したりで色々やりくりできたからね。軍資金が、余ったんだよ～☆」

北斗くんが珍しく軽口を叩いたので、それが嬉しかったのだろう。スバルくんは酷《ひど》いことを言われているのにむしろ幸せそうに、満面の笑み。

片目を瞑って、私の肩を叩いてくれる。

「いろんな感謝をこめて、転校生に特等席を用意したんだ」

「そうか、そういうことなら……。チケットを無駄にするのもどうかと思うし、転校生は特等席で観戦すればいい」

北斗くんが恭《うやうや》しく、私にチケットを差しだしてくれる。

優しく自然な、笑みとともに。

「舞台袖からより、正面からのほうがよく見えるしな」

「目の前にいる転校生のために歌うぞ～、みたいな感じのほうが俺たちも気合が入るしね！　俺たちのキラキラした大活躍を、たっぷり堪能《たんのう》してね～☆」

スバルくんの好意そのもののようなチケット――それを、私は大事に受け取った。

絶対に落とさないように、両手で包む。

ほんとうに、私は果報者《かほうもの》だ。ド素人《しろうと》の、『プロデューサー』なのに。ほとんど、みんなの役に立てていないのに。衣装をつくり、雑用をして、話を聞いて――けれどそれらが、すこしでもみんなの支えになっていたなら幸せだった。

いつでも、お化けのように漂っていた。ここに転校してくるまで、私は空気のようだった。今でも、それほど変化したようには思えない。世界にそんなに関われない、単なる傍観者のようだ。

けれど。これまでの人生をぜんぶ集めたような濃密《のうみつ》な二週間で、すこしでも、私のなかにもみんなからもらった輝きが――熱が、宿っている。

それを、噛《か》みしめる。実感して、大事にしていこう。

ありがとう。

私、今とっても――生きている感じがする。

「おい、急《せ》かすようで悪いけど……。もうじき『紅月』の演目が終わっちまうぞ、たぶん」

幸せにひたっている私の背中を、真緒くんが優しく押してくれた。

いけない、ぼうっとしては。まだ、ぜんぶ終わってなどいないのだ。

ここからが、勝負である。

「たしょう遅れても、『2wink』が時間稼ぎをしてくれるだろうけど。さっさと『講堂』に移動したほうがいい、間を外すと観客が帰っちゃうかもしれないしな？」

「うむ。急ごう、万難に打ち勝とう。俺たちの夢を、みんなに届けに行こう」

「ひゃあ〜、緊張感がＭＡＸで全身ガクガクだよ！　でも、これは武者震いだ〜！　がんばるぞっ♪」

「さぁて、楽しいライブの始まりだ〜☆」

四人がそれぞれ、思いの丈を口にしている。そして、真っ直ぐに駆け抜けていく。真緒くんが、北斗くんが、真くんが、スバルくんが——輝きを放ちながら。

流れ星のように。

もしも願いが叶うなら、みんなに勝利を。幸福な、未来を——。

ここから先は、私にはもう祈ることしかできないけれど。

ううん、せめて応援しよう。

最前列から、みんなのことを見守っていよう。

眩《まぶ》しくて、目がつぶれても本望だ。

「ホッケ〜！　ウッキ〜！　サリ〜！　転校生！　俺、今日という日を迎えられて最高に幸せだよっ☆」

「あぁ、俺も同じ気持ちだ」

スバルくんが快哉《かいさい》を叫び、北斗くんが同調する。単なる馴《な》れあいではない——心の底から信頼しあった仲間たちの、阿吽《あうん》の呼吸だ。

「思えば、遠くにきたものだな。まぁ、感慨に耽《ふけ》るのは後回しだ」

真っ先に飛びだしていくスバルくんを、なぜか負けるものかと北斗くんが追い抜いた。

真くんも、真緒くんも笑顔で——すぐに横に並ぶ。

『Trickstar』の四人が——ほんとうに夢ノ咲学院を、この世界を塗り替えるような奇跡そのものみたいな男の子たちが、進んでいく。私と同い年の高校生らしく、けれどこれ以上なくアイドルらしく、キラキラ輝きながら。

私はみんなの背中に、これまでの人生でいちばんおおきな声で——応援を贈った。

みんなは驚いたように振り向いて、笑ってくれた。

あとはもう前だけを見て——一直線に、青春を駆け抜けていく。

「俺たちの歌で、革命を起こそう。今日、夢ノ咲学院は生まれ変わる」

北斗くんの号令とともに、すべてが動き始める。

「希望の輝きを放とう、『Trickstar』！」

物語が、花開いていく。

あぁ、夢みたいだ。


ほんとうに、とんでもないところに転校してきてしまったものだ。

あとがき

こんにちは。『あんさんぶるスターズ！』シナリオ担当の日日日《あきら》です。

『あんさんぶるスターズ！』のメインシナリオはかなり長大で、今回、『青春の狂想曲《きょうそうきょく》』『革命児の凱歌《がいか》』に収録されたぶんだけでようやく半分ぐらい……。内容的にも、ほぼほぼ折り返し地点といったところではあります。

表紙とか見るかぎりたぶん編集部はメインシナリオをぜんぶ二冊でまとめたかったような気がしますが、ふつうに地の文抜きでも二冊ぶんの分量からはみでるので……。物理的に入りませんでした、すみません。

もし小説版の評判などがよければ続刊もだすよ、とのことなので、お話のつづきが気になるかたは応援をよろしくお願いいたします（アプリ『あんさんぶるスターズ！』のなかで、もちろんメインシナリオのつづきを読むことはできます）。

とはいえ実際、表紙になっている子たちはいったい何者なのだ……。と小説版で初めて本作に触《ふ》れるかたは戸惑うかもしれないので、この『あとがき』の直後にあるはずの書きおろしにて――軽くですが、彼らにも登場してもらいました。

拍手《はくしゅ》でお出迎《でむか》えください。

日日日

Daydream

喝采《かっさい》が、響き渡る。

夢ノ咲学院《ゆめのさきがくいん》の『講堂』に、虹《にじ》の輝きが溢《あふ》れる。混沌《こんとん》とした七色の奔流《ほんりゅう》は、サイリウムによる投票――その最高点を示す。十点、満点、最高、欠けたところのない完璧《かんぺき》なライブだったと……。見慣れた景色《けしき》ではあるけれど、やはり快《こころよ》いものではあるね。

夢を、見ているみたいだ。

あまりにも非現実的な光景――『講堂』に詰《つ》めこまれた観客たちがつくる、異形の虹。それは彼ら自身の手によって波打ち、散らばり、ときどき衝突《しょうとつ》し、収拾がつかない。いつまで見ていたって、飽《あ》きない。

けれど、いちいち感動してはいられない。この程度で取り乱し、落涙《らくるい》し、予定されていた行程を遅延《ちえん》させるわけにもいかない。感無量で、泣きだしたいぐらいだけれど。感動すべきはアイドルではなく観客だろう――そこを、履《は》きちがえてはいけないね。

秩序《ちつじょ》を、与えよう。

『ありがとう』

僕はからくも呼吸を整えて、観客席に笑顔で手を振《ふ》った。

マイクで拡大された音声に、自身の乱れた呼吸が混ざりこまないように、完璧に調整。

笑顔で、腰を折る。歓声がさらに爆発する、愛されている実感があった。

『この勝利を、君たちに捧《ささ》げよう』

周りの仲間たちも、僕から一歩だけ下がって慎《つつ》ましく手を振っている。天使を模《も》した、純白の衣装。金糸で飾り立てられた、この混沌とした悪徳《あくとく》の都のような夢ノ咲学院に秩序をもたらす、希望の象徴。

僕たちは終末のラッパを吹き鳴らし、この末世に終止符《しゅうしふ》を打つために天から遣わされた英雄だ。革命し、暴君を討ち果たし、凱歌《がいか》を響かせる。

長く苦しかった戦いも、けれど今日で終わる。それをすこし寂《さび》しいと思っているのは、どうも僕だけのようだ。愛《いと》おしい『五奇人』も、あの痛快な『王さま』も、僕に敗《やぶ》れ去り頭《こうべ》を垂《た》れた。取り残された僕は、傷だらけの僕の武器たちを——仲間たちを抱《かか》えて、ここで立ち尽《つ》くしているしかない。

これが、結末でもよかった。物語はハッピーエンドだ、そうだろう？　為《な》すべきことは為したよね——ここから先は退屈で冗長《じょうちょう》な後日談が、延々とつづくだけ。

しかしまぁ、仲間たちは優秀で、なくてはならない道具だけれど。どうも、従順すぎてつまらないね。高望み、なのだろうけれど。手駒《てごま》としては、有用だけれど。

勝利さえすれば、楽しくなくても十全《じゅうぜん》。

満ち足りることはできる、あくまでアイドルとしては……。そして僕たちのアイドルとしての一面しか知らない観客たちにとっても、それで充分だろう。

観客席に座っているときだけ、無限大の夢を共有してもらえたらいい。

切り刻んで、煮て焼いて調理して、ソースを垂らした僕たちの夢を——お気に召《め》すまま、たらふくご馳走《ちそう》しようじゃないか。さぁさぁ、リストランテにようこそ。

たっぷり堪能《たんのう》できたかな——それは結構、料理人冥利《みょうり》に尽きるよ。

もう嫌《いや》だと言っても無理やり詰めこんで、愉快な童話のようにお腹を破裂させてあげよう。本日はもう、閉店だけれど。

『今日は、僕たちに会いにきてくれてありがとう』

最後に、深々と頭をさげる。この夢ノ咲学院の頂点から、賞賛を浴びながら、けれどこの瞬間だけは奴隷《どれい》のように媚びようか。これは本音だよ——僕の退屈で息苦しい人生に、虹色の彩りを添《そ》えてくれてありがとう。

関わってくれて、出会ってくれてありがとう。会いにきてくれて、喜んでくれてありがとう。生まれてきてよかったよ、心からそう思うからね。


（……おや）

スポットライトに照らされながら、僕は微笑《ほほえ》ましいものを発見する。

観客席の最前列で、ちいさな子供が前のめりになりすぎている。舞台に這《は》い上がってこようとしているのか、慌《あわ》てて横に座っていた保護者らしき青年が後ろから羽交《はが》い締《じ》めにする。よく見かけるふたりだ、顔を覚えるのは得意なんだ――僕たちのライブの常連だね。

興奮しすぎて顔を真っ赤にして、小鳥のように騒《さわ》いでいるのは綺麗《きれい》な少年だ。胎児《たいじ》のような色の髪。お仕着《しき》せの上等な衣服がまだ身の丈《たけ》にあってなくて、けれどそういうところも含めて、どこまでも愛らしい。

（姫宮《ひめみや》、桃李《とうり》くんだったかな）

よく社交界で顔をあわせるから、知っている。いちど社交辞令で挨拶《あいさつ》がてら僕のライブに誘ってみたら、どうも夢中になってしまったらしくて――足繁《しげ》く通ってくれている。

ありがたいね、むかしの僕によく似ているよ。

アイドルという概念《がいねん》に出会うまで、退屈という名の死神に全身を切り刻まれて、魂《たましい》が損なわれていくだけだった。どんな放蕩《ほうとう》も、美食も何もかも満たしてくれることはなく、空虚だった。けれど、そんな孤独な魂に歌声が染みこんでいく。

傷を、癒《い》やしてくれる。生命の充実を感じる、だから僕はアイドルになったんだ。

（君も、こっちにくるかい？）

桃李くんに、手招きをする。彼は感極《かんきわ》まったように、涙すら浮かべて頷《うなず》くと舞台に上がろうとする。それを、やっぱり横に座った保護者の青年が必死に抱き留《と》める。

こちらの子も、最近よく見かけるね。桃李くんとはどういう関係なのかよくわからない、そこまで親しくもない。夢ノ咲学院に入ってから、社交界にはたまに顔をだす程度になったし。興味もないんだ、お偉方の権謀術数《けんぼうじゅつすう》には。退屈で、欠伸《あくび》がでるからね。

僕の人生は、僕だけのものだ。どうせ儚《はかな》い命だ、すべて僕のために用いよう。誰にも文句を言わせない——父上にも母上にも、ご先祖さまたちにも、神さまにだってね。

興味をおぼえて、保護者の青年を観察する。

相変わらずの、美人さんだ。目元の泣きぼくろが、色っぽいね。よく鍛《きた》えられているけれど、職人が丁寧《ていねい》にこしらえた宝石というよりも——荒波に揉《も》まれてかたちづくられた美だ。やや長めの髪の毛を後ろで結わえている、服装もラフというかロックというか。路上の喧嘩《けんか》自慢、みたいな見た目だよね——高貴で優雅な姫宮のお坊ちゃまと、いったいどういう関係なのかな。気になるけれど、よしなしごとを考えてる場合でもない。

まだ、ステージに立っている。輝かしい、夢のなかに。

頂点を目指し、ここまで駆け抜けてきた。そこに敷きつめられた輝かしい虹色と、蹴落《けお》としてきたアイドルたちと、その夢の残骸《ざんがい》を——踏みつけにして、今日も僕は征《ゆ》こう。明日も明後日もいつまでも、さらなる高みを目指して。

孤独な頂《いただき》へ、すべてを改革できる神さまみたいな位置へ——僕の終着点《フィーネ》へ。

『ありがとう』

最後にそう口にすると同時に、舞台に幕が降りていく。観客たちと、彼らが放つ虹色の輝きともしばしのお別れだ——そう思うと名残惜《お》しくて、もっと見ていたくて。

顔を、あげようとして。

目眩《めまい》が、した。困ったね。まだ幕は完全に降りていない、僕はまだ役目を完璧に果たしてはいない。最後の最後まで、威風堂々《いふうどうどう》と――君臨していないと。

愛おしい僕の宿敵たちに、申し訳がない。せめて勝ち誇らなくては、笑わなくては、優美に傲慢《ごうまん》に。それが他者の夢を奪《うば》い、貪《むさぼ》り食ってきた僕の義務。あらゆる夢を取りこんで、僕は僕の夢を花咲かせよう――醜悪《しゅうあく》な花でも。

咲くこともできずに散っていった、無数の亡骸《なきがら》たちのためにも。

「まだ、観客から見えていますよ」

意識が途絶《とだ》えかけ、その場に倒れそうになった僕を支える力強い腕があった。仲間たちかな、たまには気が利《き》いたことをするじゃないか。そう思って見上げると、そこには困ったような苦笑いを浮かべる、僕の宿敵のひとりがいた。

人間を狂《くる》わせる月光のような、銀色の髪。それを、独特なかたちに結いあげている。美《び》丈夫《じょうふ》、と表現するのが適切な体格と美貌《びぼう》だ。物語の、英雄のようだった。背丈は僕と同じぐらいだろうけれど、僕は貧弱《ひんじゃく》だからねぇ――ずいぶん立派で、おおきく見える。

まとう衣装も、僕のそれとは異なっている。今日のライブ――ドリフェスの対戦相手だった。僕が、最後に打倒しなくてはならない強敵だった。

仲間たちは役目が済《す》んだら、さっさと舞台袖に引っこんでしまう。優秀だけれど、ビジネスライクだ。安っぽい、少年漫画のような友情ごっこをしても意味はない。そんなものに現実を変えるちからなどない、それは実感しているけれど寂しいね。

倒れかけたこちらのことを一瞥《いちべつ》しながらも、仲間たちは手を差し伸べることも、心配することもなく去っていく。酷使《こくし》したからねぇ、怨《うら》まれているのだろう。僕は僕の帝国を築くために無数の敵を討ち滅ぼし、仲間たちにも犠牲を強《し》いてきた。

暴君だ。玉座《ぎょくざ》は孤独だ、知っている。そういう道を選んだ、そうでなければ夢ノ咲学院は変革できなかった。他にもっと愛おしい、少年少女が憧《あこが》れて夢中になって読みふける物語のように冴えたやりかたが、あったのかもしれないけれど。

血の海に首までひたるような道程しか、選べなかった。

だから。たとえ敵でも、こうして腕で支えられて——抱《だ》かれて、そのぬくもりが恋しくなった。僕はつい甘えてしまって、僕の宿敵に頬《ほお》を寄せる。

彼の名前は、日々《ひび》樹渉《きわたる》。愛おしい『五奇人』の一角、麗《うるわ》しくも愚《おろ》かしい道化《どうけ》。凡俗な連中とは一線を画《かく》し、だからこそ隔絶《かくぜつ》されてしまった天才——ちょっとだけ親近感を覚えているよ。君は僕のことを、殺したいほどに憎んでいるだろうけど。

「無様ですね」

お喋《しゃべ》りな彼にしては珍しく、端的《たんてき》に僕のすべてを言い表してくれる。そのとおりだよ、君に比べて僕はいかにも情けないね。みっともなくて、ほんとうに様にならない。

生まれつき、病弱だった。余命数カ月、と言われつづけて生きてきた。ライブのたびに病院に運びこまれる、貧弱《ひんじゃく》な肉体を引きずって……。処方される薬剤と点滴と、病院食でできた歪《いびつ》な我が身を——めいっぱい飾り立てて、格好をつけているだけだよ。

他人が羨《うらや》むものをすべて手中にしながらも、何もかもを喪《うしな》った負け犬のように頭を垂れている。人生の、敗北者のように。

愛おしい僕の宿敵よ、君のように生まれたかった。神さまから祝福されて、豊富な才能と天性の器量をもち、華があり、誰からも愛されるような――物語の主人公のような、輝かしい存在としてこの世界に関わりたかった。君が、君たちが、羨ましかったんだ。

ねぇ渉、信じてもらえないだろうけれど、君は僕の英雄《アイドル》だった。そんな君を最後に倒すことで、僕の憧れた英雄たちを足下に這いつくばらせることで――劣等感を克服し、僕は僕の人生を手に入れる。邯鄲《かんたん》の夢でも、僕の人生を。

物語を。

身を震わせて、嘔吐《えず》く。我慢できなくて、血のかたまりを吐いた。あぁ、渉の端整な――完成された美貌《びぼう》が、血で汚れる。ごめんね、ごめんなさい。

生まれて、ごめんなさい。


ふと、目を覚ました。

どこまでが夢だったんだろう――すべてが、僕が病室で見ていた夢だったりしたら愉快《ゆかい》だけれど。実際、僕の半生はできすぎていて物語めいていて、嘘《うそ》くさくすらある。愛おしい幼なじみがよく描いてくれた、子供向けの漫画みたいに。

けれど、夢じゃない。僕はまた、混沌のなかにいる。馴染《なじ》み深い、夢ノ咲学院のガーデンテラスだ。時刻はもう深夜だろう、不吉な月の輝きに照らされている。周囲はやたらと騒がしくて、やや離れた位置にある『講堂』からは、音楽が漏《も》れ聞こえている。

　懐《なつ》かしいね、これは『UNDEAD《アンデッド》』の楽曲だろうか。すっかり隠居を決めこんだはずの吸血鬼が、棺桶《かんおけ》から、墓穴から這《は》いだしてきたのかな。ちょっと目を離した隙《すき》に、物語は新展開を迎えている。僕はやっぱり、主人公にはなれないらしい。僕の都合など無視して、今日もこの惑星《わくせい》は、宇宙は、夢ノ咲学院は廻《まわ》っている。

　目の前の事態に置いてきぼりになって──当惑し、首を傾げる。寝惚《ねぼ》けているのかな。久しぶりに、だいぶたくさん歩いたからねぇ……。家のものが車で送り迎えしてくれるとは言っていたのだけれど、それも煩《わずら》わしい。自分の足で、歩きたかった。

　ただの、反抗期なのかな。忘れがちだけれど、僕もまだ高校生だ。着ているのも、久しぶりに袖《そで》を通す、懐かしい我が母校の──夢ノ咲学院の制服だしね。

　やや冷えこむ時期だけれど、不思議とぬくもりがある。

　やけに豪華絢爛な膝掛《ひざか》けと、毛糸の帽子とマフラーが僕の身体《からだ》を防寒してくれている。ついでにガーデンテラスの電源に繋《つな》がれた暖房器具までが、設置されていた。どうりで、あったかいわけだ──過保護だねぇ。こういう真似をするのは、弓弦《ゆづる》かな。

　たまたま通りすがって、居眠りしている僕を起こさないように気遣いながらも、健康面に配慮してあれこれ処置してくれたわけか。気が利《き》く子だよね、相変わらず。起こしてくれてもよかったのに──どうも疲れて、微睡《まどろ》んでしまっていたみたいだけれど。

せっかくの舞台を、時代の節目を、うっかり寝過ごして見逃してしまうところだった。

やや離れた位置に、僕は弓弦の姿を発見する。ちいさくて愛らしい桃李を肩車したまま、どうも『講堂』を中心に集まっている観客たちの、整理をしているらしい。

桃李は顔を真っ赤にして、怒鳴《どな》っている。けれど、混沌はその程度で収束したりしない。弓弦は八つ当たりされて、桃李に髪の毛を引っぱられて、辟易《へきえき》とした表情になる。

それなりに離れているのに、弓弦は僕の視線に気づいたらしくて、目を細めて会釈《えしゃく》してくる。手を振って、お仕事お疲れさま、と口の動きだけで伝えた。

お手伝い、してあげたいところだけれど。どうも渉がたびたび病室にお見舞いに訪れて語ってくれていたとおり――夢ノ咲学院では、愉快な事態が進行しているみたいだね。

どうしようかな。鎮圧《ちんあつ》するのは、容易い。この僕がもてるちからのすべてを――権力を財力を総動員すれば、あっという間に片付く騒ぎではある。けれど僕はまだ退院したばかりで、正直なところ億劫《おっくう》だ。煩わしいことは、すべて敬人《けいと》に任せているし。

彼が対処できれば、その程度のこと……。時代を変えるほどでもない、夢ノ咲学院ではよくある空騒ぎに過ぎない。もしも敬人に処理できない、異様な出来事が起きているなら――それはそれで、面白いよね。

最後にいきなり舞台袖からしゃしゃりでて、せっかく紡《つむ》がれた物語に理不尽な終止符を打つような――デウス・エクス・マキナなんて、興醒《きょうざ》めだよね。とはいえ、傍観者を気取るほど老けてもいない。何もせずにいたら、あとで敬人に死ぬほど説教されるだろうし。

どうしようかな、と考えていると——。

すぐ間近の植えこみが、がさごそと揺れる。

猫《ねこ》かな、と思いつつ何気なくそちらを見る。どうもガーデンテラスは寝心地が良いらしく、猫や僕と同じ紅茶部の凛月《りつ》くんなんかが、寝床にしていることがある。だから、そういう愛らしい生き物が不意に出現しても、驚かない。

ここは夢との接続点、出入り口だ。

僕はそんなガーデンテラスで、初めて——彼女に出会った。

植えこみを突き破って頭をだすと、彼女は目を丸くしていた。葉っぱと花びらと泥《どろ》で、愛らしいその顔貌をすこし台無しにしている。髪の毛もほつれていて、哀《あわ》れっぽく飛びだしたまま——まるで土下座するような姿勢で、首を傾げている。

ほんとうに、野生の猫のようだ。まだ誰のものでもない、愛すべき生き物だった。

夢ノ咲学院の制服を着ているけれど——アイドル科では本来ありえないはずの、女子制服だ。特別にデザインされた、普通科などとも異なる制服である。

あぁ、と僕は合点がいく。

現時点で、この制服を着ているものはたったひとりしかいない。

入院中——渉から、寝物語で聞いていた。

ようやく会えたね、光栄だよ。

君が噂《うわさ》の、転校生ちゃんか。

声ぐらいかけようかと思ったのに、彼女はどうも急いでいるらしい。見つめている僕に——何だか困ったような半笑いを浮かべて会釈すると、大急ぎで『講堂』へと向かう。

彼女は華奢《きやしや》だし、密集した人混みを抜けられない。だから（たぶん僕が安らかに眠れるように、弓弦が手配して立ち入り禁止にするなどして）人気《ひとけ》のないガーデンテラスの、茂みを突っ切るという抜け道を用いたわけだ。

そして——運良く、ほんの刹那《せつな》だけ僕と視線を交わしてくれた。

巡り会えた。その奇跡を、神に感謝しよう。

もちろん、彼女は僕のことなど知らないだろう。彼女が転入してきてからまだ一カ月も経っていないし——僕はずっと入院していたから、遭遇《そうぐう》するはずもなかった。

けれど、話には聞いていたよ。夢ノ咲学院の、台風の目。この閉塞《へいそく》した学び舎《まなや》に新風を吹かせてくれた、不思議な女の子。それこそ、物語の主人公みたいだよね。

本人はそんなつもりはないのか、何だか通行人Aみたいな顔をして人混みにまぎれ、『講堂』へ駆けていく。手のひらには、特等席のチケット。彼女が出会い、愛して寄り添った『ユニット』が、今日これからライブをするんだろうね。

期待と不安に揺れ動き、それでも幸せそうな——充実した、良い表情をしていた。いいね、羨《うらや》ましいねぇ……。青春だね、存分に満喫するといい。

花の命は、短いのだから。

「さてと——」

いつまでも座っていても仕方ない、僕も転校生ちゃんを追いかけて『講堂』へ向かおう。

僕の手にも、彼女がもっていたのと同じチケットがある。すぐ近くで観戦できるね、革命児たちが巻き起こす奇跡のライブを——特等席から。

出来がよければ、拍手ぐらいは贈《おく》ってあげよう。

そして、あらためて彼女に名乗るとしようか。


僕の名前は、天祥院英智《てんしょういんえいち》。

この夢ノ咲学院の、生徒会長。

ひとによっては、『皇帝《こうてい》』なんて呼ぶね。

◆アンケートはこちら◆
https://ebssl.jp/bslog/bunko/alice_enq/

◆ご意見、ご感想をお寄せください。
［ファンレターの宛先］
〒104-8441 東京都中央区築地1-13-1 銀座松竹スクエア
株式会社KADOKAWA　ビーズログ文庫アリス編集部
「あんさんぶるスターズ！」宛
◆本書の内容・不良交換についてのお問い合わせ。
エンターブレイン カスタマーサポート
電話：0570-060-555（土日祝日を除く 12:00 ～ 17:00）
メール：support@ml.enterbrain.co.jp
（書籍名をご明記ください）

ビーズログ文庫アリス
http://welcome.bslogbunko.com/

あ-1-02

あんさんぶるスターズ！
革《かく》命《めい》児《じ》の凱《がい》歌《か》

日日日《あきら》

原作・イラスト／Happy Elements 株式会社

2015年11月26日 初刷発行
2016年 4月27日 第５刷発行

発行人　三坂泰二
発行　株式会社KADOKAWA
〒102-8177　東京都千代田区富士見2-13-3
［ナビダイヤル］0570-060-555
［URL］http://www.kadokawa.co.jp/
編集企画　ビーズログ文庫アリス編集部
〒104-8441　東京都中央区築地1-13-1 銀座松竹スクエア
編集長　河西恵子
デザイン　土倉 恵
印刷所　凸版印刷株式会社

ISBN978-4-04-730754-4　C0193